O mar nunca transborda

Ana Maria Machado

O mar nunca transborda

ALFAGUARA

Copyright © 1995 by Ana Maria Machado

Todos os direitos desta edição reservados à
Editora Objetiva Ltda.
Rua Cosme Velho, 103
Rio de Janeiro — RJ — Cep: 22241-090
Tel.: (21) 2199-7824 — Fax: (21) 2199-7825
www.objetiva.com.br

Capa
Andrea Vilela de Almeida, a partir de projeto gráfico de Victor Burton

Imagem de capa
Marcos Hirakawa/Keystone

Revisão
Juliana Santana
Rita Godoy

Editoração eletrônica
Abreu's System Ltda.

3ª edição

PRISA EDIÇÕES

CIP-BRASIL. CATALOGAÇÃO-NA-FONTE
SINDICATO NACIONAL DOS EDITORES DE LIVROS, RJ

M129m

    Machado, Ana Maria
      O mar nunca transborda / Ana Maria Machado. – Rio de Janeiro: Objetiva, 2013.

    236p.   ISBN 978-85-7962-211-3

    1. Romance brasileiro. I. Título.

13-0843.   CDD: 869.93
        CDU: 821.134.3(81)-3

Em memória de
Ceciliano Abel de Almeida, meu
avô, e Mario Martins, meu pai.
A meus filhos, irmãos e sobrinhos.

*"Uma geração passa, outra vem; mas a terra
sempre subsiste. O sol se levanta, o sol se
põe; apressa-se a voltar a seu lugar, em
seguida se levanta de novo. O vento sopra
para o sul, sopra para o norte, e gira nos
mesmos circuitos. Todos os rios se dirigem
para o mar, e."*

(Eclesiastes 1, 4-7)

Ao leitor

Esta é uma obra de ficção. Os acontecimentos, lugares e personagens que nela aparecem são inventados. Qualquer semelhança com acontecimentos e personagens reais, porém, não é mera coincidência. É inspiração carinhosa e homenagem consciente. Coisa que só foi possível graças a tantas pessoas que, há tantos anos, têm evitado a tentação de cultuar celebridades e vêm registrando de diferentes formas a vida miúda e quotidiana de gente que não entra na História oficial, em lugares considerados sem importância por este Brasil afora. Desde os primeiros navegantes e cronistas, aos viajantes, naturalistas e historiadores do século XIX. Desde cartas, diários e memórias, a teses universitárias contemporâneas, fruto de amorosa pesquisa em documentos de todo tipo. Este romance não seria o que é se não tivesse sido precedido pela obra de todos eles, e pelo aporte contemporâneo trazido por estudiosos como Sérgio Buarque de Holanda (o quotidiano no Brasil colônia), Guilherme Santos Neves (folclore e criação popular), José Antônio Carvalho (*O colégio e as residências dos jesuítas no Espírito Santo*) e Vilma Paraíso Ferreira de Almada (*Escravismo e transição: o Espírito Santo*). Meus agradecimentos a todos eles e muita gente mais, que nesta corrida de revezamento pelo tempo me entregaram o bastão da memória que agora passo ao leitor.

PRIMEIRA PARTE

Não ia dar para esquecer nunca. Nesse dia, tudo foi diferente. E depois dele, nada, nunca mais, foi igual.

Mas, quando começou, não parecia.

Foi uma manhã como as outras, um meio-dia quente como qualquer outro dessa época do ano. E até aquele instante, uma tarde como todas. Um dia que terminava num final dourado. Daqueles em que Cairé achava que o mundo todo ficava com inveja da saíra e pedia ao sol para deixar para trás as cores das penas dela. Algumas vezes, como nessa tarde, o sol atendia, logo antes de ir dormir. Então era dia de festa. Era o que o menino gostava de pensar sempre que, nessa hora, descia o barranco em direção ao rio, carregando as armadilhas onde de noite os pitus iam entrar para comer e depois iam se perder, ficar presos e virar comida de gente no dia seguinte.

Fazia isso tantas vezes, todo dia sempre igual, nunca mudava, era um araiaué, já estava cansado. Mas sabia que ainda precisava esperar duas floradas de pitangueira antes que pudesse sair para caçar e pescar com os grandes. Por enquanto, um piá de sua idade só podia mesmo pouca coisa. Mas pelo menos era melhor que ser como Cajati, sua irmã, e ter que cuidar das roças de milho e mandioca com as mulheres. Ele não. Podia sair da aldeia. Ajudava a recolher os peixes que os homens tinham pescado com timbó no rio. Mas queria sair com eles na piroga rio acima, para trazer peixe grande apanhado na ponta da flecha. Queria entrar com eles na mata, atrás de rastro de capivara e caititu. E sobretudo, queria um dia estar numa canoa que descesse pela boca do rio Escuro, deixasse para trás a correnteza de água doce e castanha, subisse e descesse as ondas espumentas que vinham quebrar na areia, e saísse para aquele verde salgado que não existia na terra em lugar nenhum. Nem nas asas do papagaio, nem no peito do beija-flor, nem no dorso do tuim. Nem em folha nenhuma, de nenhuma árvore da mata.

Mas por enquanto, mar era só para tomar banho e brincar, catar marisco e ouriço nas pedras, pegar um siri de vez em quando. Ou então, para ver de longe, do alto do morro que dominava a barra do rio, vigiando as nuvens que vinham dos lados da praia das Tartarugas, por cima da copa esparramada da sibipiruna grande, e davam banho na terra toda. Ou descobrindo o azul que começava na casa do sol e ia tomando conta de tudo no fim da chuvarada, trazido no sopro do aracati, que limpava o mar desde longe, fazendo com que ele fosse ficando menos cinzento, mais azulão, cada vez mais, até depois ir clareando e virar aquele verde que não existia em outro lugar.

Isso era coisa de que Cairé gostava. Olhar o mar. De tarde, do alto, antes de sair para preparar as armadilhas. Enquanto descia o barranco. E depois, quando acabava, sentado na areia da praia. Era uma alegria ver escurecer, a estrelada toda aparecendo devagar. Ou esperar a lua chegar, quando ela estava cheia e nascia naquela hora de fim de tarde.

Mas nesse dia, pelo meio do caminho, Cairé viu uma coisa que nunca tinha visto. Foi por isso que voltou correndo, entrou na aldeia gritando e avisou aos guerreiros:

— Depressa! Venham ver! Um bicho enorme no mar!

Mal conseguia falar. Como é que podia explicar aquela baleia enorme com um pássaro imenso de asas brancas pousado em cima? Ou seriam muitos pássaros? Enormes. Maiores que qualquer gaivota, que qualquer gavião. Com as asas bem abertas.

Todos se levantaram, saíram correndo, foram até o alto da pequena chapada que dominava a barra do rio. De lá, olharam a praia que se estendia em lua nova entre o mar e as palmeiras, até a linha de recifes que avançava mar adentro e abraçava a enseada na outra ponta. Cairé tinha razão. Era um bicho que ninguém tinha visto antes. Mas não era baleia. Elas sempre nadavam por ali e eles conheciam bem: uma espécie de boto enorme, de ilha pequena que aparecia e mergulhava, brincando. Esse bicho era diferente.

— *Parece mais uma tartaruga grandona, só que deitada na água* — distinguiu a visão atenta de Ibijara.

— *E esses pássaros em cima, com as asas abertas?* — Irapuã estava curioso, meio perdido nessas coisas do mar que não conseguia rastrear.

— *Nunca vi um bicho desse tamanho* — comentou Menibi, pensativo. — *Será que ele sai da água?*

— *Está vindo da casa do sol...* — disse o velho Piracema, devagar e quase solene.

Ficaram olhando e comentando, sem atinar com o que seria.

O animal continuava a se aproximar. Após se abrigar nas águas tranquilas da enseada, de repente parou. Fechou uma asa, depois outra, mais outra... Como se estivesse se preparando para dormir.

Os índios foram descendo pelo caminho escavado no barranco. Homens e mulheres, velhos e crianças. Iam até a praia olhar mais de perto. Ao chegarem lá, já com a noite começando a escurecer tudo, Ibijara disse uma coisa surpreendente:

— *Eu acho que não é baleia, nem tartaruga, nem nada. Não é bicho...*

— *Então o que é?* — quis saber Menibi.

— *Eu acho que é uma canoa enorme...*

— *E as asas? Você não viu as asas?* — duvidou Irapuã.

— *Eu acho que não é asa. É esteira. Ou rede. Não sei. Mas acho que é uma igaraçu, canoa enorme.*

Todos olharam com mais atenção. Difícil de ver com a escuridão. Uma canoa enorme? Podia ser...

Nesse caso, pensou Cairé com um sobressalto, ia ter gente dentro. Visitantes do sol. O velho Piracema devia ter pensado a mesma coisa, porque disse:

— *Se for uma canoa grande que o sol mandou para trazer seus mensageiros, eles devem estar esperando o sol voltar para aparecer. Temos que estar preparados. Quando as estrelas forem embora, temos que receber os visitantes com presentes. Fazer uma festa.*

16

Começaram a organizar tudo. Alguns homens ficariam na praia vigiando. Os outros iriam para a aldeia, se ocupar dos preparativos. Nessa noite dormiriam pouco e mal.

A bordo da nau, a noite foi de sono tranquilo. O mar estava calmo. Não fazia tanto calor quanto alguns dias antes, mais ao norte. E tinham tido a ventura de encontrar no fim da tarde essas águas calmas de um verdadeiro porto natural, protegido por recifes mas sem baixios perigosos. Além disso, próximo à barra de um riacho onde poderiam se abastecer de água potável. Um lugarzinho muito interessante mesmo. Onde ninguém ainda tinha estado. Uma enseada tão pequenina que passara desapercebida durante esses quarenta anos em que sucessivas expedições vinham explorando o litoral. Ou tão insignificante que ninguém se importara ainda em nomeá-la, incluindo nos mapas a pequena meia-lua trincada pela foz de um ribeirão, que chegava ao mar em meio a um manguezal.

Agora passariam a existir. O próprio capitão Pero Duarte de Almeida se encarregava disso nesse instante, à luz da lanterna de bordo, molhando a pena para assinalar o novo ponto no pergaminho da carta náutica. Enseada dos Reis Magos, em homenagem à data festiva do dia seguinte. Rio Pardo, pela sua cor, como tantos outros arroios dessa costa. Daí a mais alguns dias ou semanas, quando chegasse ao seu destino e fosse ao encontro do capitão-mor Vasco Fernandes Coutinho, o capitão poderia pedir alvíssaras e lhe apresentar a demonstração da costa percorrida, nela registrando sua descoberta. Aprazia-lhe ter o que contar diante do antigo vizinho de quinta em Alenquer, homem valente e decidido, que, apenas agraciado com a capitania, não hesitara em alienar sua propriedade e vender sua tença à fazenda real para haver fundos que lhe permitissem equipar um navio, angariar colonos e adquirir as utilidades que muito lhe valeriam em suas novas terras, para as quais rapidamente se transportara. Pelas notícias dele chegadas, sabia-se que logo concedera várias sesmarias em diversas ilhas a ilustres fidalgos que o acompanhavam e que se estabelecera em terra firme no porto do Espírito San-

to, junto ao qual introduziu a cultura da cana e construiu cinco engenhos de água e dois de cavalo, sem medo algum dos índios. O que não era de espantar, dada a conhecida valentia de Vasco Fernandes, já comprovada por seus feitos militares na China e suas proezas de bravo soldado de Albuquerque na Índia, onde foi grandemente celebrado por enfrentar e lograr deter um elefante que esgrimia uma espada com a tromba.

Era com esse donatário que Pero Duarte tencionava tratar para embarcar paus de tingir. Ou, a ser verdadeira a notícia chegada ao reino, de uma safra em expectativa de mil arrobas de açúcar, muito mais haveria para satisfazer as ambições do mais exigente mercador. Em poucos dias saberia. Por ora, aproveitava para descansar de sua longa travessia pelos mares equinociais, abrigado nessa pequena enseada que acabara de inaugurar para El-Rei e o cristianismo.

Na manhã seguinte iriam à terra. Ver o que mais ela lhes poderia dar de presente de Reis. Com todo aquele arvoredo, na certa teriam muita madeira com que abastecer de vermelho em brasa as tinturarias do reino. Quiçá mais, quem sabe? Talvez ouro, talvez prata. Ouvira dizer que, mais ao sul, os espanhóis haviam descoberto o estuário de um enorme rio da Prata, que conduziria a minas inesgotáveis. Se Deus Nosso Senhor ajudasse, do lado de cá da linha de Tordesilhas, também chegaria a vez de se achar um rio que desse passagem para outras minas. Poderia até ser um ribeirão pequeno. Bem poderiam ser essas águas escuras que vinham dar na praia rosada, ao pé da pequena chapada que se erguia à esquerda. Nesse caso, a riqueza futura mudaria o nome do arroio para rio do Ouro. Mas mudaria muito mais. Pero Duarte de Almeida voltaria rico à corte, sua dona Josefa se cobriria de veludos e sedas, as paredes de pedra do velho solar avoengo se forrariam de brocados e tapeçarias de Flandres, como digno fundo dos móveis requintados, das toalhas bordadas e rendadas, de todas as suntuosas alfaias e baixelas que por toda parte ostentariam a opulência de seus proprietários.

E embalado pela marola suave que alisava o casco da nau, Pero Duarte de Almeida foi viver em sonhos sua riqueza, aconchegado no acalanto de rangidos com que cada tábua da em-

barcação exalava maresia e chorava suas saudades dos pinheirais de Leiria.

Pode não ter sido assim. Ou melhor, não deve ter sido assim. De qualquer modo, quem estava lá para ver não contou nunca. Ou contou sem deixar vestígios. Ou foi tudo sem importância, um lugar tão insignificante para os outros, que até hoje ninguém se interessou em descobrir como foi. Como saber?

Tem dois jeitos, Liana sempre soube, desde pequena.

Tem o jeito exato, científico, do avô Amaro, do bisavô Feliciano. O caminho que a levaria à biblioteca do Instituto Histórico (ainda seria no velho sobradão junto ao parque que a mãe lhe mostrara uma vez?), que a faria continuar em uma pesquisa na Biblioteca Nacional, à cata de documentos e descrições de época. A procura que necessariamente a levaria mais longe, talvez à Torre do Tombo, em Portugal, talvez a um Arquivo Geral das índias que devia existir em algum lugar da península Ibérica. Um "mais longe" europeu que agora era mais perto, pensou ela sorrindo, enquanto olhava das janelas do segundo andar de seu ônibus vermelho e via um parque verde em frente a uma fileira de casas iguais, de tijolinhos.

Mas tem também o outro jeito, e foi esse o trajeto mental que Liana escolheu para ir seguindo enquanto o ônibus prosseguia lento, em meio ao tráfego difícil. O caminho da avó Rosinha, dividido com a velha dona Erundina e aprendido com dona Isméria, mais velha ainda, que morrera muito antes da mãe de Liana nascer e só deixara o nome e a lembrança nas conversas das mulheres de Manguezal. Um caminho de histórias inventadas. Sem exatidão nem pesquisa nenhuma. Mas usando todo e qualquer conhecimento disponível para imaginar uma coisa que podia ter acontecido de verdade. Podia ser improvável ou mesmo impossível. Mas tinha que ser plausível, ter uma existência própria. Criar um outro mundo que acabava se intrometendo no real e existindo da mesma forma que ele. Como todas as histórias que a avó contava.

Engraçado isso de estar lembrando da avó e das histórias dela nessa manhã. Devia ser por causa da carta de Sílvia, que recebera cedinho, quando estava saindo de casa. A irmã dava notícias de todo mundo, como sempre. E falava de seu trabalho, da dureza de sua vida de médica explorada e mal paga, lutando pela sobrevivência num hospital público geriátrico, sem os recursos mais elementares. Depois comentava que, até ser transferida para esse lugar, não achava que velhice fosse deprimente. Pelo contrário, sempre cultivara amigas velhas interessantes. "Provavelmente por causa da vovó Rosinha, nós sempre achamos que a idade era uma espécie de tapete mágico para as lembranças de outros tempos, um baú de tesouros desenterrado junto a um pé de guriri numa praia de Manguezal, onde estava guardada toda a sabedoria do mundo. Um vestibular indispensável para se fazer parte do Conselho de Anciãos dos sábios da tribo, tão necessários sempre, como o Brasil vive testemunhando em seus oitentões notáveis. Mas agora estou vendo no meu dia a dia que nem sempre é assim, Liana, e isso é muito triste", concluía ela.

Liana gostava das cartas da irmã. Mais que qualquer outro irmão ou primo, tinha sido Sílvia quem herdara diretamente da avó o poder de evocar um mundo com palavras. Mesmo trabalhando numa esfera completamente diferente, sem usar esses recursos, mantinha viva a chama. Qualquer caso ficava mais interessante quando ela contava. Num simples papo na praia, numa roda de amigos em mesa de chope, quando começava a falar mantinha todos pendurados às suas frases, suspensos ao que ia acontecer e era generosamente compartilhado com os ouvintes por meio de sua linguagem expressiva, sua noção de tempo perfeita, acelerando ou freando a ação conforme fosse necessário. Se Sílvia estivesse agora em Londres ao seu lado, pensou Liana, ia ser muito mais fácil inventar aquela história do século XVI lá nos trópicos, com que ultimamente vinha se distraindo a caminho do trabalho, como se precisasse criar uma resposta tropical ao peso da tradição que a cercava por todos os lados na arquitetura da cidade.

No dia seguinte, bem cedo, com os primeiros raios de luz, os índios desceram o barranco e foram para a praia esperar os mensageiros do sol. Não precisaram aguardar muito. Logo baixou da nau um batel, depois outro, e num instante as embarcações já vinham em direção à areia, num movimento ritmado dos remos, carregadas de marinheiros.

À medida que se aproximavam, dava para ver como eram diferentes os homens mandados pelo sol. Deviam ser cobertos de pena, como pássaros, porque seus corpos eram coloridos por alguma coisa que fazia volume e não era só pintura de urucum e jenipapo na pele. As caras tinham partes recobertas de pelo, como rabos de caxinguelê presos no queixo ou em volta da boca. E a pouca pele que aparecia era rosada, clara, como a areia da praia.

Cairé achou tudo muito esquisito. Ainda bem que não era adulto, como seu pai Menibi, e não tinha que resolver nada, tomar nenhuma decisão, como o velho Piracema ou o bravo Ibijara.

Mas não foi muito difícil. Os homens do sol desceram das canoas e foram logo fazendo sinais de amizade. Deviam estar acostumados a trazer mensagens do sol.

Pero Duarte de Almeida já encontrara índios em outros pontos do litoral. Não se surpreendia por ser recebido por eles. Mas era a primeira vez que chegava a um ponto onde não havia nenhuma feitoria, nenhuma missão, onde nenhum branco jamais estivera e não havia ninguém que pudesse ajudá-lo na aproximação com aqueles homens nus, de corpos pintados e enfeitados com sementes, ossos, conchas e penas de pássaros. Tinha que ser cuidadoso com os bugres. Não despertar sua ira. Tentar agradá-los, presenteá-los com espelhos, carapuças, guizos e contas, talvez visitar sua aldeia, para ver se descobria alguma coisa sobre o ouro e a prata.

Os contatos iniciais não foram difíceis. Os índios se aproximaram meio reverentes, com oferendas. Logo a curiosidade falou mais alto e eles começaram a cercar os portugueses, rir, tocar suas roupas, seus objetos, as barbas em seus rostos. Pero Duarte de Almeida recomendou cautela a seus homens, ordenou que evitassem gestos precipitados, para não assustar o gentio — era im-

portante conquistar sua confiança para que informassem sobre as riquezas da terra.

Mas quase ao mesmo tempo em que falava, um bugre forte que estava ao lado do mais velho falou alto também, em sua algaravia incompreensível, e os índios recuaram um pouco. Só quatro deles se adiantaram — o velho, o forte e mais dois. Os que tinham uma espécie de coroa ou barretes de penas na cabeça. Com gestos, convidaram os portugueses a subir o barranco. Deviam estar dizendo que lá encontrariam o que queriam.

Pero Duarte aceitou o convite. Mas antes deu suas ordens. Primeiro, mandou fincar um marco de pedra, logo acima da faixa de areia, tomando posse do lugar em nome d'El-Rei, senhor absoluto de todas essas terras a partir desse momento. Com tudo o que nelas houvesse. Em seguida, distribuiu seus homens. Uns iriam ao riacho encher de água as pipas, outros ficariam na praia, junto aos batéis. Um terceiro grupo o acompanharia na subida suave da pequena falésia, do outro lado da foz do ribeirão.

Ia chegando o lugar de saltar. Liana deu o sinal, vestiu as luvas, enrolou o cachecol no pescoço, abotoou o casaco e desceu a escadinha do ônibus. Em segundos se diluiu na multidão que andava com pressa e calada, batendo os saltos com força na calçada larga, num som constante de passos marcados, tropel urbano que surpreendera a moça nas primeiras semanas londrinas, pois nunca ouvira nada parecido nas ruas das cidades brasileiras, dominadas pelo barulho intenso do tráfego e de vozes altas, abafando o pisar macio dos passantes.

Ao entrar na sucursal, antes mesmo de acabar de pendurar os agasalhos, Tito veio ao seu encontro:

— Acho que hoje vamos sair juntos e desta vez você não vai poder dizer que não. Um cantinho, um violão, um jantarzinho gostoso à luz de velas, que tal?

Ela sorriu e olhou para o rosto anguloso e bonito, apesar da barba por fazer. Impossível negar que ele mexia com ela, e muito. O mínimo que sentia cada vez que o via era uma vontade carinhosa de meter os dedos por dentro daqueles cachos escuros e fartos em volta daquela cabeça morena, puxá-la para junto de si, e se deixar levar para o que desse e viesse. Essa noite mesmo — ou teria sido de manhãzinha quando acordou? — sonhara com aquelas mãos grandes, de dedos longos e finos, passeando por seu corpo. Mas não queria complicações e seguia rigidamente o princípio de não misturar trabalho e sexo. Ainda mais num lugar como aquela sucursal, barca à deriva num exílio cultural, artifício cênico que se fazia passar por ambiente de trabalho, onde as relações entre as pessoas eram quase incestuosas, e se alinhavavam, franziam e embaraçavam em linhas sempre corrediças, trançando uma rede impressionante de intrigas em disputa por um poder que ela ainda não descobrira qual era.

Reagiu como costumava — brincando, mas sem fechar portas:

— Por quê? Fui demitida?

— Ainda não.

— Então não saímos, Tito, você sabe...

— Claro que sei, você já disse milhões de vezes: "Onde ganho o pão, não como a carne."

Riram os dois. Com uma cara meio sacana, ele perguntou:

— Mas molhar o pão no molho pode, não pode?

Ela teve que achar graça e admitir:

— É... talvez possa...

— Oba! — exclamou ele. — Eu sabia que um dia ia acabar dando certo... E esse dia chegou, até que enfim.

— Mas eu não disse que ia sair com você hoje — protestou ela.

— Não, não foi você quem disse. Foi o *Titio* quem resolveu. E ele pediu para você ir na sala dele assim que chegar, que ele explica. É bom ir logo, pra ele não dar chilique.

— Comigo ele nunca deu...

— Ainda não, menina, ainda não... Mas quando você menos esperar, a cascavel dá o bote... Te cuida...

E jogando um beijo com a ponta de dois dedos, Tito se virou e saiu.

A caminho do escritório do chefe, passando pelo corredor cheio de portas que se abriam para uma sucessão de salas, Liana foi pensando no que já descobrira sobre seus colegas de redação nas poucas semanas em que trabalhava ali. Difícil até de recapitular. Poucas salas, cada uma com duas ou três mesas. E tantos fios ligando seus ocupantes. Quem tentasse seguir cada um corria o risco de se perder, num diagrama emaranhado e labiríntico, como costumam ser os porões dos minotauros no poder, desde tempos imemoriais.

Tito sugerira que tentassem um artifício algébrico, nomeando as pessoas com letras, e ligando suas relações com linhas e setas. Talvez descobrissem uma estrutura por baixo, propunha ele. Uma espécie de organograma. Um certo método naquela loucura. Foi divertido tentar, mas só chegaram a um novelo, emaranhado ao deus-dará. Nada que revelasse o avesso de uma trama organizada e com sentido. Começando pelo início do alfabeto, podiam chamar Sérgio Luís de *A*. E seguir adiante. A partir daí, foram traçando linhas, ligando seu nome aos outros. *A* tinha sido colega de infância de *B,* numa cidadezinha do interior — ambos proibidos pelos pais de continuarem amigos a partir da adolescência, cada um considerado péssima companhia para o outro. O que não impediu que agora estivessem no mesmo lugar, *B* contratado por indicação de *A,* influente junto ao chefe com seu ar servil e adocicado, mas inteiramente manipulado por *B*. Mas eram apenas bons amigos. Na verdade, *A* vivia com um inglês, que era oficialmente casado com *C,* a ocupante de outra mesa em outra sala, em uma salutar troca que deu a ela um sobrenome e passaporte britânicos, enquanto ele teria vantagens no seu Imposto de Renda e passaria a ser o marido de uma brasileira, coisa que podia ser útil numa eventual volta ao Brasil com o companheiro. Por sua vez, ela era irmã de *D,* que também trabalhava na sucursal, mas em outra sala. Em frente à mesa de *C,* quem batia agora seu texto no computador era *E,* bajulador discreto mas bom redator, que vivia ali perto, provisoriamente, num pequeno apartamento alugado em nome de *F,* bailarina de profissão, no momento trocando os pés pelas máos diante de um teclado e casada com um amigo de *A,* com quem fora viver, deixando seu estúdio entregue a *E* porque não queria perder o imóvel bem localizado no qual futuramente talvez o casal viesse a se instalar. Também provisoriamente, quem estava morando por uns meses em casa de *A* era *G,* que não era contratada mas estava por algum tempo em Londres, fazendo uns bicos na revista. Se ia lá todo dia, não era por real exigência de horário, mas porque estava tendo um caso com *H,* desses notórios para todo mundo menos para a mulher dele. Além disso, era *G* quem arrumava pó para uns e outros, inclusive para *I,* que também não era jornalista nem fotógrafo e não deveria ter o que fazer numa sucursal daquelas, mas era um rapaz bonito que sempre descolava umas encomendas de trabalho especial e dividia o mesmo endereço com *B.* Um arranjo dos mais harmônicos, exceto por algum raro incidente — como no dia em que descobriu um jovem mineiro de olhos verdes e malares salientes trabalhando de garçom num restaurante em Bayswater e resolveu incorporá-lo ao regaço da Grande Família da sucursal. O gesto caridoso e solidário não foi devidamente apreciado por seus protetores, e com ele *I* quase jogou fora suas chances de ouro de continuar em Londres com legalidade e sobrevivência garantidas.

Havia também o que se poderia chamar de *X, Y* e *Z.* Os profissionais, poucos, que trabalhavam por todos eles e seguravam as tarefas reais de produzir jornalismo, apurando, escrevendo e fotografando. Como Tito e a própria Liana. No fundo, com alguns dos outros que sabiam escrever, como *E* e *H,* eles desempenhavam o papel de vitrina. Mostravam ao exterior uma fachada de atividades na imprensa.

Mas, evidentemente, essa não era a principal razão de existência da sucursal. Para uma boa cobertura jornalística, bastariam a presença de um correspondente de verdade e uma série de contratos com agências, além de algum eventual recurso a um freelance. Não era isso o que interessava aos donos. Num esquema de grupo empresarial familiar, embora não fosse repartição pública, a sucursal não se distinguia da burocracia de privilégios que caracteriza agências sustentadas com dinheiro do contribuinte no exterior. A cadeia de órgãos de imprensa espalhada pelo Brasil, matriz que ela deveria representar, não tinha a menor necessidade de uma sucursal daquelas dimensões em Londres. Nenhum outro jornal ou revista tinha, nem ali nem em outras capitais europeias. Diferente de uma rede de televisão, que precisa estar no local. Ou de um escritório que englobe também interesses comerciais em Nova York, por exemplo. Ali, não. Devia ser um arranjo com intenções fiscais, acobertando o envio regular de dinheiro para o exterior e todo tipo de negócios mais ou menos escusos. Além do mais, alisava a vaidade dos donos e diretores, que com a sucursal lançavam tentáculos umbilicais à Europa e podiam ler os jornais da véspera do Primeiro Mundo via malote. Ou ter alguém a quem pudessem fazer uma encomenda urgente via fax, alguém que os esperasse e aos amigos no aeroporto quando viajavam, que os enturmasse com o que achavam ser os colunáveis locais, que acompanhasse as madames às compras e quebrasse os galhos de um modo geral. Nesse sentido, a sucursal era também uma fachada, um cenário, um pano de fundo, garantindo aos donos, a começar pelo patriarca Afonso, as luzes do prestígio e a possibilidade de desempenharem o papel folclórico de grandes potentados da imprensa sul-americana, sem ao menos se darem conta da caricatura que encarnavam.

Para isso, era necessário um chefe especial, que compreendesse todas as sutilezas do que se esperava dele, sem maiores explicações, e estivesse disposto a engolir todo tipo de batráquio, das mais inocentes pererecas aos sapos-bois das fábulas. Tinham encontrado em Rui o homem exato, capaz de fechar os olhos, calar a boca, arregaçar as mangas e se lançar de cabeça no que fosse preciso fazer para chegar aonde queria. Aproveitava o que Eça de Queiroz talvez chamasse de vilegiatura para também pensar no seu futuro, fazer seus próprios contatos, tendo em vista sua ambição pessoal legítima, preparando a chegada de dias ainda melhores, em que pudesse ascender a um posto de poder e controle mais significativos no grupo ou, de preferência, viesse a utilizar toda essa experiência e essas relações para montar sua própria empresa, numa área afim, onde não precisasse dividir o poder com ninguém. Mas era leal, gostava sinceramente do velho Afonso, não deixava que coisa alguma o prejudicasse. E não se incomodava nada com o fato de, enquanto isso, ser forçado a usufruir as benesses de um alto salário e variadas mordomias numa cidade como Londres, que considerava o suprassumo da vida urbana.

De bobo, Rui não tinha nada. Sabia bem que dificilmente encontraria outro lugar assim tão bom de morar, capaz de conjugar todas as vantagens de uma grande metrópole civilizada, multicultural e rica em oportunidades de consumo, com a inigualável qualidade de vida das pequenas aldeias cuja reunião compunha seus bairros, com casas em uma escala humana, jardins sem muro, janelas sem grade, esquilos e raposas visitando o quintal e caminhadas matutinas pelo bosque ou pelo *common* — antigo pasto comum para todos os rebanhos de ovelhas do povoado, agora transformado em espaço verde coletivo.

Rui obviamente tinha muito mais com que se preocupar do que o dia a dia corriqueiro da sucursal. Sem nenhum problema, delegava todas as tarefas menores, de estabelecer horários e pautas, cobrar trabalho, acompanhar o quotidiano. E mentalmente agradecia ao destino por ter colocado em sua sucursal um sujeito como Sérgio Luís, autêntica vocação de governanta antiga, meticuloso para o irrelevante, atento a pequenos detalhes e disposto a exercer com mão de ferro uma parcela de poder mesquinho, que no fundo era subalterno e não constituía poder real algum, a não ser o de infernizar a vida dos outros.

Escudado nele, Rui se ausentava da redação. Nos horários erráticos em que ia à sucursal, entrava direto para sua sala, onde usava os recursos de secretária, telefone, computador, fax, copiadora e toda a infraestrutura, para apoiar o esforço de relações públicas que tomava todo o seu tempo. Para a empresa e para o velho Afonso. Mas também para si mesmo e para a firma de Bettina, sua mulher, que tinha um escritório de exportação e importação vagamente especializado em confecções brasileiras e matéria-prima para cosméticos. Nas salas onde o labirinto se trançava, Rui nunca ia. Do que lá se produzia para as revistas e jornais do interior, ele não tomava conhecimento de nada. Os outros mal o viam. Só quando soltava os cachorros, o que fazia com certa regularidade, pelos mais tolos pretextos, apenas para deixar claro que quem mandava ali era ele.

Mas isso Liana sabia, não se deixava enganar, não levava mesmo Sérgio Luís a sério. E não tinha medo das explosões do *Titio,* como os outros o chamavam. Talvez por nunca ter sido alvo de nenhuma — podia ser que Tito tivesse razão.

De qualquer modo, ainda não foi dessa vez.

Rui a recebeu entre dois telefonemas. Grandalhão, risonho, simpático, mandou servir cafezinho e água, perguntou se o cheiro do charuto a incomodava. Sabia o que queria e pedia sem rodeios: um texto bom, com charme, uma matéria bem-feita para dar força a um jovem violonista clássico, filho de uma amiga da mulher do velho Afonso. Ia dar um concerto nessa noite numa igreja, patrocinado pela embaixada. Mas isso não precisava dizer no texto. O que interessava era acentuar a casa cheia, o sucesso, as pessoas importantes que em seguida estariam num jantar sofisticado em homenagem a ele. Era pouco mais que um registro, mas francamente a favor e sem oba-oba, para não pegar mal. Tito ia fotografar. Ela sorriu, lembrou do cantinho, do violão, do jantar à luz de velas. Iam sair juntos, afinal. Não deixava de ser verdade...

Liana sugeriu completar com um ligeiro perfil, uma pequena entrevista. Valorizava mais, ficava uma coisa mais séria.

— Ótimo! Eu sabia que podia contar com você... Maravilha. Está dispensada da pauta, fique por conta disso uns dois ou três dias, eu não sei se ele vai querer te receber hoje, antes do concerto, sabe como são esses artistas...

Ela sabia. Já vivera com um — e a lembrança de Aloísio lhe deu um aperto no coração, mas tratou de afastar o pensamento. Adorava arte. Talvez para ela o melhor de estar em Londres fosse a chance de ver tanta coisa, ir a museus, ter tanta escolha nas livrarias, assistir a peças, balés, concertos... Queria sempre saber mais. Ia aproveitar bem esses três dias que acabara de ganhar, de pouco trabalho e bom assunto, oferta magnânima do senhor inconteste daquele território profissional.

Depois de três dias da generosa acolhida que usufruiu dos verdadeiros senhores da terra, Pero Duarte de Almeida sabia que ele e seus homens haviam reposto as forças e era hora de levantar ferros e seguir viagem. Não vislumbrara sinal algum de ouro, prata ou gemas preciosas. Mas sem dúvida o pau-brasil era abundante naquelas matas. E se deixasse alguém encarregado de ali fundar uma feitoria e armazenar um bom carregamento para uma viagem futura, garantiria um bom lucro e agradaria ao capitão-mor e a El-Rei. Além disso, com mais vagar, quem lá ficasse talvez viesse a aprender uns rudimentos daquele linguajar esdrúxulo e conseguisse saber alguns dos segredos que o interior deveria esconder. As Ordenações Reais eram precisas em suas interdições e não consentiam que se abandonasse o litoral para adentrar aquela terra que parecia toda chã, salvo por um grande monte azulado à distância. Mas nada impedia que alguns homens lá ficassem, tendo em vista um apoio para uma próxima expedição.

Resolveu consultar o piloto e mais uns dois companheiros, tentando decidir quem deveria receber ordens de ficar em terra. Um deles, certamente, deveria ser o Nuno Magalhães, péssimo homem do mar e excelente mestre de carpintaria, que passava os dias a reclamar por estar a bordo, enjoando, vomitando as tripas até virar a alma pelo avesso. Sugeriram-lhe que outro fosse o Gonçalo Vaz, rapazote ainda, tocador de gaita nas noites serenas, embarcado como grumete e convertido em ajudante de cozinha durante uma febre do cozinheiro.

— Mas o Gonçalo? E por quê?

— Encantou-se com a terra, os bugres gostaram da gaita dele, até já aprendeu algumas palavras... Está a dizer a todos que ficaria de bom grado.

— Pois então, que fique!

Decidido isso, deixaram com os homens algumas ferramentas e várias recomendações. Víveres, não havia como deixar. E não careceria. Lá estariam em situação melhor de provisões do que a bordo. Havia caça e pesca abundante, e podiam aprender com os bugres a se alimentar das raízes e frutos da mata. Alguns até que não eram maus. Além dos palmitos e do inhame, dos saborosos peixes e da carne moqueada de porco-do-mato que tinham comido naqueles dias, fora-lhes servida uma deliciosa iguaria chamada arabu, de ovos de tartaruga e farinha de mandioca. Fino petisco, realmente especial, lembrou-se Pero Duarte a lamber os beiços. O Nuno e o Gonçalo estariam bem servidos, não era mister lhes deixar nada...

Assim, foi por sua própria decisão que o jovem cozinheiro escamoteou uma ou outra coisa ao se preparar para baixar à terra — inclusive a última cabeça de alho que havia a bordo, além de uma cebola que já cheirava mal e empesteava tudo. Ambas já germinando e apontando talos verdes antes de serem cuidadosamente enterradas por ele ao pé de uma árvore junto à margem lodosa do rio. Em poucas semanas, haveria o que colher.

— Quem fala mal da comida inglesa pode até ter razão, quando a gente pensa em torta de rim ou naqueles ensopados sem tempero, com batata e repolho. Mas não dá para negar que em Londres é possível comer muito bem, você não acha? — perguntou Tito, pousando na mesa o copo de vinho tinto francês.

Não precisava nem falar, bastava assentir com um sorriso. As últimas semanas até pareciam um festival gastronômico. Cada noite um cardápio diferente, incorporando indianos, tailandeses, vietnamitas e chineses ao lado de franceses, italianos, espanhóis e poloneses. E vegetarianos requintadíssimos e surpreendentes. Para não falar no melhor hambúrguer que Liana já tinha comido, lá para baixo na Fulham's Road, grelhado sobre carvão, feito com uma carne escocesa de primeiríssima, e acompanhado de uma variedade de molhos e conservas picantes e agridoces que mal dava para acreditar.

Apoiou os cotovelos na mesa, pousou o rosto nas mãos, ficou olhando Tito, que brincou e espelhou seu gesto. Delícias quentes e frias, picantes e agridoces, requintadas e surpreendentes, carne de primeira... Cada noite um cardápio diferente... Será que estava pensando mesmo em comida? Vivia numa espécie de exaltação desde o dia em que Tito entrara em sua sala, como sempre, mas dessa vez com uma mudança no roteiro que já sabiam quase de cor.

— Hoje saímos. Você não pode dizer não.

— Por quê? Fui demitida?

— Não. Eu é que acabo de me demitir. Amarrei o tal contato com a agência. Começo a trabalhar para eles na segunda-feira.

— Puxa, Tito, que bom! Parabéns.

— Vamos ter que comemorar. Estou livre desta loucura. Hoje você não me escapa.

E quem disse que queria escapar? Foram a um mexicano ali perto, na saída do trabalho. O óbvio: guacamole, tacos, chili com feijão e carne. Nada de especialmente brilhante. Brilhante foi o encontro. Primeiro o papo, a troca de confidências. Ela se permitiu falar ligeiramente nas perdas, havia tanto tempo não tinha com quem falar nelas... — em Aloísio escolhendo outra, na adolescência sem mãe, e sobretudo no brusco vazio após a morte recente do pai, que a fez arrumar as malas e se mudar para bem longe.

Mas ouviu mais que falou, talvez porque Tito tentasse distraí-la, contando casos da redação no Brasil. Principalmente falando do Soares, o velho fotógrafo que ensinara a ele a profissão e que ela mal conhecera, e só de longe, porque entrara na revista pouco antes da aposentadoria dele. Tito falava no velho com tanta admiração e carinho, que ela foi-se enternecendo de escutar. As confidências mútuas iam criando um clima tranquilo e suave, denso em afeto — e eles sabiam como ia acabar. Mas não imaginavam que na cama ia ser tão intenso, tão perfeito para uma primeira vez. Não por *performances* mirabolantes, mas por estarem inteiros ali, naquele instante. Sem nada que desviasse sua atenção.

Quando recomeçou a ouvir os sons do mundo lá fora, à medida que se acalmava o coração pulsando forte, Liana teve plena consciência de que estava vivendo algo raro e simples, como se prosaicamente estivesse calçando uma meia confortável no frio, na medida exata. Alguma coisa nesse homem a completava. Ponto final. Teve vontade de cantar. Um salmo dos tempos em que ia à missa. O Senhor fez em mim maravilhas, santo é seu nome. Engrandece minha alma ao Senhor, exulta meu espírito em Deus, meu Salvador... Magnificat...

Por mais loas que entoasse a sua descoberta, Pero Duarte de Almeida não voltou nunca mais à praia da Lua Nova, entre os recifes e o manguezal na foz do arroio. As coisas não correram como esperava na povoação do Espírito Santo. O donatário estava ausente, em viagem à corte, na tentativa de angariar mais fundos para saldar dívidas geradas por seus empreendimentos. Os ilustres fidalgos revelavam-se, na verdade, cumpridores de pena de degredo, apesar de sua origem nobre — de ânimo cruel e áspero, não hesitavam em conduzir-se desregradamente e praticar atos criminosos, fora do alcance da lei. A situação da capitania era um descalabro, servindo de homizio a toda sorte de malfeitor. Aproveitando os desmandos e discórdias e a ausência do donatário, o gentio dera de resistir, destruindo plantações e assaltando povoados, retomando um terreno que de bom grado tinha cedido no primeiro instante. Nada muito convidativo para os planos de Pero Duarte, que logo encetou sua volta ao reino, tencionando lá encontrar Vasco Fernandes e tratar de garantir o fornecimento regular de pau-brasil a partir da feitoria que deixara encomendada.

Dificuldades inesperadas o retiveram em Portugal e, quando finalmente fez outra viagem, acabou indo para os lados do Maranhão. Porém descreveu o lugar a amigos e mostrou a vários navegantes suas cartas náuticas, para serem copiadas. A enseada dos Reis Magos começou a ser visitada de vez em quando. Mas não oferecia maior interesse, salvo a oportunidade de um pernoite seguro. Nuno e Gonçalo nunca chegaram a construir a feitoria. Derrubaram muito pau-brasil com o gentio e guardaram a madeira debaixo de um telheiro de palha. No entanto, como Pero Duarte não regressou e os outros que lá aportaram e levaram o carregamento não os recompensaram à altura, os dois chegaram à conclusão de que aquele era um mau negócio, além de constituir um alvo certeiro para piratas, se a notícia se espalhasse. Nuno ainda pensava no reino com frequência, se bem que gostasse dali. Dava-se bem com os índios, sobretudo com as índias. Aprendeu muito com eles e ensinou muita coisa, também. Mas sonhava com o além-mar. Anos depois, deixou para trás os filhos que fizera pela aldeia e, decidindo-se a enfrentar os horrores das ondas e seus movimentos, acabou embarcando um dia numa nau que ali veio dar em busca de água potável.

Gonçalo, entretanto, se sentia cada vez mais à vontade à medida que o tempo passava. Quando deu por si, só conseguia dormir em rede, fumava as ervas guardadas nas cabaças fumegantes, bebia cauim fermentado pela mastigação das velhas, gostava das mulheres índias (principalmente de Cajati), pintava o corpo para repelir insetos, fazia flechas de ubá quase tão bem quanto os outros, e estava falando avanheém, caçando e pescando com os bravos. Só não largou a gaita pelo menibi. Mas entoava suas melodias tristonhas nas noites estreladas ou juntava sua música aos tambores para a dança das festas, enquanto ia vendo crescer a filharada de pele mais clara que o resto da tribo — ainda que nenhum com os olhos azuis do pai.

Um dia, o mais velho deles, Batuíra, veio avisar:

— Tem uns homens-urubus andando pela praia!

Foram todos ver. Correram para o alto do barranco que dominava a foz do rio, o mesmo de onde anos antes Cairé primeiro avistara os brancos, mas Batuíra, já mais forte e mais alto que o pai, explicou:

— Na outra praia! Na das Tartarugas! Para os lados da sibipiruna grande!

Os homens se desviaram para o sul e, assim que a faixa de areia ficou visível, Gonçalo logo identificou os jesuítas:

— São piagas... Homens santos.

Recebeu-os com muita alegria. Sabia que, ao contrário dos navegantes que ali aportavam ocasionalmente cheios de ambição e incontida violência, esses homens não ofereciam perigo algum. Estava com saudade de falar sua doce língua lusitana, coisa que raramente tivera oportunidade de fazer depois que o Nuno se fora. Sabia que havia um novo rei, D. Sebastião, ainda muito jovem. E já fazia algum tempo... Mas queria saber mais novidades da corte, de além-mar, talvez mesmo de outros sítios nessa mesma terra.

— De onde vêm vossas mercês? Como chegam a pé? — a curiosidade de Gonçalo era grande.

Os jesuítas sorriram. Como seus irmãos de ordem, estavam acostumados a cobrir em longas caminhadas as grandes distâncias daquela terra quente e gentil. Vinham de uma grande ilha mais ao sul, na foz de um rio, cercada de mangues e cheia de roças de milho. Por toda parte, incansáveis, tratavam de salvar almas. Nesse mister, ocupavam-se da catequese e da criação dos meninos, por meio do estabelecimento de aldeias de índios batizados e da fundação de colégios.

Gonçalo logo se viu instado a trazer sua família para os redis cristãos. Não podia seguir vivendo em pecado. Era preciso que sua união com Cajati fosse sacramentada e abençoada por Deus, que Batuíra e os irmãos fossem batizados, que a influência de Gonçalo na aldeia ajudasse a converter os pagãos.

— Sim, sim, vossa mercê tem razão, faltam-me os sacramentos, mas não havia quem os administrasse...

— Este mal agora está sanado, pois que cá estamos. Podemos construir uma capela, erigir uma residência, como alguns de nossos irmãos já estão a fazer em outros sítios, e nos dedicar à conversão desses infiéis. Como conhecemos um pouco da língua do gentio, logo lhes poderemos explicar o risco que correm suas almas, nas trevas do paganismo, destinadas ao fogo eterno, longe do Senhor, presa fácil de Belzebu que os arrasta a toda sorte de vícios.

— Folgo muito com a notícia... — disse Gonçalo. — Sejam mui bem-vindos.

O que não disse era que no fundo achava que talvez aquelas almas não corressem risco algum, de tão inocentes que eram. Mas não entendia dessas questões. Quem era ele para discordar dos santos homens, emissários do reino de Deus? Se queriam batizar seus filhos, pois que batizassem. Mal não faria... Na verdade, havia momentos em que, deitado em sua rede antes de dormir, achava que há tantos anos vivia de tal modo no paraíso que temia que lhe estivesse reservado o fogo eterno quando morresse, só para equilibrar. Não era mais criança e tinha que pensar um pouco na sua alma. Afinal, estava vivendo em pecado havia tanto tempo... E se Deus mandava pastores à sua procura, seria um sacrilégio não os seguir.

Mas não foi esforço algum ficar amigo dos jesuítas. Eram trabalhadores, preocupados com os índios, interessados em todas as coisas da terra, nas plantas, nos animais.

Padre José, que dominava mesmo o avanheém, divertia-se com tudo. Achava graça nos nomes que entendia.

— Batuíra é o nome do maçarico, aquela ave marinha que dá corridas e saltita pela praia, de pernas finas e compridas, como o seu filho. Bem comparado... Ibijara é o senhor da terra, nisso não se põe dúvida. Esse velho Piracema de que tanto falam deve ter sido excelente pescador.

— É... Peixe muito, peixe fervilhando... Mas era uma espécie de piaga, na verdade — confirmou Gonçalo.

— Então, se não tivesse morrido pagão, poderia ter sido pescador de almas, como São Pedro. Mas seu cunhado Cairé é o sanhaço frade. Por que lhe deram esse nome?

Gonçalo riu:

— Passarinho muito guloso, que come sem parar.

E mudou de assunto, antes que tivesse que explicar que Cajati tinha toda razão de ser chamada de "árvore perfumada". Ou que fosse obrigado a confessar que ela o chamava de Emburuçu.

Não era difícil puxar outro assunto. Estava mesmo interessado em saber mais sobre outros sítios naquela costa, sobre as vilas de onde se podia vir caminhando e aonde ele talvez pudesse ir. E sobre outros índios, de outras aldeias, nem sempre amigos. Ibijara andava preocupado com isso.

Logo que chegara, Gonçalo assistira a uma dessas escaramuças e acompanhara depois, horrorizado, o ritual da matança de um prisioneiro, a solenidade em que os índios gentis com que convivia diariamente se banquetearam com carne humana, entre danças e cantos religiosos. Mas fora uma única vez.

Os padres contaram de outros índios da terra. Disseram que alguns, chamados tamoios, eram aliados dos franceses mais ao sul e que, para combatê-los, os portugueses recorreram a alianças com nações inimigas deles — até mesmo vindo buscá-las longe, entre os temiminós ou maracajás, no Espírito Santo, aproveitando a destreza dessas tribos tupiniquins senhoras das águas, que podiam penetrar com suas canoas leves e ágeis por bocas de rios e restingas, onde as caravelas não alcançavam. Relataram ainda os jesuítas que, para deter a expansão dos huguenotes franceses, tinham os religiosos pessoalmente colaborado na guerra, chegando um deles a ficar três meses como refém dos tamoios, de quem acabou por se tornar grande amigo, a provar a bondade e índole pacífica de uns e outros. Vencidos depois os protestantes, e fundada a mui leal e heroica cidade de São Sebastião do Rio de Janeiro no local de onde os franceses foram expulsos, vinham agora os jesuítas em uma jornada para o norte. Já tinham passado por várias vilas e povoados pelo litoral antes de chegarem a Manguezal dos Reis Magos.

Gonçalo também contou sua história e deu notícia dos índios locais. Após uns bons anos de calma, nos últimos tempos, novamente havia sinais de inimigos por perto. De uma feita, um grupo de caçadores que saiu por alguns dias numa imbaiá, caminhando com disfarces verdes e contra o vento, acabou encontrando bravos de outra tribo. Dois homens da aldeia foram mortos e Cairé e Menibi ficaram feridos de leve. Além disso, os últimos mercadores que por ali estiveram tinham falado muito em incursões de castelhanos e ataques de piratas e corsários ingleses e franceses.

— Mas este é um sítio em que a defesa deve ser fácil — comentou o padre, lançando um olhar militar à sua volta. — É alto, domina a foz do rio, fica a cavaleiro de duas praias, com boa visão da enseada. Um forte aqui estaria bem situado.

— *Podemos falar com Ibijara...*

E foi assim, nas conversas entre os padres, Gonçalo e os índios, que a planejada capela pequena e simples prolongada por uma residência jesuítica se foi transformando em outra coisa. Uma construção maior, em quadra, com paredes de taipa caiada de um metro de espessura, erguidas sobre alicerces de pedra e cal usando os recifes roxos, ligados por uma massa de conchas e óleo de baleia, tudo armado sobre grandes vigas de um pau tão forte como ferro. Um convento fortificado, completando uma igreja recoberta de telhas moldadas nas coxas pelas mulheres, a partir da tabatinga da beira do rio. Uma igreja de bom tamanho. Com coro e torre sineira. Com altar e retábulo simples, sem pratarias nem lavares de ouro, mas suntuosos em sua qualidade artística, madeira ricamente lavrada em instrumentos toscos por mãos rústicas. Atestavam a maestria de Nuno Magalhães, que por ali passara ensinando aos índios seu ofício. E incorporavam a experiência dos poucos colonos que padre Diogo fora buscar na vila mais ao sul — entre eles um certo Martim da Cantuária, para trabalhar as pedras de lioz que vieram de Portugal como lastro nos navios. Quando ficou pronto o altar, seguindo o desenho de um dos padres, numa profusão de uvas, folhas de parreira e espigas de trigo, entre volutas e colunas recobertas de curvas, com relevos de frutas e plantas que aqueles homens da terra nunca tinham visto, e às quais se misturaram motivos de cabeças de onças e cobras, o resultado foi tão além do esperado que animou padre Diogo a sair novamente caminhando a pé por vários dias, até a vila de Nossa Senhora da Vitória, para levar uma carta a ser enviada ao reino, à sede da Companhia de Jesus, encomendando uma pintura a óleo para o fundo do altar, que representasse a Visitação dos Magos, e celebrasse a Virgem e o Menino a quem aquela igreja se consagrava.

Por uma porta lateral, atrás do púlpito, com portal de pedra de lioz, passava-se da nave para o claustro, fechado por outras três alas de edificações em torno de um jardim, onde logo brotou uma trepadeira florida que só ia ser descoberta e nomeada pelo francês Bougainville mais de dois séculos depois mas que, sem saber que precisava de licença da Europa para existir, floria abundantemente seus cachos violeta, desde o primeiro ano de existência — como se ainda estivesse muito à vontade lá na mata onde sempre vivera sem nome nem batismo. Nesse jardim interno, um poço, um horto e um canteiro de ervas medicinais se somavam à ampla despensa para garantir que, na eventualidade de um ataque, todos os índios da aldeia ao lado poderiam resistir a um cerco junto aos padres do convento, abrigados entre aquelas sagradas paredes reforçadas. No andar térreo, era uma verdadeira muralha, já que a maioria das portas e janelas dava apenas para dentro, para as galerias cobertas que se prolongavam lateralmente no pátio a céu aberto. Esse, sim, constituía o verdadeiro coração do convento, dando acesso às salas de aula, oficinas, cozinha e dependências, por baixo do corredor avarandado que levava às celas dos padres. As raras janelas térreas para o exterior eram defendidas por fortes barras de madeira. Aos fundos, uma cerca limitava e estendia o terreno protegido, paliçada a defender a extensão de horta e pomar que ajudava na manutenção de todos. No piso de cima, seteiras estrategicamente colocadas se alternavam com amplas janelas que se abriam para a paisagem paradisíaca de mar, mata, foz do rio e palmeiral. Junto a elas, havia bancos de pedra, conversadeiras onde os padres vinham se sentar ao alvorecer e no fim do dia, para rezar, meditar, ler o breviário. Ou simplesmente, deviam era dar graças ao Senhor por aquela profusão de novas almas, aquela fartura de cajus, abacaxis, pitangas e outras frutas, aquela fecundidade nas roças plantadas de mandioca e milho, aquela abundância de caranguejos, lagostas, pitus e peixes no rio, no mangue e no mar. Impossível não agradecer por todos aqueles verdes, das árvores, dos campos, do mangue, do lodo, se refletindo e se misturando na água pardacenta do rio, avançando mar adentro e se depurando em cristalina esmeralda líquida ao calor do sol.

A cor era essa mesma. Verde Veronese. Liana via a data do quadro, 1570, no museu e não podia deixar de lembrar de Aloísio, no ateliê, explicando que algumas cores, alguns tons, não existiam na história da pintura até que alguém conseguiu descobrir um pigmento único, elaborar uma mistura insuspeitada. Os vermelhos de Pompeia, o azul intenso de Giotto. E esse verde-esmeralda que ela observava agora, inventado por Paolo de Verona, pintor famoso e respeitado que, se não chegara a ser exatamente de primeira categoria, seguidor dos modismos de seu tempo, sem a densidade de seu mestre Tiziano, no entanto deixou uma contribuição inesquecível à pintura, ao ser capaz de intuir que na segunda metade do século XVI não era mais possível que a arte continuasse ignorando a cor do mar tropical. E antes que seu nome se imortalizasse nos catálogos de pigmentos, Veronese se esmerou em incluir em cada quadro um detalhe naquela cor recém-nascida — aqui um manto, ali um corpete entrevisto, mais adiante uma manga de veludo saltando aos olhos. E enquanto em Florença a família Vespucci, sem dar valor à honra de ter tido um gênio como Boticelli trabalhando às suas ordens, achava que sua grande glória era ter um filho, Américo, dando nome ao novo continente, acontecia que nos ateliês de Veneza brotava uma cor nova. A transparência preciosa das praias verdes e mornas fazia sua entrada na pintura ocidental ainda que, provisoriamente, restringida a emprestar seus matizes a peças do vestuário nas grandes cenas históricas e mitológicas que revestiam tetos e paredes dos palácios. No fundo da imensa Adoração dos Magos que Liana agora contemplava na National Gallery, um guardador de camelos roubava a cena pela verde luminosidade marítima que se concentrava nele ao chicotear um animal. Da cor do mar de Manguezal, nos dias de sol e água tranquila, sem vento nem nuvens.

Quando namorava Aloísio, uma vez ele cismara de ensinar a ela a técnica básica da pintura simples — de cavalete, como ele dizia, na esperança de que talvez ela descobrisse algum talento insuspeitado. Aprendeu a diluir pigmento no solvente, a dar as pinceladas de leve, ir corrigindo a cor, sombreando aqui e ali, descobrindo vizinhanças cromáticas. Mas ele achava muita graça, porque o que a interessava não era resolver um problema plástico de composição, enfrentar um desequilíbrio de formas e volumes num espaço, responder com um toque sutil de cor a uma área que dominasse a tela com sua massa imensa.

— Não adianta mesmo. Você até leva jeito para desenhar, tem uma mão que obedece... Mas nunca vai ser artista — fulminara ele.

— E posso saber por quê? Já que você mesmo diz que eu tenho jeito...

— É que você não encara a pintura como uma linguagem visual, só isso. Você não está querendo dizer nada com ela, expressar coisa alguma do que vai por dentro de você.

Ela não percebera logo como Aloísio tinha razão, ainda tentara argumentar:

— Como assim? Quero dizer alguma coisa, sim. Quero mostrar como era Manguezal quando eu era criança, expressar a felicidade que eu sentia, a saudade que eu tenho de lá...

— Em outras palavras, resgatar a memória. Só isso. Não é arte. Pode até ser matéria-prima artística, mas a arte não está num assunto nem nas intenções.

Ela ainda resistira, embora não tivesse nenhuma pretensão de virar artista:

— Quer dizer, então, que pintar marinha não vale nada?

— Não, Liana. Eu não disse isso — respondeu ele enxugando num pano o pincel que acabara de limpar.

— Pensei que fosse. Eu sei que fico fazendo essas coisas certinhas, figurativas...

Ele pegou novas cores, foi misturando na palheta com a espátula, enquanto explicava:

— Não é por ser figurativo, tanto faz. Nem por pintar marinhas. Está cheio de gente que pintou marinhas incríveis, Vlaminck, os impressionistas, Van Gogh... Pancetti, aqui no Brasil. Tem um inglês, de uns dois séculos atrás, chamado Turner, não sei se você conhece, que praticamente só pintou marinhas e revolucionou a história da pintura. A marinha é um dos gêneros mais ricos da pintura tradicional, e não está esgotada. Você pode pintar proas e quilhas, se quiser explorar as formas, de um modo mais expressionista. Ou mastros e cordas, se o que lhe interessa são as linhas, os problemas de grafismo. Pode enveredar por um neoimpressionismo, enfrentando o reflexo na água, as pinceladas ritmadas. Pode chegar a uma abstração quase oriental, no movimento das ondas e nuvens. Sei lá, tem tanta coisa além da paisagem certinha, do mar na areia, da curva do litoral cheia de coqueiros com umas casinhas de telhado de palha. Aliás, até isso pode ser interessante, quando recebe um tratamento plástico como o do Ivan Marquetti, por exemplo... Sei lá, acho que é isso aí. Não é o tema, Liana. É o tratamento que você dá a ele.

A essa altura, ela já tinha entendido. E já sabia que não estava especialmente interessada em dar tratamento nenhum. Queria era mesmo o tema, para si mesma. Marinha. As paisagens gravadas a sol e sal no céu da memória. As redes secando junto aos casebres, o vento no coqueiral, as canoas e botes recolhidos debaixo das amendoeiras na areia, as traineiras balançando nas ondas na enseada com as proas viradas para a direção do vento, a curva da praia da Lua, as dunas da praia Grande, os recifes da ponta dos Fachos, as pedras maiores fazendo ilhotas junto à ponta da Baleia, as nuvens refletidas no chão molhado da maré baixa, as amendoeiras e pés de abricó debruçados sobre a areia, com as raízes escavadas pela preamar, quase caindo. A marola, as ondas, a ressaca, a água se mexendo e se quebrando, com calma ou com fúria. Paisagem mesmo. Sem arte nenhuma. Só artes da natureza. Ou de Deus, que nessas horas de natureza muito forte ela tinha certeza de que existia.

Mas agora, em Londres, Liana gostava de aproveitar a hora do almoço para se dedicar inteira à arte. Entrar num museu para ver algumas salas, ou numa igreja como a de Saint Martin para ouvir um concerto. Era um bom descanso do trabalho. Quando chegasse o verão, podia simplesmente trocar o almoço por um sanduíche ou uma fruta e ir se sentar num banco de parque para comer e tomar sol. Sem culpa por ter comida, sem medo de ser assaltada, uma alegria simples que só quem foi criado na dor de viver ao lado da fome e da injustiça pode apreciar plenamente.

Mas ainda estava frio demais para isso. Resolveu tomar uma sopa numa das mesinhas do café que ficava na cripta embaixo da igreja, ao lado da livraria. Estava mesmo precisando de uns momentos calmos, de solidão. Queria pensar em algumas coisas, se preparar para decidir. Tito sugerira que passassem a viver juntos, era mais prático, mais barato, mais gostoso. E com os horários de trabalho tão desencontrados que estavam tendo, às vezes ficavam dias sem se ver durante a semana. Liana hesitava um pouco em dividir seu espaço com alguém novamente, achava que o quotidiano é que fora culpado de Aloísio se cansar dela, tinha medo de agora perder Tito. Estava tão boa essa relação com ele... Cálida, tranquila... E fantástica na cama! Apoiando o rosto na mão e o cotovelo na mesa, fechou os olhos e lembrou de como ele a cheirava no pescoço e mordia na nuca dando arrepios, de como ele a lambia toda, banho de gato aos poucos se encaminhando para onde ela agora já sentia seu sangue convergir, evocando os movimentos, os sons, cheiros, líquidos, pele macia, ai!, tão gostoso, um paraíso, a prova de que Deus existe...

Mas ali não era o lugar de se permitir ficar assim. Se não conseguia pensar friamente nos prós e contras de ir viver com ele, era melhor deixar essa sessão de sexo à distância para depois, abrir os olhos, se distrair com outras coisas. Encarar o grande problema que realmente tomava sua cabeça desde cedo e do qual vinha tentando fugir. Reler a correspondência recebida de manhã do irmão. Difícil avaliar as coisas de longe. Confiava em Daniel, o mais velho, como confiava em Sílvia, a mais moça. Seus irmãos, companheiros de ninhada, memória de infância compartida, o amor mais inteiro e incondicional que lhe restava após a morte dos pais. Já tinham resolvido tudo do inventário, feito a partilha dos poucos bens esparsos, transformado a casa e as terras de Manguezal num condomínio familiar. Mais conveniente em termos jurídicos e fiscais, como lhe explicaram.

Mas a ideia de que agora a casa já não era mais do pai, de repente, a assustava. Como se fosse a última pá de terra sobre o caixão que ela vira baixar à cova e ser recoberto, entre outras sepulturas simples e cruzes de madeira no pequeno cemitério de Manguezal, sempre a ponto de ser invadido pelo mato, no alto do morro de onde se avistava o mar.

Sua primeira reação fora de choque, de negativa violenta. Um grito visceral.

— Não! Não estou de acordo! Como podem pensar nisso?

Por que não podiam deixar tudo como era? Fazer de conta que ele não tinha morrido, que tudo continuava como antes? De qualquer jeito, era deles mesmo... Quando quisessem, poderiam ir lá, passar uns dias, como sempre foi. Mas não trocava de dono, não tiravam nada do nome do pai. E a casa ficaria sendo sempre de quem a construiu, visitada por eles, alguém que viveu ali. Que ama aquele espaço, brincou e sonhou entre aquelas paredes, conhece o rangido do assoalho e o rufo de asas dos pardais que fazem ninho nos beirais do telhado.

Lembrou dos argumentos nas cartas. Tinha que reconhecer que eram sensatos. E que a posição dela era tão infantil que chegava a ser ridícula a esta altura, beirando a neurose. Não podia recusar a realidade. O pai estava morto mas a vida continua. Eles estavam vivos. Impossível continuar reagindo só com a emoção vinda da infância e da memória. Precisava ser fria, usar o cérebro, ser racional como esses assuntos exigem. Eram todos urbanos, moradores de cidade — ela em Londres, Daniel em São Paulo, Sílvia no Rio. Mesmo o pai, que fora morar lá depois da aposentadoria, não conseguira transformar seus sonhos em realidade e tocar aquilo para a frente de forma medianamente rentável. Os argumentos de Daniel eram lógicos e racionais. Faziam um condomínio e contratavam um administrador profissional. Era a saída. Pelo menos, por enquanto. Uma tentativa. Embora o irmão, pessoalmente, achasse que deviam logo admitir que podia não dar muito certo e se preparar para outras possibilidades. Eles não tinham dinheiro para aplicar em Manguezal de modo a transformar aquelas terras num empreendimento lucrativo. Iam investir alguma coisa agora, para consertar cercas, plantar capim no pasto, pagar os empregados. Mas Daniel achava que botar pouca grana lá era o mesmo que jogar fora, iam precisar de muita — que não tinham. Também não havia sentido em deixar uma terra daquelas parada, sem produzir, era um desperdício e uma injustiça — nisso eles todos estavam de acordo, até mesmo por uma história familiar, pelo quixotismo socialista do pai, a vida toda lutando por uma reforma agrária que nunca vinha.

Mas por mais que se esforçasse em entender, Liana não conseguia concordar. Achava que o tal condomínio, de alguma forma, era uma ameaça. A vitória do impessoal. Não dava para responder logo à carta de Daniel. Tinha que pensar mais, deixar assentar. Talvez trocar ideias com Tito, tentar aprofundar com Sílvia em outra carta. Sorriu intimamente, lembrando da irmã que também lhe escrevera, mas mal tinha tocado no assunto de Manguezal. Estava toda animada, saindo com Bernardo, um amigo de Liana, e isso era ótimo. Assim tirava da cabeça o cara casado com quem havia anos mantinha uma relação clandestina que ela não merecia e que a machucava tanto. Tomara que desse certo. Bernardo era uma pessoa ótima, um sujeito ético, ia tratar Sílvia bem. E, se o namoro fosse adiante, devia ser uma maravilha ter uma sogra como Ione.

Durante todo o segundo grau e os anos de faculdade, Liana tinha se servido de Ione como a mãe que queria ter. Primeiro, foi um encontro natural. Liana era da mesma turma que Bernardo e ia sempre estudar em casa dele. Ione era paciente e carinhosa, preenchia um pouco a lacuna da orfandade recente. O vazio mesmo, o buraco oco da falta, isso Liana sabia que nada nem ninguém enchia, era tão para sempre como todas as lembranças de antes. Mas Ione ajudara muito sua navegação por entre as lajes submersas e as tempestades da adolescência. Para a Liana quase menina, Ione tinha uma aura romântica: vivera uma história de amor no seu passado, largara o marido e uma posição social para ir morar com o pai de Bernardo, lá pelo fim dos anos 50, uma época em que ninguém fazia isso e divórcio era um estigma. Foi um escândalo, ela ficou inteiramente marginalizada. Gostava da boemia, de sair de noite com os amigos, frequentar botequins. E ainda resolveu trabalhar. Numa coisa que gostava de fazer: cantar. Foi *crooner* numa boate, durante muito tempo, como contava com orgulho, dando gargalhada em voz alta, a boca pintada de vermelho vivo, abraçada ao violão, só de calcinha e camiseta, na rede, enquanto o filho e Liana estudavam na mesa, uma mesa velha como a que ficava ao lado do fogão a lenha na casa da vovó Rosinha em Manguezal.

A casa de Ione era diferente de todas. Sem empregada. A cozinha sempre com alguma coisa para lavar dentro da pia. O almoço às vezes era sanduíche e um copo de leite. As pessoas tomavam banho de porta aberta. Tinha uma rede armada no meio da sala e almofadas no chão. Havia prateleiras cheias de bonequinhos de barro do nordeste, indistintamente chamados de vitalinos. E livros por todo canto, nem cabiam nas estantes, se entornavam pelas cadeiras, se esparramavam em pilhas pelo chão, invadiam o corredor, os armários da cozinha, a borda da banheira. Todo dia o pai de Bernardo trazia mais, só não entupiam a casa toda porque também eram dados e emprestados com generosidade. Coisa de editor, filho de editor dos tempos heroicos. Pena que acabou não dando certo, pensou Liana com tristeza, lembrando que, quando saíra do Brasil, a editora, tão tradicional, tivera que pedir concordata.

Mas foi ótimo lembrar de Ione. As duas tinham ficado bem amigas, descobrindo afinidades e interesses comuns, só que aos poucos foram perdendo o contato. Liana se formou, começou a trabalhar na imprensa. E Ione, com a meia-idade, se descobrira com mais tempo e resolvera começar outra vida, como dizia. Ainda pegava o violão e cantava, mas só para si mesma. Para os outros, reservava agora uma faceta nova — a do trabalho voluntário. Começara costurando para os pobres, com um grupo de mulheres que se reunia toda quarta-feira. Mas sua inquietude exigia mais, contato pessoal, ação direta. Acabara ajudando a criar uma organização que oferecia uma espécie de albergue onde crianças e adolescentes de rua podiam fazer uma refeição, tomar banho, passar a noite, se quisessem.

E, principalmente, ter um apoio educativo concreto, procurando um encaminhamento profissional. O projeto envolvia convênios com empresas para estágios, bolsas em escolas técnicas e cursos simples organizados pela própria instituição. Nos últimos anos, Ione se encarregara de uma escola de horticultura e jardinagem, na serra. Passava mais tempo fora do Rio do que na cidade. Com isso, havia muito que Liana e ela não conversavam. Mas nesse momento, levantando-se de uma mesa num café londrino a caminho do trabalho, Liana descobriu que estava com muitas saudades de Ione. Nem sabia o endereço dela lá no interior, mas ia escrever uma carta bem comprida e aproveitar o vínculo de Sílvia agora para retomar o contato.

Gostou da decisão. Não era nada do que pensara em tentar resolver quando saiu para o almoço. Mas lhe fez muito bem.

Depois de comer, Gonçalo desceu devagar até a praia do sul, onde as tartarugas vinham desovar regularmente, e se sentou no chão, apoiando as costas numa canoa. Puxou um pouco das folhas de palmeira que a cobriam e criou uma pequena sombra para se proteger do sol. Sobre a vegetação rasteira que chegava até a beira da praia, salpicada de ipomeias brancas e lilases como uma tapeçaria das que cobriam paredes de pedra nos castelos de além-mar, algumas armadilhas de pegar pitus estavam a secar ao lado de uma tarrafa. Pescava-se de toda maneira por ali, à moda portuguesa ou à moda índia. E a aldeia não era mais um lugar esquecido de Deus e dos homens. Seus netos agora iam ao colégio do convento, representavam autos religiosos em língua tupi, cantavam hinos em português. Seus nascimentos constavam dos registros da Coroa.

Ficou a olhar a construção de areia molhada a que se dedicavam os filhos menores de Bartolomeu — que, antes do nome cristão, um dia se chamara Batuíra. Apenas um morro com uma torre lateral mais alta. Nenhum detalhe que permitisse identificar a construção no primeiro momento — faltavam o frontão triangular, o óculo, as três janelas do coro sobre a porta. Só quando as crianças começaram a enfiar na areia duas fileiras de folhas e raminhos de cambuci, apanhados na areia seca logo ali em cima e muito bem arrumados em linha reta, foi que ele reconheceu o convento: André e Mateus agora reproduziam toscamente o adro da igreja, a grande praça diante dela, com suas fileiras de árvores recém-plantadas em frente às casas.

Ia ficar bonito e imponente quando as árvores crescessem, mas Gonçalo sabia que não estaria mais lá para ver. Qualquer hora dessas iria fazer companhia a Cajati, sua doce e cheirosa companheira, que nunca se acostumou a chamar de Isabela. Sentia falta dela, de seu calor, de seu sorriso meio encabulado. Logo iriam brincar juntos nas matas eternas, tomar banho de rio, rir e jogar água um no outro, rolar nas areias enluaradas outra vez. Estava se preparando. Cada vez sentia mais a idade. Não só nos cabelos que rareavam, nas banhas que se acumulavam, nas juntas que emperravam. Mas também na falta dos amigos, que tinham ido embora um a um — Nuno, Piracema, Ibijara, o sogro Menibi, Irapuã, padre José. Até mesmo Cairé, mais moço que ele, morto a tiros num ataque de brancos aventureiros cuja procedência ele nunca chegara a descobrir, por mais que tivesse tentado distinguir com a vista enevoada a forma exata que tomavam as cores da bandeira hasteada na embarcação ao largo. Ou por mais que examinasse depois os quatro cadáveres louros e vermelhões do sol, abandonados na praia pelos sobreviventes ao se retirarem, remando apressados diante da resistência encarniçada e surpreendente contra quem já chegara cuspindo longe o fogo da morte.

Agora era assim, precisavam estar sempre atentos. E pelo que contavam os colonos vindos de outros sítios, o mesmo se passava em toda parte da costa desguarnecida. Quando não eram tribos inimigas, eram piratas ou outros invasores que muitas vezes a elas se aliavam, trazendo toda sorte de perigos. Ou, pior ainda, expedições armadas portuguesas à cata de escravos indígenas, de preferência já acostumados ao convívio com o branco, entendendo a sua língua e conhecedores dos costumes cristãos — como os que ali habitavam. Graças aos padres que, para salvar suas almas transformaram seus corpos em isca viva e atraente, presa fácil para as ocasiões em que se desse o pernicioso contágio, qual fossem bestas sob disfarce de homens, expressamente preparadas para *servir aos brancos — como quem vai à pesca com pindá-siririca, disfarçando os anzóis com penas de cores. Talvez por isso mesmo, os jesuítas entendessem que, de certa forma, eram pastores daquela gente. Mais que isso, pescadores de almas, pois faziam incursões rio acima para ir buscar mais índios no interior e trazê-los para a aldeia. Por isso, sabiam que tinham que reagir. Escreviam às autoridades, denunciavam. A Gonçalo, parecia-lhe ainda ouvir a veemência de padre José:*

— O que mais espanta é não haver nos portugueses zelo da salvação dos índios, antes os têm por selvagens. São esses os maiores impedimentos, o que os faz fugir. São as tiranias que com eles usam, obrigando-os a servir toda a sua vida como escravos, apartando mulheres de maridos, pais de filhos, ferrando-os, vendendo-os...

Em outros sítios já tinha padre José visto os açoites que os índios recebiam em casa dos portugueses, os maus-tratos que invariavelmente levavam à fuga ou à morte dos gentios e comprometiam o trabalho do apostolado, apartando os nativos para o meio dos matos ou do sertão. A boa fortuna de Manguezal dos Reis Magos era ser uma povoação tão pequenina e pobre que não era conhecida em outras vilas, mas a qualquer momento a situação poderia mudar. E se um grupo de colonos de outras plagas resolvesse se organizar e vir prear índios por aquelas bandas, seria a perdição de todos os habitantes da aldeia. Cada vez mais, Gonçalo percebia que chegaria o momento em que o mero refúgio no convento não garantiria mais a sobrevivência dos sitiados. Procurava alertar os padres e os índios. Mas se enchia de cuidados e apreensões.

Afortunadamente, até o momento, seus temores não se haviam convertido em realidade. Uma ou outra tentativa de agressão de algum aventureiro de passagem fora sempre ação isolada, prontamente rechaçada pela bravura dos guerreiros da aldeia. Certa feita, até mesmo um grupo de mulheres matou na praia a bordoadas um par de franceses atrevidos que ali acabava de desembarcar de um batel, já a tentar agarrá-las como podiam. A cena, presenciada do convés ao longe pela tripulação da nau que lançara âncora pouco depois da arrebentação, certamente in-

fluiu em sua decisão de prontamente deixar as tranquilas águas da pequena enseada. De sorte semelhante livrara-se o mais recente estrangeiro a dar com os costados por ali, um vermelhão peludo que foi jogado pelas ondas na praia, agarrado a uns restos de naufrágio. Quase morto, o tal Vanderlei foi recolhido e levado para o convento, onde os padres pensaram seus ferimentos até que sarasse, e agora, convertido no ferreiro do povoado, já estava casado com a neta do velho Ibijara, de saudosa memória, cujos traços afloravam aqui e ali debaixo das cabeleiras cor de mel que arrematavam os novos piás.

De sua parte, os jesuítas reagiam como podiam, em defesa do rebanho — aparentemente, com pensamentos e palavras, mas sem obras. Porém fechavam os olhos quando o gentio resistia — até apoiavam. Não fora pelo convento fortificado, certamente teriam perdas ainda maiores a contar. Mas eram incontáveis os confrontos e refregas, as vezes em que as roças foram destruídas e as casas queimadas, em que foram sitiados e tiveram que ficar dias a fio dentro dos muros do convento, todos juntos, jesuítas, colonos locais e índios, racionando víveres, em permanente vigília para não serem invadidos nem incendiados.

Afora isso, não se passavam eventos importantes na aldeia de Manguezal dos Reis Magos. Só uma ocasional festa religiosa, em que a música da gaita de Gonçalo se misturava aos tambores e maracás dos amigos, e as atividades de todo dia, da caça e da pesca, da colheita e do plantio. De vez em quando, um ou outro padre reunia dois ou três índios e saía caminhando para o sul pela praia, até a vila na ilha. Traziam ferramentas, utensílios, algumas provisões, tecidos toscos, uma eventual criação — galinhas, porcos ou cabras. E notícias. Vez por outra, viera com eles algum português para ali se estabelecer. Alguns dos que trabalharam na construção do convento decidiram ficar. E o Felipe, que agora era o maior amigo de Gonçalo, aparecera um dia com o filho, trazendo seus cães e carregado de artigos para vender. Acabou fazendo da aldeia sua morada, erguendo do lado de fora do convento, ao lado de outras três ou quatro, uma casinha de taipa, de onde saía e para onde vinha em suas viagens de comércio, agora facilitadas por um cavalo. Gonçalo gostava dele, fazia-lhe bem sua conversa amiga. *E folgava em saber que Antônio, o filho de Felipe, estava casado com sua neta Inês, a filha mais velha de Bartolomeu. A criança que ela trazia no ventre, o primeiro bisneto que talvez tivesse a ventura de ver brincar, reuniria o sangue dos dois amigos e marcaria, como nada mais poderia fazê-lo com tanta força, sua definitiva consagração a essa terra nova onde teve a boa ideia de pedir para ficar, fazia tantos e tantos anos...*

Nunca se arrependera. Durante todo esse tempo, pouco saíra de lá. Algumas entradas pela mata com os caçadores da tribo, algumas expedições rio acima. E algumas jornadas, mais raras ainda, até a vila ao sul. O suficiente para saber que não se adaptava mais àquela vida deles, cheia de ordens a cumprir, horários a obedecer e vassalagem a prestar.

Ao longo desse tempo, muita coisa ocorrera na administração da colônia, mas nem por isso a vida nela ficara mais atraente para Gonçalo fora da aldeia de Manguezal dos Reis Magos. Vieram missionários e se erigiram capelas e igrejas em vários sítios. Vieram soldados e se construíram fortalezas e quartéis. Vieram mercadores e se edificaram trapiches, feitorias, entrepostos e povoados.

Agora começavam a vir mais colonos e em vários pontos do litoral surgiam vilas, estabeleciam-se fazendas, moinhos e engenhos, os primeiros carros de boi e tropas de animais de carga iam alargando com sua passagem as picadas estreitas, engolidas pela vegetação, que cortavam o mato nos primeiros tempos. Mas a aldeia de Manguezal dos Reis Magos seguia esquecida, não tendo o que oferecer a olhos cobiçosos. E continuava a ser, para Gonçalo, o lugar que escolhera, o sítio onde um dia seu crânio seria enterrado, onde sua carne se desmancharia e se misturaria com as partículas da terra que uma vez cavara com as próprias mãos para receber a cebola e o alho que, plantados sob o pé de araçaúna junto ao rio, se perpetuaram em temperos que agora se mesclavam ao peixe de cada dia e acompanhavam o pirão feito com a farinha da mandioca ralada, espremida no tipiti e fritada no tacho de cobre trazido por Felipe em sua primeira viagem. Colorida de urucum, perfumada de seus temperos e das ervas nativas, cozida nas panelas de barro preto que as índias moldavam com o lodo do manguezal, a moqueca diária de cada família resumia, tanto quanto sua prole multiplicada, a maneira como ele se fincara nessa terra: aos poucos, miudamente, sem a imponência evidente das raízes da sumaúma, mas com a teimosia discreta e irredutível da cabeleira subterrânea da tiririca, que ninguém arranca. Este era o seu chão.

Nas ocasionais visitas à vila de Nossa Senhora da Vitória, sentira-se um estranho junto aos portugueses, não se percebia mais como um compatriota deles, mas como alguém de uma raça nova que surgia. Um brasileiro de eleição. Entendia bem o que se passara ao donatário da capitania, vindo do reino para governar aquela gente, segundo lhe contaram. Não conseguia recriminá-lo e, apesar de todas as conversas escandalizadas que ouvira, a relatar o comportamento condenável do capitão-mor e advogar a excomunhão para o pobre Vasco Fernandes Coutinho, a verdade é que, ainda que não o confessasse a ninguém, Gonçalo se condoera da sorte trágica do pobre capitão-mor, a acabar seus dias na miséria e desprezado dos homens. Vira nesse ser à parte um conterrâneo seu, de uma estirpe nova a se formar, alguém capaz de dormir em rede e apreciar cauim e moqueca além de vinho e chouriço. Sobretudo, alguém disposto a entender aquela formosa terra e sua gente, a fumar com eles, a dançar e cantar com eles, a ouvir suas porandubas e a arder no desejo de alisar a pele cheirosa e aveludada daquelas mulheres, ansiar por se perder na carne morena e festiva com que celebravam a alegria de estarem vivas ao sol.

Tito se sentia cada vez mais integrado naquela cidade fascinante e tão cheia de oportunidades. Claro que às vezes batia uma saudade forte. Do sol, da praia, dos amigos, da ginga das mulheres, dos olhares entrecruzados a cada passagem, da roda de samba, do futebol com os amigos, da sensualidade difusa pelo ar, o tempo todo, tão diferente daquela contenção inglesa, cada um dentro de uma bolha invisível no espaço.

Mas lembrava também das correntes que prendiam: a dureza permanente, a incerteza de cada dia, a luta pela sobrevivência que não deixava tempo para ir atrás de seu próprio caminho na fotografia. Em Londres se sentia bem mais solto, respeitado, sendo alguém. Queria que o Soares pudesse ver o que ele estava fazendo. Não tinha paciência de escrever, mas tinha vontade de mostrar algumas das fotos e contar as novidades. Qualquer dia desses, fazia uma surpresa e telefonava para ele. Ou selecionava umas fotos melhores e mandava. Se tinha chegado aonde estava, sabia que devia tudo a ele. Alguém que o acolheu com respeito, que o levou para a revista como estagiário, e não o discriminou só porque tinha uma história diferente, sem o estudo, a leitura, a caretice e a família que tinham os outros. Um mestre exigente mas justo, que enxergou o x do seu problema e lhe ensinou o beabá da profissão.

Não tinha a menor ideia de onde estaria hoje se seu caminho não tivesse se cruzado com o do Soares. Mas certamente não seria em seu apartamentinho de Chelsea, perto do rio, namorando Liana, batendo perna pelas ruas de Londres e fotografando para uma importante agência internacional.

Quando se encontraram pela primeira vez, foi na rua onde Tito passava a maior parte do tempo, perto do prédio onde ficava a sede da revista. Fazia mais de dez anos, mas Tito lembrava como se fosse hoje. Era moleque ainda, recém--chegado do interior, ainda muito próximo do menino Expedito que corria pelos canaviais e brincava com rapadura na usina em Queimados. Ia aos poucos descobrindo os macetes da cidade grande e tinha feito amizade com o garçom de um bar por ali, costumava passar no fim da noite para ver se havia uma sobra de comida. Nem sempre voltava depois para casa, lá nas lonjuras de São Gonçalo, onde a mãe, o padrasto e os irmãos menores se amontoavam em colchonetes espalhados pelo chão dos dois cômodos de alvenaria que ainda não eram uma casa e já não mereciam ser chamados de barraco. Ele não gostava, preferia dormir na praia ou debaixo de uma marquise com os amigos. Assim ninguém ficava pegando no pé dele. Em casa, era um inferno. O padrasto enchia todo mundo de porrada. A mãe enchia a cara. E ninguém enchia a barriga.

Foi justamente por causa disso que ele tinha decidido que só ia dormir em casa quando pudesse levar algum e dar uma ajuda. Fez entrega em feira, vendeu chicletes em sinal. Mas era muito explorado, tentou sair desse esquema, soube que o pessoal que vendia jornal era tratado melhor — e ainda ganhava camiseta para trabalhar. Mas não tinha vaga. Começou a rondar em volta dos prédios de jornais e revistas para ver se conhecia alguém e descolava uma ajuda. Numa dessas, viu o Soares estacionando o carro, com adesivo da revista no cantinho do vidro dianteiro.

— Moço, posso lavar?

— Não, obrigado, não estou precisando...

— Mas eu estou... — não se conteve.

O homem parou, olhou bem para ele, e mudou de ideia. Na volta, quando pagou, conversou um pouco, bem gentil. E virou freguês. Pelo menos duas vezes por semana, deixava lavar o carro. E tinha sempre uma conversinha. Um dia, falou que ia tomar um chope no balcão de um bar ali em frente, perguntou se ele não queria um croquete, um sanduíche. Depois, ofereceu guaraná, perguntou se queria mais. Tito ficou logo desconfiado, achou aquilo com jeito de viadagem, resolveu encher a barriga e dar no pé.

Mas o sujeito não fez proposta nenhuma, só ficou olhando, perguntou o nome dele, se tinha família, se ia à escola, ele não respondeu nada de verdade, vê lá se ia marcar essa touca, inventou uma história de mãe doente no subúrbio, contou que ajudava na limpeza de um canil no Jacarezinho — onde tinha ido uma vez levar um vira-lata atropelado que acabou morrendo, e podia descrever direitinho sem ter muito trabalho de inventar. O cara disse que a mulher dele também estava doente, acabou dando o dinheiro da passagem para ele voltar para casa.

Daí a mais uns dias, o cara trouxe umas roupas velhas para ele, dizendo que era para ver se o tamanho servia. Nem eram tão velhas. Tinham sido do filho dele que, pelo jeito, devia ter muita roupa, porque quase não estavam gastas. Umas camisetas, uma calça bem legal, um par de tênis. A partir desse dia, o cara cada vez conversava mais, como se fosse mesmo amigo. E Tito resolveu que tinha chegado a hora de fazer o pedido, pra ver se arrumava um trabalho melhor.

Mas justamente nesse dia, o cara chegou, olhou para ele de cara feia e disse que não queria mais que Tito lavasse o carro dele.

— Mas, doutor...

— Por que foi que você mentiu para mim?

— Escute aqui, ô cara, eu não te pedi nada, tu me deu porque quis, eu não preciso ficar batendo caixa da minha vida pra ninguém, tá? Não sou michê, não dou o rabo, não sou avião, não sei o que é que tu pode querer comigo.

E foi virando as costas para ir embora. O sujeito mandou ele ficar e começou a falar. Disse que se chamava Soares, era fotógrafo, tinham mandado ele ir com um repórter fazer uma matéria sobre animais perdidos num depósito veterinário da Sociedade Protetora dos Animais, lá em Jacarezinho, bem debaixo do viaduto, igualzinho ao que Tito tinha contado, ele logo reconheceu. Mas não tinha nenhum menino trabalhando na limpeza do canil, nunca tinha tido.

— E daí? Eu conto o que eu quiser, para quem eu quiser, ninguém tem nada com isso. A minha vida não é da tua conta. O que é que tu quer comigo, afinal?

— Não fique assim, Tito, eu só quero ser seu amigo. Eu tinha um filho assim como você, que morreu há pouco tempo. Você me fez lembrar dele.

— Morreu de quê?

— Bala perdida. Dentro de casa, vendo televisão. Morreu na hora. Pelo menos, não sofreu.

O homem tinha respondido de um jeito seco e logo se calou. Como quem não queria falar mais. Tito não sabia o que dizer. Mas queria achar alguma palavra de consolo. Disse a primeira coisa que lhe veio à cabeça.

— Tu mora de fundos na Barão da Torre?

— Na Sá Ferreira.

— Dá no mesmo. Quando pinta guerra de quadrilha é a mesma merda... Bala não é que nem entregador de farmácia, não tem endereço certo.

Tito falou como quem estava acostumado, mas ficou com pena do tal Soares. Se tinha uma coisa que o deixava puto da vida era saber de gente nova que morria, sem ter tido chance de viver nada. Não estava certo. E se cagava de medo de um dia lhe acontecer o mesmo.

Parecia que o cara estava lendo os pensamentos dele, porque disse:

— Pode ser, mas é muito injusto. E dói muito.

Mais uma vez, Tito não sabia o que dizer. Então, dessa vez, não disse nada. Mas depois, quando a conversa continuou, também quis contar a verdade. Ou parte dela. Não falou que cheirava cola, que algumas vezes tinha roubado uma coisinha aqui ou ali — mas só para defender algum, no descuido de alguém, nunca na violência. Só falou dos porres da mãe, das surras do padrasto, das brincadeiras com os irmãos, da alegria de soltar pipa com os menores, jogar sinuca com os maiores ou cantar num pagode com todo mundo. Contou onde morava. E contou que tinha parado de ir à escola, não aprendia nada mesmo, as professoras estavam sempre faltando, cada hora tinha uma diferente, a diretora gostava de gritar, enchia o saco. O Soares ficou dando palpite, tipo discurso do horário eleitoral na tevê, dizendo que educação era importante, que ele devia ao menos terminar o primeiro grau — que ele chamava de ginásio — porque quem estuda tem melhores chances na vida, que ele precisava ser responsável, pensar no futuro, para não virar bandido, uns papos assim. Tito não gostou muito dos conselhos, mas gostou do cara. Acabou lavando o carro dele sem cobrar, e deixando um bilhetinho: "Com os cumprimentos do Tito". E nessa noite foi dormir em casa.

No dia seguinte, pediu o emprego. Soares arrumou um lugar de mensageiro para ele, num laboratório de fotografia lá em Botafogo. Daí a pouco, o menino já tinha virado ajudante. Aprendia rápido e com gosto. Adorava ver o trabalho dos fotógrafos, a revelação dos filmes, entrar no laboratório e ficar vendo tudo, naquela luz vermelha: a luz formando as imagens, as formas aparecendo devagar no papel dentro das bandejas de ácido.

Soares prometeu que, se ele voltasse a estudar, ganhava uma máquina fotográfica. Daquelas incrementadas, cheias de lentes. Tito achou graça. Sabia que, se quisesse, era só passar a mão numa e sumir no mundo. Não precisava estudo pra isso. Mas descobriu que não queria. Foi para o curso noturno. Ganhou a câmera, a amizade de Soares e um orgulho enorme de si mesmo. Quando acabou o curso, ganhou algo mais: a chance de um estágio na revista, que agarrou com unhas e dentes, sabendo que ali estava uma chave para nunca mais voltar à vida de antes. E acabara vindo parar na Europa, vivendo de seu trabalho. Do olho que enxergava o humano por dentro das coisas, como lhe dissera o cara da agência. Da capacidade de ver o que os outros não viam. Claro. Via mesmo. Ele sabia por quê.

Nos últimos anos, vinham aparecendo alguns galeões castelhanos por ali. Mas não chegavam abrindo fogo, até pelo contrário. Pernoitavam na enseada, os homens enchiam barris de água fresca, faziam um ou outro reparo numa embarcação, perguntavam muito sobre ouro e prata, sobre presença de corsários ingleses e franceses, e depois iam embora. Logo que chegaram os primeiros, quem conversou muito com eles foram os padres, que sempre tratavam de mandar mulheres e crianças para dentro do convento e em seguida desciam à praia quando viam qualquer embarcação a se aproximar. Mas não ficaram preocupados com os espanhóis. Reuniram alguns moradores do local e lhes explicaram as razões.

— Agora é uma só Coroa, a reunir portugueses e castelhanos. O rei D. Sebastião desapareceu numa batalha no deserto, guerreando contra os infiéis. E como não deixou herdeiros, o trono coube a seu primo, o rei de Espanha. Os espanhóis não são mais nossos inimigos. É um só reino, não temos que temer invasões.

A temer, só o mínimo de sempre. As violências e cobiças individuais, que podiam vir de portugueses ou estrangeiros. Mas não as disputas nacionais, motivadas apenas por diferenças de bandeira. Pelo menos, era o que julgavam os habitantes da aldeia, sem saber que justamente o domínio espanhol ia tornar mais constantes e aguerridos os ataques inimigos, sobretudo de ingleses e holandeses.

No entanto, não foi o que previram no primeiro instante os jesuítas. E transmitiram essa sensação aos outros. A nova situação dava uma certa tranquilidade, pelo menos. Mas pouca. Principalmente para quem não entendia muito dessas questões e se lembrava de tempos melhores.

— Por vezes acho que devíamos tentar nos armar com arcabuzes e talvez até uma peça de artilharia em frente ao convento, apontada para o mar — dizia Bartolomeu ao genro Antônio, numa conversa ao pé da fogueira, diante da casa, numa noite estrelada de lua nova. — Não sei até quando lograremos nos defender só com arcos e flechas. É verdade que, nos últimos anos, parecem ter diminuído os ataques à aldeia, talvez por termos agora portugueses e castelhanos defendendo a costa, não sei. Mas estas coisas que me contas de outros sítios me enchem de preocupação.

— É verdade. Lá na vila de Nossa Senhora da Vitória não se falava de outra coisa. Os flamengos penetraram nesse grande rio ao norte até bem longe da foz. Esses novos navios deles são diferentes... As carracas, muito mais morosas. As urcas, mais pesadas e achatadas, menos ligeiras que as caravelas, mas capazes de compensar o calado pela arqueação e suportar tonelagem muito maior, transportar muito mais carga. São próprias para grandes carregamentos de mercadorias. Não sei o que trouxeram desse tal de rio Doce, mas podem ter ido longe por ele adentro.

— E a outra história? Dos ingleses?

— Essa já foi há algum tempo, mas agora estavam todos na vila a recordá-la, porque comprova a necessidade de defesa. Como vossa mercê dizia, há que defender-se com melhores meios. Uma resistência encarniçada pode se opor com firmeza a uma tentativa de assalto. Principalmente quando se trata de

*assaltantes decididos. O tal inglês foi muito audacioso. Se não
fora pelo enfrentamento feroz da governadora, teria tomado o
porto.*

Bartolomeu espantou-se:

— Da governadora?

*— Pois não lembra vossa mercê? Quem mandava na
capitania até há pouco era uma mulher, a viúva do capitão-mor.*

— Mas não era o filho dele quem ficara no comando?

Antônio explicou o que sabia, com paciência:

*— Isso mesmo. O filho do primeiro donatário. Mas ele
morreu. E essa governadora era a viúva dele. Dona Luísa Gri-
nalda, parece que se chama.*

*— Faz-me lembrar um episódio que narrou um dia um
mensageiro que veio do Rio de Janeiro trazer umas ordenações
para padre José. Nunca esqueci, pois se passou com uma mulher
que tinha o mesmo nome de minha filha, tua mulher, então com
uns sete anos, mais ou menos como a tua Joana agora. Chamava-
-se Inês. Inês de Souza. Mulher de um governador por nome de
Salvador, mui animoso e bom capitão, com fama de grande soldado. Mas salvadora foi ela. Imagina tu que certa feita, estando
ele no sertão com muitos dos habitantes, não sei se à cata de riquezas ou de índios, vieram três naus francesas assaltar a cidade. Pois
não é que dona Inês mandou que as mulheres do Rio de Janeiro
se trajassem como varões em armas e fossem para a praia em meio
a muito barulho, a simular um exército pronto para a defesa?
Conseguiu afugentar os assaltantes.*

*— Essa dona Luísa foi diferente. Foi mister que assim o
fosse, pois o inglês não se deixou afugentar de longe, mas exigiu
que ela chegasse às vias de fato, a defender a terra com prudência
e valor. Mas ela não faltou a sua gente. Organizou a resistência
com um capitão-adjunto e combateram com valentia. O corsá-
rio inglês, um tal de Cavadiz, ou Cavendixe, algo assim, perdeu
tantos homens que teve que queimar um de seus navios, por não
ter quem o equipasse. E saiu fugido, correndo desabalado, com as
mãos nos cabelos, debaixo das risadas da malta.*

*Bartolomeu riu também. Mas não muito. Voltou a ficar
pensativo.*

— Essas coisas preocupam. Mas oxalá com tantas riquezas a cobiçar em outros sítios, esses assaltantes nos deixem em paz por aqui...

— Que Deus Nosso Senhor vos ouça, meu sogro. Mas não chego a atinar com as razões de tantas guerras e invasões numa terra tão grande, que dá para todos. Cada um pode plantar a sua roça para seu sustento e de sua família, e ainda restam alqueires de sobra para quem quiser.

— Não é assim tão simples. Aqui em Manguezal dos Reis Magos, só plantamos o que comemos. Ou o pouco que vamos usar para negociar com outros, trocar pelo que precisamos. Mas contam que em outros sítios os canaviais estendem-se a perder de vista. E junto a eles se fazem os engenhos, onde se fabrica o açúcar que vale ouro e desperta a cobiça de todos.

— É... — confirmou Antônio. — Na vila de Nossa Senhora da Vitória é assim, tem para mais de cento e cinquenta vizinhos, seis engenhos, um vigário. Os padres têm uma casa bem acomodada. E a cerca é cheia de muitas laranjeiras, limeiras doces, cajus e goiabeiras. Tem até um porto particular, só para uso deles.

— Foi de lá que padre Diogo trouxe todas aquelas mudas de plantações d'além-mar, e mais todo gênero de sementes de hortaliças de Portugal — lembrou Bartolomeu. — Um lugar de fartura.

Antônio recordou suas conversas com Felipe e acrescentou:

— Meu pai me contou que em outras capitanias, mais ao norte e mais ao sul, a fartura é ainda muito maior, é opulência mesmo. Pode ser que isso atraia os assaltantes para longe de nós. Mas pode ser também que se espalhe a fama dessas riquezas e mais gente venha atraída de longe, sem saber ao certo onde estão. E acabem vindo até cá.

Bartolomeu suspirou e levantou os olhos para o céu escuro e estrelado. Ficou algum tempo em silêncio, mergulhado na memória de outras noites de sua meninice, a contemplar as mesmas estrelas numa vida que era tão diferente. Às vezes lhe dava vontade de voltar a ser criança, curumim que andava sem roupas, solto na mata a se preocupar com mundéus e arapucas, a dar seus primeiros passos no manejo do arco e da flecha contra as aves em voo ou os peixes que deslizavam velozes no rio. Pareciam tão distantes os tempos em que era só aprendiz de pescador, saindo ao mar com o pai, iniciando-se com Gonçalo na faina diária de tirar seu sustento das águas verdes, a preparar linhas e anzóis, tecer redes, jogar tarrafas, içar velas, empurrar canoas areia acima. Agora ensinava aos filhos menores, Mateus e André, como antes fizera com o irmão deles, o Gabriel que não queria mais saber do mar e só pensava em se fazer mercador, a ajudar Felipe e Antônio nas jornadas a outras vilas para negociar. Talvez, com a ajuda de Deus, ainda pudesse um dia ir pescar com o neto recém-nascido, isso sim, como um dia pescara com o avô Menibi. Mas ainda precisava esperar que o menino Angelo crescesse. Seu primeiro neto homem, depois das gêmeas Marta e Maria e da irrequieta Joana, brincalhonas e agitadas como serelepes, todas três parecidas com a avó Cajati, cor de terra molhada, mas com olhos cor do mar, como Antônio, pai delas.

Antônio interrompeu seus pensamentos com um comentário que revelava estarem suas ideias a seguir um curso parecido às do sogro. Lembranças de outros tempos, sonhos de futuro, pais e filhos.

— Creio que meu pai não deseja mais sair daqui, cansou-se de viajar para buscar mercadorias no porto, quer que outro o faça em seu lugar.

— Já não é sem tempo, Antônio. Agora é tua vez.

O genro respirou fundo:

— Não me agrada muito estar sempre a viajar e deixar Inês e as crianças sozinhas.

— Elas não estão sozinhas. Eu velo por elas, e sempre cá estão os padres.

— Preferiria cuidar dos negócios por estas bandas, ao mesmo tempo que me ocupo da plantação. Ainda mais agora, hora de colher a safra.

— Colheita é trabalho de mulher — atalhou o sogro, com desprezo, nesse momento encarnando muito mais Batuíra que Bartolomeu.

Antônio sabia que ia ser difícil, mas estava decidido. Continuou, com paciência:

— Além disso, meu pai não está bem. Quero estar ao pé dele, se carecer de algo.

Bartolomeu resolveu argumentar diferente:

— E para não te apartares de teu pai, vais deixar todos nós à míngua das mercadorias necessárias? Não creio que ele, o velho Felipe trabalhador, possa gabar-se dessa tua conduta ou dizer que isso lhe aprazo.

Antônio percebeu a insinuação de que era preguiçoso e egoísta, mas aproveitou a deixa para apontar a solução:

— Mas, meu sogro, ninguém ficará à míngua de coisa alguma... Vosso filho Gabriel tenciona ficar no lugar de meu pai em seus afazeres. Tem ido sempre com ele, conhece todos os mercadores e armazéns da vila, entende-se muito bem com todos, sabe escolher as mercadorias e tratar preços e condições muito melhor do que eu...

Bartolomeu ficou furioso:

— Meu filho? Meu filho? Vai sair da mata e largar o mar para ficar comprando sal e vendendo farinha? Meu filho mais velho? Bisneto de Menibi, senhor da mata? Neto do velho Gonçalo, domador das ondas? Nunca!

Antônio o conhecia bem. Sabia que já dissera o necessário. Melhor agora era não responder, deixar a raiva do sogro cozinhar em fogo baixo e panela de barro. E esperar que pai e filho se entendessem diretamente em outra ocasião.

SEGUNDA PARTE

Liana tinha inventado de fazer uma reportagem sobre os lugares onde se fala português no dia a dia de Londres. Já dera uma geral pelos cursos de inglês cheios de estudantes. Já andara por Bayswater, nos barezinhos e restaurantes onde garçons gaúchos serviam, em inglês, comida italiana feita por cozinheiros cearenses, a turistas mineiros desavisados que, sem desconfiar, lutavam com a língua para fazer os pedidos no idioma local.

Nessa quarta-feira tinha ido para o outro lado do rio, à região de Vauxhall e Stockwell, onde entrevistara Avelinos e Palmiras, descobrira escolas públicas com aulas de português como língua materna, bibliotecas cheias de livros de Portugal e do Brasil, mercearias que anunciavam pastéis de nata e chouriço, serviços de táxis de Silvas e Ribeiros, restaurantes chamados Petisqueira e Bom Pitéu que prometiam feijoada e açorda — e até um pub com o nome de Vasco da Gama, ostentando na fachada uma daquelas placas tradicionais, com o retrato do navegador e um texto gabando a conquista das Índias, em letras douradas sob fundo preto. Deu até vontade de bancar a torcedora, hastear a bandeira vascaína e distribuir para os garçons camisetas com a cruz de malta. Mas limitou-se a tomar uma Guinness com bolinho de bacalhau, enquanto revia suas anotações.

Fez um roteiro detalhado para o fotógrafo da revista que viria no dia seguinte e se deu por satisfeita. Sabia que ia dar uma boa matéria, original e divertida, com bastante informação e escrita com indisfarçável ternura.

Depois, tomou o ônibus para voltar por Battersea. Quase chegando à ponte, resolveu saltar e seguir a pé. Com a primavera, os dias começavam a ficar mais longos. Dava para terminar o trabalho ainda com dia claro. Gostava de andar a pé pelos lugares bonitos da cidade, atravessar um parque ou uma praça cheia de flores, encontrar com Tito para ir a um restaurante ou um cinema pelas ruas fervilhantes de gente. Mas também adorava quando resolviam jantar em casa, preparando juntos a refeição, como iam fazer nesse dia.

No caminho, nas bancas das quitandas, mercearias e mercadinhos que se derramavam sobre a calçada larga, foi escolhendo o que ia fazer para o jantar. Uma salada gostosa que Tito tinha inventado, com endívias, morango e queijo de cabra. Aspargos frescos, o luxo da estação. De sustança — como dizia a avó — um peixe simples, grelhado, no molho de manteiga, em homenagem às saudades de Manguezal. Pão ainda quente, crocante e cheiroso. Vinho, tinham em casa. De sobremesa, o embrulhinho que trouxera de uma das lojas da South Lambeth Road, com irresistíveis pastéis de Santa Clara.

Atravessou a ponte carregando a sacola de compras. Podia ter tomado outro ônibus para a travessia, mas ele sempre demorava a chegar e ela não estava com vontade de ficar no ponto esperando. Na verdade, queria era apreciar a luz deslumbrante da tarde, sentir de perto o rio. Estava encantada por agora morar junto a ele. Tanto que Tito até brincava:

— Estou começando a ficar com ciúme, morena. Acho até que você topou mudar para cá muito mais por causa da vizinhança do que para ficar perto de mim.

— Ah, meu amor, não diga uma coisa dessas... — e ela o calava com um beijo.

Ele sabia que não era verdade. Mas o fato é que Liana estava mesmo adorando o lugar. Relutara muito em sair de seu apartamentinho térreo no norte da cidade, próximo a um bosque que encerrava todos os encantos possíveis e mandava suas bênçãos até junto dela, se abrindo para passeios ou quase encostando em seu pequeno jardim de fundos, visitado de dia por saltitantes esquilos e *robins* (que ela nunca ia se acostumar a chamar de pisco em português), e de noite por raposas arredias, ouriços-cacheiros ariscos e inacreditáveis rouxinóis. Por um lado, ela resistia um pouco a mudanças muito drásticas.

Por outro, tinha medo de perder — como sempre. De perder sua independência e seu cantinho gostoso, claro. Mas principalmente de acabar perdendo Tito, de interferir no espaço dele a ponto de levá-lo a sentir saudade do tempo em que vivia sem ela. Quando decidiu ir viver com ele, tentou primeiro que fossem para seu apartamento, mas era mínimo, pequeno demais. Chegou a sugerir uma conciliação:

— Então alugamos um outro, novo, nem meu nem seu. É mais sensato, Tito. Não é território de ninguém. Assim a gente não mistura as coisas.

Ele deu uma gargalhada:

— Território? Você tem cada ideia! É só um lugar de morar... Aliás, é de longe o melhor lugar que eu já tive na minha vida. Acho a maior besteira sair daqui por causa dessas frescuras.

— Não sei... Desculpe... Mas eu tenho um pouco de medo.

— De quê?

— Não sei explicar. De te invadir, talvez. Não sei explicar. Mas a minha experiência anterior me ensinou alguma coisa.

Ele deu um abraço nela, achando graça:

— Liana, eu também tenho uma vida toda disso que você chama de experiência anterior e também aprendi muita coisa. Uma delas é que, quando a gente quer e não atrapalha, as coisas ficam cada vez melhores. Então, não cria caso, está bem? Faça as malas, arrume o que é seu, e se mude para cá. Tem lugar de sobra, e fica num ponto ótimo, maneiríssimo, perto de tudo, mas sossegado.

Ela não queria ficar insistindo, como se estivesse teimando ou decidida a não vir.

— Tudo bem, eu não estou querendo atrapalhar nem criar caso, não é nada disso. Estou só tentando limpar a área, começar do zero.

— Isso não dá. Do zero só quando o cara nasce, e mesmo assim, olhe lá. A gente vai viver junto e cada um vai trazer tudo que já viveu antes, não tem outro jeito. Você vai trazer um monte de coisas, seus livros, seus programas, suas lembranças todas, suas viagens, sua escola, seus amigos, o tal do Aloísio e os quadros dele, seus irmãos, seus pais, as férias em Manguezal, sei lá que mais... Eu vou trazer a molecagem de menino solto no canavial, a malandragem do subúrbio, a raiva, a alegria, tudo misturado. Vou trazer a lembrança do feijão ralo, da vala preta correndo na rua, do sofá forrado de plástico grudando nas minhas costas suadas no calor do verão. Vou trazer a minha mãe de cara cheia, chorando, arrependida de estar com aquele cara e sem saber como se livrar dele, reclamando de ter vindo de Campos e sem ter como voltar. Vou trazer o olhar do Soares no dia em que o editor abriu a primeira página dupla para uma foto minha, e a lágrima que não deu para ele esconder quando eu disse que iam me mandar para a sucursal de Londres. Vou trazer um mulherio que você nem imagina, e tudo o que fui aprendendo com elas. Meninas de todo tipo, putas, garotas de programa, namoradas caretas. Vou trazer mais de um quarto de século, morena. E não dá para chamar isso de zero.

Liana sorriu. Adorava quando ele se empolgava dessa maneira, falando entusiasmado, veemente, cheio de amor à vida. Entregou os pontos:

— Ok, você venceu. Vou comunicar à senhoria e ver qual é a melhor data para a mudança.

Agora, um mês depois de instalada ali, se sentia completamente à vontade, em casa. Antes de mais nada, porque Tito ajudou muito. Mas também, em grande parte, graças ao rio.

Gostava de caminhar pela margem do Tâmisa, olhando a água, sentindo o vento, às vezes ouvindo o chape-chape da marola, sentindo um difuso cheiro de lodo e navegação. Principalmente ali, onde passava agora, perto do ancoradouro, adorava ver os barcos das pessoas que moravam direto no rio, o ano inteiro, ancorados em frente à rua com sua fileira de cascos, arrumados como se fossem vizinhos numa vila de subúrbio carioca, ostentando antenas de televisão no teto das embarcações, roupas secando no varal, vasos de planta e bicicletas no convés, cortininha xadrez nas janelas, cachorros latindo para os passantes. Uma vez, quando vinha andando com Tito, ele comentara:

— É muito engraçado. Parece um jeito tão alternativo de morar, mas ao mesmo tempo é tão careta, tão certinho. Sem nenhum espírito de aventura. Ninguém sai do lugar. Tem gente que até tira o barco da água. Deixa direto em terra. Outro dia eu passei e tinha uma porção assim, como se tivessem encalhado.

Ela achou graça e conferiu:

— Aqui?

— Aqui mesmo. Eu em geral não ando muito pela beira do rio, só mesmo aqui, chegando em casa. Muito frio, muito vento, muita umidade pro meu gosto.

Aí mesmo foi que Liana riu:

— Você vive me surpreendendo. Tão esperto para tudo na vida, malandro, descolado. Mas tem umas coisas em que é tão bobinho, meu lindo, parece criança...

— Que que foi?

— Meu querido, ninguém botou barco nenhum em terra. É só a maré.

Foi a vez de Tito dar uma gargalhada:

— Maré? Mas isto é o Tâmisa. É um rio, Liana. Não tem maré...

— Claro que tem, Tito. Rio grande também tem maré. E este aqui, tão junto da foz assim, está direto misturando as águas dele com o mar. Todo dia tem maré, alta e baixa, duas vezes por dia, você nunca reparou?

— Eu não...

— Pois eu vi logo. Desde o primeiro dia que eu passei aqui. Era lua nova e fez a maior diferença. De manhã estava bem baixa, de tarde tinha subido até cobrir aqueles degraus. Foi a primeira coisa que eu notei quando me mudei. Aliás, a segunda. A primeira foi a maresia, e eu já tinha reparado antes, quando vinha a sua casa. Mas não é só aqui. Tem uma porção de lugares de Londres onde é só a gente respirar fundo e vem esse cheiro do mar incrível, lembrando que a gente não vê o mar mas é uma cidade marinheira, ele está logo ali, na outra curva do rio, como se fosse na esquina, esperando.

— Sinceramente, nunca reparei. Vou prestar atenção — disse Tito, meio pensativo. — Mas deve ser verdade, porque gaivota eu já vi muito. De muitos tipos diferentes. Não saco muito esses lances de cheiro no vento, mudança de maré com a lua. Mas coisa de ver, não me escapa, eu reparo logo. Andei até fotografando. Gaivotas, patos, marrecos, até cisne nadando... Tem de montão.

— Tem mesmo. Gaivota por toda parte, até nos parques. Outro dia eu estava atravessando um desses gramados perto do rio e estava todo salpicado de branco, como se fosse neve. Quando cheguei perto, vi que eram montes de penas de pássaros. E, pelo meio, lá estavam as gaivotas, arrancando com o bico as penas do peito e espalhando tudo.

— Também já vi. Deve ser a época da muda. Ou então é para fazer ninho. Eu não entendo muito dessas coisas. Não sou especialista que nem você.

— Eu não sou especialista. Só que desde pequena me acostumei com essas coisas do mar em Manguezal. E adoro que a sua casa traz tudo isso para perto de mim outra vez. Às vezes passo por aqui, sentindo a maresia, olhando a marola, ouvindo o grito de uma gaivota que passa, e fico pensando. Um pouco desse ar, dessa água, pode ter andado por lá, viajado no vento ou nas correntes marinhas, e ter chegado aqui... É como se eu estivesse mais perto de casa.

— Pois eu estou pertíssimo. Minha casa é onde eu estou. No momento, aquela ali. Vamos.

Agora chegando sozinha, Liana levantou os olhos e viu o prédio no quarteirão seguinte. A mistura de cores que marcava sua vida nesse momento. Tijolinho vermelho, porta azul, gramado verde, narcisos amarelos e a nuvem rosa da cerejeira florida no jardim. No terceiro andar, debaixo do telhado inclinado como em desenho de criança, ela agora estava morando, feliz. Com a janela que abria para o rio, na frente. Com a outra nos fundos, para as chaminés e telhados. Um mar de ondas circunflexas, duas águas, quatro águas, torres, mansardas e cumeeiras se sucedendo. *Oh, roofs of Chelsea!* Os versos de Vinícius ecoaram em sua cabeça e a transportaram para o momento em que os lera pela primeira vez, deitada numa rede na varanda da casa em Manguezal. Lembrava da página do livro onde as palavras se arrumavam numa disposição gráfica inesperada, desenhando telhados. Fora uma surpresa, em plena leitura de sonetos de amor e elegias, navegando de empréstimo nas estantes do pai, por causa de uns elogios que Aloísio fizera à lírica do poeta. Estranhou o verso em inglês no meio do poema em português. Leu em voz alta, o pai ouviu e corrigiu a pronúncia, ela fez repetir. Ficou pensando em silêncio. Chelsea? Tem alguma coisa a ver com *sea*, mar? Até parecia *shall see*, vamos ver, verei. Será que um dia ela iria ver Chelsea?

E agora ali estava. Não só vendo, mas vivendo. E descobrindo que sim, Chelsea escondia o mar dentro de si. E, pelo menos para ela, tinha pontes invisíveis, se ligando com Manguezal, lá longe, no Brasil.

Muito antes do galo cantar, Gabriel já estava acordado. Uma nuvem passageira tinha trazido algum chuvisco na madrugada e o barulho das gotas na coberta de palha do tujupar o despertara. Custando a dormir de novo, sentiu fome. Levantou-se, apanhou um beiju numa vasilha que estava no jirau, e saiu de casa mordiscando. Atravessou a praça, por entre as árvores que cresciam, e foi até a beirada do barranco. Dava para distinguir ao luar toda a linha da praia, a foz do rio, as sombras da mata. Tudo tão ancho, tão aberto, tão percorrido de ventos, tão diferente dos sertões de onde já voltara havia mais de um ano e que não conseguia tirar da cabeça. Quase toda noite sonhava com eles, com a caminhada pelas brenhas dificultosas, com a subida dos penhascos escarpados, com a travessia dos rios empedrados, com o ataque da surucucu enorme, com o bote da jararaca peçonhenta, com as febres traiçoeiras, com tanta, tanta coisa que nunca mais saíra de sua cabeça. E não lograva entender por que se sentira tão à vontade no meio de tudo aquilo, nem por que se via, agora longe, tão órfão de algo que nem sabia o que era. Com tanta vontade de sair em outra expedição terra adentro.

Da primeira vez em que ouvira dizer na vila que o capitão Marcos de Azevedo estava a organizar uma entrada, mal poderia imaginar que iria fazer parte dela e depois vir a se encontrar nesse estado. Fora algo que o deixara de todo indiferente. Mas depois, quando soube que ele pretendia subir o rio Doce e seguir os passos de um tal de Sebastião Tourinho e mais do Diogo Cão, que muitos anos antes saíram à cata de esmeraldas, a situação mudou. Quiçá viesse a encontrar o caminho para as minas de prata de que volta e meia se falava. Ou mesmo a montanha das Pedras Verdes, que garantiam existir para lá da linha azulada das serras que dava para se ver do mar, quando se ia pescar.

Só então Gabriel tivera algum interesse por aquela expedição. Cobiça, melhor dizendo. Não desejava reduzir sua existência a uma pequena aldeia no meio das roças, ao lado dos mangais. Já conseguira se estabelecer como mercador na vila do porto, ainda que com frequência voltasse a sua casa em Manguezal dos Reis Magos para ver a família e manter em atividade sua linha de mercado. Era lá que deixava as mulheres da família colhendo algodão, a bolandeira fazendo farinha, as crianças enchendo balaios de conchas dias a fio. Era de lá que trazia os pequenos búzios tão apreciados pelos mercadores que traficavam com Angola, Guiné e outros pontos da África. Fora para lá que levara os animais e os dois negros que adquirira com seu negócio.

Mas as pedras verdes podiam mudar sua vida. Nunca vira uma esmeralda. Apenas conhecia a palavra, de tanto que seu avô Gonçalo falava nela, a comparar com esmeraldas a cor das águas da praia da Lua Nova ou o brilho dos olhos das bisnetas, suas sobrinhas, filhas de Inês. Por isso, sabia que eram pedras lindas, claras e verdes. Mas supunha que fossem como as contas azuis que o bisavô Menibi usara no colar que agora enfeitava o pescoço de Bartolomeu nos dias de festa ou procissão. Contas vindas do reino no navio que trouxera seu avô Gonçalo e presenteadas aos importantes da aldeia em troca de coroas e boinas de penas, ou barganhadas por animais vivos, como saguis e papagaios. Quando era mais moço, Gabriel não tinha a menor noção de que es-

meraldas podiam valer muito, ou que por elas houvesse homens dispostos a morrer e matar.

Só mais tarde, quando começou a ir até a vila com Felipe, ouviu falar mais coisas das tais pedras. Descobriu que eram preciosas como o ouro e a prata para os portugueses, como os búzios para os africanos, como facas, foices e enxadas para os habitantes de Manguezal dos Reis Magos. Poderiam ser trocadas por todo tipo de mercadoria. Por mais ferramentas para a aldeia, por tecidos do reino, por provisões variadas, por óleo de baleia, por novos animais de carga, por um carro de bois, por mais escravos que viessem se juntar aos dois que já trouxera, os primeiros que jamais alguém vira ou possuíra no local.

A ideia de aumentar seus cabedais o fez decidir-se. Com a bênção e o apoio dos jesuítas, procurou o capitão Marcos de Azevedo, manifestou sua intenção de juntar-se a seus homens, ofereceu seus préstimos, seus escravos e seus animais. Em pouco tempo, partiam para o sertão, em busca da serra Reluzente, talvez da lagoa Dourada, sonhando com as Minas de Prata, dispostos a encontrar o tesouro das pedras verdes.

Quando voltaram, em número bem mais reduzido e em estado de petição de miséria, esquálidos de privações e febres, trouxeram a certeza de que a busca não era apenas um sonho. Os sertanistas anteriores tinham razão. A serra das Pedras Verdes existia, escondida nas brenhas do sertão. Não chegaram até ela, mas encontraram índios que a conheciam e mostraram alguns de seus frutos. Estiveram bem perto, em seus primeiros contrafortes. Chegaram a extrair algumas pedras. E certamente teriam descoberto as minas principais, se não fosse a ameaça crescente de novos ataques traiçoeiros de tapuias hostis e aguerridos. Por muito pouco não pereceram todos os da expedição em tão escabrosas regiões, insalubres e ricas também em sezões e febres. O capitão decidiu lá deixar suas ferramentas e almocafres, e se precaver contra os aleivosos inimigos por meio de uma superioridade incontestável de número e artilharia, sendo para isso necessário retornar à vila para tratar de se municiar de mais armas e homens, equipados com saios ou gibões acolchoados de algodão, que pudessem embotar frechas de pontas peçonhentas. Já sabiam onde estava a serra das *Pedras Verdes*, e anotaram muito bem as indicações de como lá chegar. Não era pusilanimidade nem cobardia, mas apenas prudência. Retornariam em condições mais favoráveis, de supremacia garantida.

Mas o tempo passava e Gabriel não via a expedição se reorganizar. O governador D. Francisco morrera à míngua, ainda que convicto de sua fortuna vindoura, garantida pelas esmeraldas com que tanto sonhara. O capitão viajara. Não se sabia dele, não se logravam os recursos necessários. Dizia-se que os jesuítas se encarregariam de equipar sertanistas para novas minerações. Cada vez mais, Gabriel se dava conta de que não se faria essa outra entrada. O que não imaginava é que o sonho continuaria vivo, nem que setenta anos depois um paulista cognominado "O Caçador de Esmeraldas" iria chegar à mesma serra onde estiveram, vindo do sul pelos caminhos do sertão, encontraria as ferramentas e utensílios por eles deixados e junto a eles morreria em delírio, na reverberação das copiosas pedras verdes — que, afinal, eram belíssimas, porém não passavam de turmalinas.

Mas não era isso o que tirava o sossego de Gabriel e o deixava insone nessa noite de luar. Ardia por voltar à serra, à mata, às brenhas hostis, lá isso era verdade. Mas o que o perturbava era compreender que não era mais o desejo das minas nem a cobiça de cabedais o que o movia. Desde seu retorno, estava a perceber em si mesmo sinais de um homem que nunca suspeitara. Sabia que refutara seus ancestrais bugres, qual fora apenas europeu, e se recusara a ser um índio de amém, metido em camisa de algodão rústico e rudes panos a lhe cobrir as vergonhas, sempre disposto a entoar queremos-Deus no coro da missa depois de labutar nos roçados dos padres. Sabia disso tão forte que até esqueceu que seu pai Bartolomeu um dia fora Batuíra, que sua avó Isabela nunca deixara de ser Cajati, que seu bisavô Menibi jamais vestira roupa. Preferiu ver em si apenas o lado branco, não recordar mais que o orgulho que sentia do avô Gonçalo Vaz Bermudes, primeiro português a se estabelecer em Manguezal dos Reis Magos, patriarca fundador, inspirador da aldeia e do convento fortificado, semente da povoação que se esparramava em histórias e receitas, se multiplicava em colheitas e nascimentos.

No entanto, de retorno da entrada até a serra das Pedras Verdes, Gabriel trouxera outras minerações, que não as de metais e rochas. E nas noites insones, tentava garimpar sua alma, descobrir quem era. Sem nem saber como, fora ele quem salvara a expedição. Diante do ataque de um pequeno número de tapuias, logo postos a correr, teve uma intuição. Percebeu de dentro o que ocorria. Como uma lembrança atávica. E quando os homens se preparavam para sair ao encalço deles, deteve-os com firmeza. Garantiu que era um estratagema, teve absoluta certeza de que se preparava uma cilada à traição, tocaia que a todos dizimaria. Conseguiu convencer o capitão a se acautelar, enviar apenas um pequeno troço de homens, com alguns dos tupiniquins batizados que os acompanhavam, a verificar o terreno, atentos, preparados para uma emboscada. Seguiu em companhia deles. Mas toda a prudência não bastou. Foi Gabriel o único a retornar, ferido embora. Se houveram ido todos, teriam sido dizimados. E o episódio deixou patente ser ocasião de tratar da torna-viagem, se tencionavam volver com vida.

O que o intrigava agora era lembrar como soubera de tudo o que se passava na mata, sem nem se dar conta de quais meios usava. Qual animal criado nela. Muito à vontade, com os sentidos mui apurados e os instintos mui agudos. Via à distância, distinguia tudo pelo olfato, descobria a pista da onça, sentia pelo cheiro a proximidade do jacaré, pelo ouvido o tinir da cascavel. Nunca lhe faltava o tino para achar a direção. Reconhecia as raízes que alimentavam, as ervas e folhas que pensavam feridas, os óleos e resinas que cicatrizavam. Fazia fogo com facilidade, descobria água em todo sítio. Os insetos o incomodavam menos que aos habitantes da vila, fosse por livrar-se dos parasitas pelos muitos banhos que tomava ou por rapidamente ter retomado o hábito indígena de passar no corpo substâncias que os afugentavam. Em poucas palavras, sentira-se em casa. A falar a verdade, agora, que voltara a sua casa na aldeia, sentia falta daqueles dias de caminhada incessante, ataques de feras, suspeitas de ciladas. O que para os outros era um inferno parecera-lhe uma festa. E não conseguia mais imaginar-se longe daquela vida livre e solta.

Se não ia haver nova expedição, que se danassem todos. Ali, não ficava mais. Na mineração de si mesmo, a única que contava, poder-se-ia deixar ofuscar pelo brilho da pepita mais preciosa que descobrira, do cristal único que o cegava. A essa luz, fazia sua escolha.

Destarte, antes dos primeiros raios de sol se debruçarem sobre a linha do horizonte para começar a clarear Manguezal dos Reis Magos, Gabriel voltou ao tujupar e recolheu o facão e as parcas coisas que desejava levar. Acordou o pai, comunicou-lhe a decisão e pediu sua ajuda.

E foi assim que, às primeiras luzes rosadas da manhã, Gabriel tirou a roupa, e Bartolomeu ensinou o filho a pintar o corpo de urucum e jenipapo. Em seguida, sob a bênção de um orgulhoso olhar paterno, enevoado de neblina e molhado de maré, o homem mais jovem pôs-se a caminhar, sem volver o rosto para trás. Despojou-se de sonhos de esmeraldas e minas de prata, largou cobiça de mais escravos e animais, abandonou bens e haveres, civilização e cabedais, deu as costas às verdes águas do mar. Foi ser feliz nas brenhas sombreadas das matas altas, de onde nunca mais voltou.

— Esmeraldas, águas-marinhas, sei lá de que se trata... Só sei que são umas joias brasileiras, não sei se colar ou tiara. E foram dadas de presente à rainha Elizabeth. Quando ela se casou, ou foi coroada, não sei, lá pelos anos cinquenta, se não me engano. Para falar a verdade, não sei nem quero saber, e tenho raiva de quem sabe — como dizia a velha Erundina lá em Manguezal. Não tem a menor importância, é uma perda de tempo...

Liana estava furiosa. Se tinha uma coisa que não suportava era ficar fazendo o que chamava de "matéria bobinha": E se havia algo que a deixava mais frustrada do que esse desperdício de tempo e talento, era o que agora tinha que fazer: cobrir falha de alguém que tinha feito "matéria bobinha" malfeita.

Tito tentou consolar:

— Não liga, não, morena. É uma coisa tão à toa que num instante você termina e fica livre. Não dá o menor trabalho.

— Isso eu sei. Mas é por isso mesmo. Melhor que desse uma trabalheira e tivesse algum sentido. Mas uma reportagem sobre as joias da rainha? Francamente... Só pode ser picaretagem. Aposto que é alguma jogada do departamento comercial. Deve ter a ver com publicidade de joalheiro, essas coisas. Deve ter algum encarte ou anúncio imenso nas páginas seguintes. Aposto que a ideia deve ser sugerir de leve às peruas que elas devem usar joias para ficarem poderosas que nem a rainha.

Tito resolveu partir para a gozação, ver se dava um jeito de fazer Liana rir.

— Como é que você ainda diz que isso não faz sentido? Tem a maior função social, Liana. Estimula os ricos a colaborarem com os meninos de rua... Talvez se as peruas brasileiras usassem mais joias, houvesse menos fome no Brasil. Digamos que a riqueza circularia mais...

— Se o fim da fome no Brasil dependesse de assalto, já estava todo mundo de barriga cheia há muito tempo — fulminou ela. — O buraco é mais embaixo e você sabe disso melhor do que ninguém.

Fez uma pausa e completou:

— E não adianta brincar com esse assunto. Eu estou puta, porque odeio ficar consertando cagadas alheias para manter funcionando aquela máquina maluca da redação. Toda hora tenho que fazer isso, ficar acobertando uns e outros, apagando incêndio, para ninguém lá em cima descobrir a incompetência geral. E não aguento mais os argumentos de coleguismo para me convencer. Tinha era que botar esses idiotas na rua. E contratar profissional que saiba o que faz. Colega de verdade. Isso sim é coleguismo.

Tito sabia que isso realmente a incomodava, e mudou o tom:

— Não entendi bem o que foi que aconteceu dessa vez. O tal cara não estava fazendo a reportagem?

— Estava, não... Fez. Ou acha que fez. Só que meteu os pés pelas mãos. Era a coisa mais simples do mundo. Ir lá, ver, descrever, dar o clima das pessoas. E fazer uma pesquisinha para contar a história das joias. Mas o coleguinha resolveu não ter nem esse trabalho. E fez tudo em cima de folheto turístico. Nem foi ao local.

Deu uma risada e prosseguiu:

— Só que o folheto era mais antigo. O gancho da reportagem, o pretexto, é que inauguraram um salão novo na Torre para a exposição das joias, com supersegurança e o escambau, ainda mais depois do tal atentado a bomba. E o cara descreveu em detalhes as instalações antigas, em outro lugar e totalmente diferentes. Foi por isso que sobrou pra mim.

— E por que não mandaram ele mesmo consertar?

— E eu sei? Deve ser para dar a impressão de que ele foi punido, que tiraram o assunto dele. Mas no fundo é proteção. Foi para livrar a cara dele. Reconhecendo que, se a matéria está pautada para o próximo número, que fecha amanhã, só profissional é que vai fazer tudo em um dia, agora.

— Então eu te encontro lá por perto da Torre quando você acabar, e a gente janta por ali. Para mudar o clima.

— Jantar? Não, Tito, você não entendeu. Eu estou indo agora, de manhã, apurar isso de uma vez, para ficar livre logo. E depois do almoço vou para a redação, escrever o texto. Tenho que acabar hoje, não tem hora para terminar. Na certa vou ficar até tarde escrevendo, não vai dar para sair e jantar.

— Então a gente almoça junto. Com um dia maravilhoso desses, melhor ainda. A gente come numa mesa ao ar livre, em algum pub da beira do rio. A não ser que você prefira que a gente compre um supersanduíche e vá comer no barco, passeando até Greenwich. Depois podemos voltar no trem das Docklands, é rapidíssimo, suspenso, vamos vendo tudo... Você já foi?

— Não, estava sempre esperando o tempo melhorar. Mas será que dá mesmo, não demora demais?

— Dá... O barco vai devagar, mas a volta é bem rápida — garantiu Tito. — De qualquer modo, a gente resolve na hora, de acordo com o tempo que você tiver. A partir de onze, eu estou ali pela entrada. Na hora que você acabar, a gente se encontra e vê.

— É... pode ser...

O ar sonhador com que ela respondeu deixou Tito animado. Não havia mau humor de Liana que pudesse resistir à ideia de um passeio de barco, ele bem que desconfiava. Ele prometia, como a uma criança:

— Vai ter maresia, marola, gaivota, vento nos cabelos, tudo a que você tem direito...

Ela riu:

— Ainda não sei se vai dar.

— Se não der, eu já disse, a gente almoça em algum lugar na beira do rio. De qualquer jeito, dá para alegrar esta mulher marinheira que eu fui arrumar. Combinado?

— Combinado — confirmou ela, dando-lhe um beijo rápido e pegando a mochila.

Foi sorrindo que ela desceu apressada os degraus da escada. No saguão, viu que o correio ainda não tinha chegado. Apertou o botão do interfone e pediu a Tito:

— Se tiver carta você leva?

— Levo, pode deixar. E você vai poder ler no convés, como uma loba do mar...

Ângelo tinha descido para dar uma volta com os sobrinhos pela praia das Tartarugas. Os cachorros vieram atrás. Iam sempre aonde as crianças iam, em bando. Toda a cachorrada vadia de Manguezal dos Reis Magos. Não adiantava enxotar. Em geral, Angelo não se incomodava, até gostava muito de correr na areia pelo meio deles, animais e meninos, como se também fosse um filhote de alguma espécie, e não um homem de trinta anos, pai de família, cheio de problemas e preocupações. Achava graça em ver os animais a se lançar pelo mar adentro, a nadar e vencer as ondas, como a brincar. Ou então, soltavam-se a correr e percorrer os arrecifes, ora a andar sobre os corais submersos, como se caminhassem sobre as águas, ora a se apoiar nas patas traseiras e uivar para a noite em cima de uma pedra que aflorava, como os lobos na floresta, nas histórias que o avô Bartolomeu contava, aprendidas com o bisavô Gonçalo.

Mas em noites assim, de lua cheia, e nessa época do ano, Ângelo preferia que os cães ficassem na aldeia. Podia haver tartarugas recém-nascidas a procurar pela água — e nesse caso, os cachorros davam muito trabalho, ficavam assanhadíssimos, querendo morder aqueles animais pequenos e escuros, tantos, que, rompidas as cascas dos ovos redondos, fervilhavam na areia clara, precipitados, a caminho das ondas pequenas e leves da baixa-mar. Como se soubessem que aquela marola miúda era feita à sua medida, cortada no talhe preciso para nascimentos.

Às vezes, de manhã cedo, quem fosse caminhar junto à linha da maré baixa via os rastros das tartarugas-mães que tinham vindo desovar durante a noite. Algumas enormes. Era só seguir o desenho na areia e desenterrar os ovos, fino manjar. Mas sempre sobravam muitos, a garantir a futura existência de novos animais, tão abundantes naquelas águas que bastava alguém sentar-se debaixo de uma árvore na fresca da tarde e ficar a olhar o mar, que logo distinguia as cabeças das tartarugas que subiam para respirar, numa baforada de pressão, e afundavam de novo. Algumas do tamanho de crânios humanos. Horas a fio, em bando, junto à praia. Deviam ter cascos imensos. Por vezes, os homens pescavam alguma. Muito depois de terem comido a carne macia e delicada, os cascos seguiam entre eles, sobreviventes em objetos úteis e resistentes.

Quando os cachorros começaram a correr e latir em direção a uma grande árvore que brotava no meio da areia, quase no fim da praia, Ângelo estava seguro de que se tratava de filhotes de tartaruga. Mas logo um dos meninos, que fora correndo na frente, voltou meio assustado:

— Tio, tem alguém debaixo da árvore...

Ângelo apertou a vista e distinguiu um vulto caído no chão, ao luar. Tentou controlar os cachorros, que já rodeavam o corpo, latindo ameaçadores. A sombra estava tão imóvel que Ângelo achou que era um defunto. Mas antes que pudesse distinguir melhor, viu que os cães ladravam ainda mais forte, para algo que *se mexia mais adiante, junto a uma moita de aroeira. Antes que visse direito o que era, ouviu os relinchos. Percebeu que o cavalo estava amarrado num ramo, e empinava e escoiceava, cercado pela matilha a ladrar.*

Ângelo se aproximou, olhou o corpo caído e levou um susto. Era uma mulher, pouco mais que uma menina, respirando de leve. Devia estar desacordada, pois não se movera apesar de todo o barulho. O homem foi até o pé de aroeira, soltou o animal, falando com ele em voz tranquila, a acalmá-lo, ao mesmo tempo em que segurava com firmeza o cabresto. Dado o alarme, os cães também serenavam aos poucos. Voltavam para junto do corpo inerte, a cheirar e rosnar, focinhos grudados na menina, mandíbulas arreganhadas. Ângelo discerniu o odor que tanto excitava o olfato dos animais. Não distinguia ferimentos visíveis. Mas as manchas escuras na roupa clara deviam ser de sangue.

Rapidamente deu as ordens aos meninos. Eles seguraram a montaria e ele levantou a moça do chão. Tão leve, parecia uma criança. Ou um espírito — pálida como o luar, de alvos trajes, cabelos claros. Ia colocá-la sobre a sela com cuidado, deitada de través sobre o animal, mas mudou de ideia. Entregou-a aos dois sobrinhos mais velhos, montou e tornou a pegá-la nos braços. E quase a embalá-la, como em breve faria com o filho que ia nascer, conduziu-a até o convento, aconchegada junto ao peito e protegida por seu abraço. O terral suave que soprava lhe enchia as narinas com o cheiro dela, de mistura com o perfume acre do mato crestado por um dia de sol forte, e alvoroçava os finíssimos fios claros da cabeleira leve, que acariciavam o queixo dele e se prendiam na barba por fazer.

Entregou-a aos padres e tratou de se recolher. Sonhou que continuava a cavalgar com o corpo nos braços, pelo areal à beira-mar. De manhã cedo, foi saber notícias da moça. Não havia muito o que saber. Salvo que ainda dormia, exausta. Voltara a si, mas não dissera palavra, limitara-se a chorar em silêncio. E não estava ferida — a não ser por um corte num pé e um arranhão no braço. As vestes com que chegara estavam ensanguentadas, mas não de seu próprio sangue. Mais tarde saberiam do que se tratava.

No entanto, isso só se deu muito mais tarde do que imaginavam. Nos primeiros dias, a moça pálida recolhida ao convento não conseguira contar nada. Nenhum alimento lhe apetecia, nenhum som saía de sua boca, nenhum gesto lhe traía uma vontade. Se não fora pelo pranto constante a se derramar do oceano dos olhos, dir-se-ia que dormia. Preocupado, padre Manuel pediu ajuda:

— Creio que a companhia feminina far-lhe-ia bem. Pensei em deixá-la aos cuidados de sua mãe, Ângelo. Que lhe parece?

Não podia haver escolha mais acertada. Inês era atenta e paciente, tinha experiência de lidar com raparigas, criara Marta e Maria, e mais Joaninha... Saberia temperar um caldo cheiroso ou um pirão fumegante que pudesse despertar o apetite da enferma. E, mais que isso, padre Manuel esperava que o carinho materno de Inês pudesse descobrir as veredas que revelassem o mistério daquele coração trancado.

O tempo mostrou que ele tinha razão. Aos poucos, a moça foi começando a comer e seus olhos se secaram, ainda que se mantivessem sempre perdidos no infinito. Um dia sorriu para Inês, acariciou-lhe a mão, agradeceu:

— Deus lhe pague.

A mulher mais velha a abraçou, ela aninhou-se naquele colo e rompeu as barreiras.

Duas horas depois, Inês foi bater à porta do convento:

— Padre, a moça se chama Marianita, está prenhe e quer se confessar.

Dos segredos da confissão, não há como se possa saber. Mas como tudo isto é mesmo inventado mais de três séculos depois por Liana, em seu afã de criar uma arqueologia narrada para Manguezal, pode-se revelar que a confissão não tinha a ver com a prenhez nem com os pecados da carne que nela resultaram. Fosse porque a menina desconhecia a relação de causa e efeito entre o coito e a concepção, fosse porque não lhe parecia que isso fosse pecaminoso, fosse porque o outro pecado a tomava por completo, deixando-a naquele estupor.

O que Marianita contou a padre Manuel em sua primeira longa conversa em Manguezal dos Reis Magos foi a história *de um assassínio. Ou dois, não sabia ao certo. E todos acharam melhor não apurar.*

O fato é que ela viera do reino com os pais, bem menina ainda, tentar a sorte no Brasil. Logo morreu-lhe a mãe, vítima de uma febre. E o pai seguiu a criá-la como pôde, com a ajuda de amas e escravas, sempre mui tomado por seus afazeres. À medida que crescia, a menina ia aprendendo as rudes lidas da vida na colônia. Em pouco tempo, cuidava da casa e da administração da roça, já que o pai se ausentava com frequência. Aos poucos, começou a perceber os olhares cobiçosos que lhe lançava o feitor. Evitava-o como podia. Mas cada vez podia menos, já que o pai partira em uma entrada havia mais de ano e desde então não dera sinais de vida. Um dia, quando fora com o cântaro buscar água à fonte, lá estava o feitor a vigiar um moleque aguadeiro que enchia duas talhas e as ajeitava no lombo de um cavalo carregado de ferramentas. O homem disse inconveniências à menina, que reagiu, mas ele riu, avançou em direção a ela e a agarrou. Tentou levantar-lhe a saia, apertou-lhe um peito com tanta força que muito a magoou e, após lançá-la ao solo, deitou-se por cima dela. Enquanto o feitor se punha a despir as bragas, o moleque aguadeiro arremeteu por trás e lhe acertou na cabeça uma das talhas, o que o tonteou e o fez mudar de alvo. Puxou então do facão, com a rapidez de uma cobra peçonhenta a dar o bote, e repetidas vezes o espetou no bucho do escravo. Aos gritos, a menina tentou socorrer o infeliz, curvando-se sobre o corpo caído. Mas já vinha o feitor novamente por cima dela, derrubando-a ali mesmo, sobre o cadáver ensanguentado. Ela reagiu, levantou-se, logrou correr até junto do cavalo, tomou uma enxada e, valendo- -se do longo cabo que lhe permitia brandir a lâmina a uma certa distância, golpeou o homem com força na cabeça. Ele caiu, em meio a jorros de sangue. Ela montou no animal e escapou sem olhar para trás. Fugiu primeiro na direção da vila velha, mas depois lhe ocorreu que naturalmente a procurariam por aquelas bandas. Deu a volta, rumou para o lado norte da ilha, atravessou a boca do rio a nado com a montaria, no trecho mais estreito e mais fácil. E tratou de afastar-se a galope, com quantas forças tinha, a subir e descer as escarpas dos pequenos outeiros, a emendar um areal em outro, até que no cair da tarde deparara com aquela árvore nascida no meio da areia. Apeou, amarrou o animal, e só então se permitiu chorar, encostada no tronco, até perder os sentidos.

Foi isso o que ela contou.

O que ela não contou é que já encontrara outras vezes no mesmo sítio o tal moleque aguadeiro, que costumava ir lá sozinho, e não com o feitor. Havia sempre outras pessoas, e eles não trocavam muitas palavras. Mas lambiam-se de olhares. Uma tarde, ele ousara lhe fazer discreto sinal, apontando uma pedra escura. Ela foi olhar, ele lhe deixara numa reentrância do rochedo um caju maduro, carne rosada em estojo preto. Em outra ocasião, foi ela quem lhe trouxe uns biscoitos que acabara de tirar do forno. Ele lhe deu uma flor, que ela guardou ao seio. E um dia em que ficaram sozinhos, postaram-se frente a frente. Ela estendeu o braço e lhe passou as mãos no rosto, com curiosidade, como se quisesse saber de que era feito, e nos ombros, como se fosse o barro onde moldava as panelas de negro barro e ela pudesse lhe dar a forma que quisesse, criar para si um brinquedo que ninguém mais tinha. Ele a tocou de leve, contornando-lhe o corpo, desenhando a carvão seu talhe de rosa, como se não acreditasse. Depois acreditou, acreditaram e se consumiram.

Tiveram medo. De pegar fogo e de doer. De alguém descobrir. De não terem outra vez. Mas a vontade foi maior do que o medo. E chegaram a ter outras vezes — poucas, menos do que desejavam, mas mais do que ousaram sonhar. Ocultos nos matos, velejaram suas descobertas um no outro ao sabor de seus próprios sopros. O sol dos cabelos dela, a noite da pele dele. O perfume delicado e o cheiro agreste. E ele deitou raízes no ventre dela.

No confronto com o feitor, o poço aberto a facão no corpo negro jorrou até se esgotar. Mas, muito mais forte e duradouro que o chafariz de sangue que se embebeu na areia ao lado da fonte, foi o manancial de sangue que ficou, que correu, plantado em sêmen, pelas veias de Marianita. E veio pulsar e latejar pelos séculos afora em Manguezal dos Reis Magos. Em filho, netos, e descendência multiplicada, por gerações e gerações de pescadores, *maratimbas e caiçaras de pele curtida de sol e olhos que guardam o mar.*

Apesar de toda a irritação com que Liana tinha começado o dia, tinha que reconhecer que ele estava acabando da melhor forma possível. O sanduíche no barco foi uma grande ideia, a "matéria bobinha" foi moleza, a passagem pela redação foi meteórica. O dia teve a maresia e as gaivotas prometidas por Tito. E teve carta de Ione e de Sílvia, contando que tinham passado a Semana Santa em Manguezal.

Além do mais, Liana ainda ganhou uma folga no dia seguinte para compensar o trabalho extra — coisa que, no código maluco da sucursal, significava que estava sendo comprada pela chefia imediata, subornada pelo Sérgio Luís para não comentar eventualmente com Rui o furo do colega. Nem precisava. Não havia mesmo o menor perigo de que fizesse isso. Mas como a rede labiríntica da redação não conseguia imaginar quanto ela era diferente deles, acenavam-lhe com essa pequena corrupção supérflua, que ela preferia encarar como se não entendesse, se fazendo de boba e aceitando a folga.

Mas, sobretudo, o dia acabava maravilhoso por causa de Tito, que desde cedo fizera tudo para salvá-lo mas que, na verdade, nem precisava. Bastava ficar junto dela para a rotina virar uma festa. Liana ajeitou a coberta por cima do corpo nu adormecido a seu lado, largadão e relaxado depois do gozo. Passou os dedos de leve pelo cabelo encaracolado dele, deu graças a Deus por terem se encontrado. Mais uma vez, ele lhe dava impulsos de rezar. Para isso fora feita, para amar e ser amada dessa maneira. Para trocarem ideias na mesa. Para olharem o mundo em conjunto. Para rirem lado a lado. Para que ela virasse bicho na cama, sem pensar em mais nada, puro instinto se convertendo em um desejo enorme de ter e dar prazer, muito prazer, todo o prazer possível. E de repente descobrir que nada a fazia gozar tanto como sentir quanto prazer estava sendo capaz de despertar naquele homem. Para isso Deus a criara, tinha certeza. Para escalar esse macho, cavalgar esse corpo, vestir esse abraço, embeber-se dessa chuva, soltar-se nessa correnteza que a levava às alturas onde queria cantar glórias e hosanas. E louvar ao Senhor por suas obras maravilhosas e sua majestade infinita, louvá-lo no sopro de tudo o que respira, com a lira e a cítara, com tímpanos e danças, com címbalos sonoros e retumbantes. Com todas as pulsações. Com o silêncio de depois.

Dois dias depois de cortar o cordão umbilical de Gaspar, mais um neto a vir ao mundo, Inês aparou o filho de Marianita. Foram batizados juntos. Ao lavá-lo e ungi-lo com os santos óleos, padre Manuel observou-lhe a cor, tão trigueira e diversa da alva tez da mãe, e preencheu as lacunas da história que lhe fora contada. Não fazia qualquer diferença. Ou, se fizesse, tinha ele que convir que era melhor que o pequeno Bento fosse filho da primeira vítima, negro cordeiro duplamente imolado pela escravidão e pelo assassínio, do que ser o fruto de um carrasco, semeado numa violação à força. Como vinha fazendo diariamente nos últimos meses, mas nesse dia com maior fervor devido ao sacramento que celebrava, o sacerdote pediu aos céus que protegessem e abençoassem a menina Marianita, que não permitissem que perseguidores viessem a encontrá-la em Manguezal dos Reis Magos. E implorou que o Senhor acolhesse aquele cordeirinho mestiço e escuro em seu redil, dando-lhe forças e cobrindo-o de bênçãos, para enfrentar e escapar às penas reservadas aos da raça de seu pai e que porventura viessem a se abater sobre ele.

Nos poucos meses em que estava na aldeia, Marianita passara a ser um deles, tomando parte nos trabalhos com todos, misturando-se com os vizinhos índios como se fora de sua raça, sem buscar a companhia exclusiva dos raros brancos do lugar. Desenvolvera uma devoção filial a Inês, mas soubera se fazer querida de todos, apesar de seus silêncios, de sua melancolia, de seu olhar triste. Descobrira em casa de Inês e Antônio uma roca que ele trouxera de uma viagem à vila havia muitos anos e jazia a um canto por imprestável, já que não se sabia como utilizá-la e os padres jamais haviam obtido êxito nos repetidos esforços de explicar seu funcionamento. Marianita não tentou explicar, mas mostrou. Sabia lidar com fusos e rocas, tinha mãos habilidosas e rapidamente ensinou às mulheres da aldeia como a fiação do algodão poderia servir para mais do que a simples feitura de cordas e redes. Mais que isso, explicou-lhes como podiam tecer panos. E em pouco tempo, um tear rústico, feito pelos próprios moradores, enriquecia consideravelmente os recursos de Manguezal dos Reis Magos.

Seguindo as recomendações dela, Angelo trouxe também de uma jornada à vila um verdadeiro tesouro em agulhas, tesouras e utensílios domésticos, além de uma viola que lhe custara mais do que deveria gastar, mas à qual não resistira, com a esperança de contentar Marianita. Ao regressar e lhe entregar tudo em mãos, alegrou-se com o sorriso da moça, tão raro. E alegrou-se mais ainda em lhe trazer a notícia que lá fora buscar, cheio de oculta e inconfessada esperança, quando saíra da aldeia inventando outro pretexto para sua ausência. Os habitantes da vila de onde ela escapara tinham outras preocupações. Tudo indicava não haver interesse algum em saírem no encalço de Marianita. O feitor não morrera. Mas não oferecia perigo algum, pois ficara meio abobado, sem dizer coisa com coisa — por mais que a benzedeira tivesse rezado seu "Jesus, espinho da rosa, coração de Serafim, ajuntai esses miolos que andam fora de mim". Era voz geral que o moleque aguadeiro o atacara e por isso fora morto. O pai da menina não regressara do sertão. Os vizinhos houveram por bem tomar conta de sua casa, suas roças, seus bens e cabedais, julgando que Marianita e o cavalo desapareceram levados pelos bugres ou se embrenharam e se perderam nas matas onde o gentio devia ter dado cabo dela. Não havia interesse algum em que ela fosse encontrada.

O sorriso com que Marianita recebeu a notícia foi menor do que aquele que saudara a descoberta da roca ou a chegada da agulha. Tinha um travo de dor por sobre o alívio. Limitava-se a manifestar o acerto da indiferença que vinha mantendo. No fundo, sorrira mais para alegrar a Ângelo, por perceber que isso o deixaria feliz. E ela queria bem a esse homem que a protegia como se fora seu pai, a cuidava como se fora seu irmão, tentava ouvi-la *como se fora seu amigo — ainda que ela não estivesse disposta a conversar. Para ele, começara a dedilhar as cordas da viola. Por pura gratidão pelo presente. Mal imaginava que o regalo essencial não era o instrumento que tinha em mãos, mas o alento invisível que receberia de seus sons pelo resto da vida.*

Por isso, agora que a mulher dele jazia no leito a gemer de dor, os lábios secos, a testa molhada, os olhos fundos, sacudida pelos tremores de uma febre após o parto, Marianita fez em silêncio o que lhe competia, satisfeita por poder auxiliar de alguma forma. Acabou de amamentar Bento, pegou Gaspar no colo e lhe deu também o peito. Iniciava com o gesto uma rotina que se iria prolongar por muitos e muitos meses, num quadro que padre Manuel certa feita até achou que gostaria de ver pintado, qual alegoria da própria colônia: madona loura a se repartir entre um curumim da terra e um molecote africano.

Ione e Sílvia puseram suas cartas para Liana no mesmo envelope. Falavam dos dias passados em Manguezal, contavam mais ou menos a mesma coisa.

Mas os olhares eram diversos. Para Ione, era uma descoberta. Para Sílvia, um balanço de transformações. Ambas contaram dos dias gostosos de descanso, das caminhadas matutinas pela areia, dos banhos de mar. Só que onde Ione dizia: "Almoçamos camarão frito e tomamos água de coco na praia mesmo, uma delícia!", Sílvia comentava: "As barraquinhas continuam proliferando, uma ao lado da outra, está quase uma muralha entre a praia e a rua. A vegetação foi completamente destruída, o lixo se acumula pela linha da maré cheia, o ar cheira a fritura, a música brega jorra dos amplificadores a todo volume e abafa o marulho das ondas... Uma pena... Tem um pessoal se organizando para tentar limitar essa ocupação desenfreada, mas não acredito que consigam, acho que o processo é irreversível. Por não estar de acordo, tenho sido xingada de saudosista, elitista, egoísta e outros termos mais grosseiros, que não rimam mas fazem uma lista. O paraíso está ficando um inferno e quem puder que trate de escapulir e ir para mais longe. De qualquer modo, não dá para negar que os barezinhos são uma fonte de renda para o pessoal da terra, nos raríssimos casos em que um deles consegue ficar com uma barraquinha, depois de se infiltrar no meio de uma organização que é uma verdadeira indústria de ocupação, uma quadrilha de assalto. E a gente, nesse caso, dá preferência a quem é daqui. Ontem levei Ione para comer aquele inigualável peroá frito do Jajá. Hoje traçamos camarões da Doninha e programamos para amanhã uma caranguejada na Arlete. Acho que ela está gostando muito."

Havia outras novidades. Ione escrevia:

> Também tenho aproveitado muito a casa em si, o quintal, a rede na varanda... e a fantástica biblioteca de seu pai, capaz de encher de inveja até esta experiente mulher de editor. Sílvia explicou que é porque estão incluídos também os livros de seu avô historiador — o que só acrescenta novos encantos. Acho que eu seria capaz de ficar meses explorando essas estantes, folheando a *Brasiliana,* lendo os *Documentos brasileiros,* viajando com Saint-Hilaire por toda esta região que ele percorreu e descreveu (e seu avô anotou, as margens das páginas com as frases dele são um charme extra).

Sílvia mudou o tom:

> Acho que a casa toda sente muita saudade de papai, se ressente da falta de um morador permanente. Como se a marola não batesse sem parar apenas na areia lá fora, mas em tudo aqui dentro, numa espécie de erosão leve e macia, mas incessante. Mofo, ferrugem, umidade vão ocupando nossos lugares. Tive que separar todo o Varnhagen para levar para o Rio e encadernar. De outra vez, faço o mesmo com o nosso Lobato. Tive que trazer (no laço, depois de várias promessas fura-

das) um homem para dedetizar a casa e aplicar remédio contra cupim, porque vi uma poeirinha esquisita caída no chão junto da janela da varanda. Saí atrás de seu Joaquim para vir dar uma geral nas calhas e telhados, porque bastou uma chuvinha para eu descobrir um monte de goteiras. Telefonei para uma empresa de limpar fossa, chamei um cara para consertar um vazamento na cozinha, troquei o chuveiro elétrico e a válvula da descarga. Sinceramente, tem horas em que eu acho que esta casa está pesando muito, dando mais trabalho que descanso quando a gente vem aqui. E lá fora é a mesma coisa: mostrar ao caseiro que tem que consertar a cerca, trocar a lâmpada, capinar o mato, replantar perto do tanque o canteirinho de hortelã para a canja... O pé de abricó atrás da casa teve que ser abatido, estava doente. E uma ventania derrubou uma das casuarinas, foi uma sorte que caiu para o outro lado e não fez um estrago na casa. Mas, fora essas pequenas aporrinhações, Manguezal é igual ao Rio de Janeiro: continua lindo! E cheio de lembranças. Fomos pegar leite pela estradinha que vovô abriu, dormimos na casa que mamãe desenhou e papai construiu, conversamos à sombra da amendoeira que vovó plantou, olhando o luar entre os galhos das casuarinas cujas mudas papai fazia questão de dizer que trouxe do horto "deste tamaninho", lembra? A goiabeira é que parece que diminuiu, apesar de mais espalhada. Ou fomos nós que crescemos e agora eu acho que suas grimpas não são mais os píncaros do Himalaia. Em frente, as ondas continuam cantando e trazendo algas e conchas. O mar continua limpo e delicioso. A brisa, constante. Da última vez que vim, os cajueiros estavam carregados. E daqui a alguns meses, quando for o tempo das pitangueiras, mesmo com todas as geleias londrinas recomendadas pela casa real, você vai morrer de saudade.

Ah, Sílvia, Sílvia... não precisava esperar alguns meses... E não era só da geleia que Liana sentia saudade. Por mais que estivesse bem e feliz, o tempo todo sabia que estava fora de seu chão. A carta da irmã a transportara para uma realidade concreta, presente, tudo o que estava lá do outro lado do mar continuando, enquanto ela estava longe. Mas tinha certeza de que essa distância era só física. A toda hora, Manguezal aflorava na lembrança. Um gosto de marisco, um grito de gaivota, um cheiro súbito, qualquer fiapo a transportava. Ainda outro dia, na feira de Portobello Road, tinha deparado com uma travessa da Companhia das Índias, igual à que sobrara enfeitando a parede da sala dos pais, depois que o resto do aparelho de jantar se acabou. Liana lembrava bem, quando era pequena ia comendo aos poucos a comida que cobria o desenho, tirando colheradas de arroz e feijão, raspando o purê de batatas, afastando o obstáculo vermelho da beterraba, e finalmente descobria o desenho azul sobre fundo branco, tudo meio chinês e estranho — a cerquinha fazendo ângulos, as andorinhas voando enormes, os galhos carregados de frutas redondas como jaboticabas, o barco atrás da ilhota com uma casa sob a árvore, uns pagodes orientais de telhado arrebitado, um chinês pescando do alto de uma ponte, embaixo dos galhos cujas folhas caíam sobre ele... Parou junto à banca de travessas antigas para ver, começou a conversar com a senhora que tomava conta. Descobriu que não era uma louça chinesa, apesar do padrão, nem holandesa, apesar do nome Companhia das Índias insinuar origens flamengas. Era feita a partir do desenho de um inglês, mas acabou sendo produzida na China para exportação através da Inglaterra. A senhora explicou que a árvore sobre a ponte era um salgueiro-chorão e era por esse detalhe que aquele desenho era conhecido na Inglaterra. Deu os nomes todos, de desenhista e fabricante, a data de 1780, mas não sabia explicar por que também se chamava de Companhia das Índias.

Porém não adiantaram as correções históricas. Para Liana, aquilo tudo sempre estaria ligado às histórias que o avô Amaro contava dos holandeses tentando invadir aquela costa no século XVII. Os trechos que o avô lia de seus livrões e as versões das mesmas histórias que a avó contava depois, trocando em miúdos a linguagem empolada dos historiadores, estavam sempre com ela. Eram lajes submersas nas águas da lembrança. Quando menos esperava, esbarrava numa delas. Em plena navegação quotidiana normal. Nem precisava das cartas de Sílvia e Ione para que a casa da praia existisse forte. Ou então, talvez não fossem rochedos submersos, mas sim ela própria, que nadava no fundo daquela água de esmeralda. Podia ser fisgada a qualquer momento, por qualquer linha pendente. Ou, a qualquer instante, uma teia de fios de emoção e memória podia cair de chofre sobre ela, rede de arrastão que a levava para as rosadas areias entre os recifes negros, alisadas pela marola junto ao coqueiral.

Enquanto Ângelo ensinava Gaspar e Bento a consertar uma rede de pesca, presa a uma estaca fincada na areia e com uma parte esticada até lhes vir sobre os joelhos e se abrir em malhas e falhas, Marianita assistia o filho menor a entrar no mar. O pequeno Fernão deixara havia pouco a poça rasa de água salgada onde brincava com a irmã Brites e correra para o oceano, em sucessivas arrancadas que o faziam perder o equilíbrio e quase cair, trôpego para se sustentar sozinho diante dos golpes da marola, em suas pernas rechonchudas e ainda sem firmeza nos primeiros passos. Marianita andava a seu lado com cuidado, pronta a ajudá-lo a levantar-se após uma queda ou a lhe dar a mão. Mas sabia que não havia perigo. Era cedo, após uma noite de lua cheia. Com a maré bem baixa, e ainda vazando mais, a jibura garantia bacias perfeitas para o banho infantil.

Quando chegara, seis anos antes, Marianita achara graça no nome que os índios davam àquele movimento de torna-onda, vagas miúdas a deslizar de volta para o mar, a deixar na praia pequenas poças e formar valas ao cavar o fundo junto aos bancos de areia, a bater de frente nas ondas que vinham para a terra, em encontros que provocavam jorros altos de espuma. Hoje, brincando com os filhos, ela não se lembrava mais de que jibura já fora uma palavra a lhe causar estranheza. Cada vez mais, falava a língua dos índios, como todos ali — o idioma que os jesuítas recomendavam, para não habituar os moradores ao idioma luso que poderia torná-los mão de obra mais apetecível. Mas sabiam todos que aquela não era uma aldeia como as outras, isolada do contato com os brancos. Não era uma redução de catequese, por mais que se assemelhasse a uma. Quando os jesuítas lá haviam chegado, já haviam encontrado brancos e mestiços. E alguns poucos europeus ainda vieram a se estabelecer depois — como Felipe e Antônio, o avô e o pai de Ângelo. Ou como o velho Vanderlei ruivo que ela só conhecia das tantas histórias que contavam. Além disso, agora havia até alguns pretos. Mas como nas reduções, nenhum português entrava na aldeia sem permissão dos jesuítas. E o ensino da religião e dos ofícios não era ministrado apenas aos moradores locais, mas de três em três meses os religiosos traziam do campo para a aldeia quarenta famílias indígenas para que também aprendessem. Era ainda ao colégio que, da colônia toda, vinham os noviços com o fito de estudar a língua do gentio. Não era, pois, causa de espanto que a Marianita acudissem naturalmente as palavras da língua geral, que o avanheém lhe viesse aos lábios com a mesma fluência do português. Parecia-lhe que sempre estivera em Manguezal dos Reis Magos e que a nova vida que vivia lhe chegara num deslizar suave, sem arestas. Fizera de Gaspar seu filho, gêmeo de Bento, até mesmo alguns dias antes que a morte levasse a mãe dele. No mesmo curso sem dificuldades, de velas infladas pela brisa trazendo uma embarcação ao porto na tarde, Ângelo se fizera seu marido e trouxera os filhos anteriores. Quanto aos novos, continuaram brotando em florações regulares. Matriarca com pouco mais de vinte anos, cercada de crianças em diferentes coloridos, Marianita era a imagem viva da doçura afetuosa, madona que tanto encantara padre Manuel alguns anos antes.

Mas a guerreira que enfrentara o feitor a golpes de enxada não tinha desaparecido. Apenas dormia, por não haver necessidade de seus recursos.

Nesse dia, ia haver.

Alheio ao idílio paradisíaco da praia tropical, o mundo continuava. Se Portugal estava agora sujeito à coroa espanhola e isso lá podia ser favorável à colônia, por borrar fronteiras entre lusos e castelhanos e por facilitar a defesa contra os franceses, por outro lado o domínio espanhol também transformava a costa brasileira em alvo dos holandeses, seus inimigos, desejosos de também compartirem das florescentes riquezas do Novo Mundo e do comércio marítimo. A Companhia das Índias Ocidentais, criada em 1621, dirigia para estes mares seus esforços e recursos, destinando mais de sete milhões de florins para construção e equipagem de embarcações, edificação de fortes, armamento de homens. O açúcar e a opulência por ele gerada eram o principal motivo da cobiça, a multiplicar ataques às cidades rodeadas de engenhos que cresciam em número e produção, alimentados pela carne humana dos escravos africanos, consumidos em barbárie muito maior e mais cruel do que a que os europeus denunciavam, horrorizados, nos relatos de rituais antropofágicos dos aimorés e caetés que infestavam as matas cerradas.

Os sucessos dessa guerra sem precedentes entre flamengos e colonos, seus assaltos e perdas, suas trincheiras e emboscadas, suas traições e heroísmo encheram livros e livros — daqueles que três séculos mais tarde exibiriam suas lombadas na estante do velho Amaro em Manguezal. Contavam detalhes de resistência encarniçada e nativismo nascente, envolviam capítulos dramáticos de cercos a cidades e batalhas ferozes, reforços aguardados e guerrilhas corajosas. Falavam de guerra. Do risco de se perder dinheiro. De príncipes e armadas, de governos e riquezas.

O mais, que também houve, foram pequenas refregas e escaramuças, sem poder nem dinheiro em jogo. Sem nenhuma importância para a História. A quebrar apenas a paz matinal de um pequeno povoado, matar pais que ensinavam filhos a pescar, truncar a alegria de crianças brincando na marola. Das Marianitas e Ângelos, dos Bentos e Gaspares, dos Fernões e Brites, falam apenas as histórias, contadas em voz alta durante anos e anos em torno das fogueiras de espantar mosquito, lembradas para sempre por Liana, de mistura com o odor acre da fumaça e o crepitar de folhas de abricó sobre um fundo denso do cheiro adocicado do colo da avó Rosinha.

Foi tudo muito rápido. Como uma nuvem que o vento joga em frente do sol e, de repente, escurece a praia. Trazido pelo nordeste que aquela hora começava a soprar mais forte, o brigue já estava na enseada quando o pequeno Bento levantou os olhos da rede que tentava cerzir com a agulha de osso e olhou para o mar. Imediatamente deu o alarme.

Já iam longe os tempos em que a chegada de um navio grande era vista como um possível carregamento de emissários do deus-sol. Não apenas o gentio havia sido batizado e catequizado, as crenças pagãs substituídas pela devoção à Virgem, ao Bom Jesus e aos santos, mas também os diferentes sucessos e notícias dos últimos cem anos tinham ensinado aos moradores de Manguezal dos Reis Magos umas quantas lições sobre os perigos que poderiam correr índios aldeados e colonos diante da chegada de aventureiros, corsários e predadores. O primeiro impulso não era mais acolher os visitantes, mas defender a vida e a liberdade das famílias.

Ângelo mandou Marianita subir correndo com as crianças, pedir ao padre que tocassem o sino da igreja para chamar os vizinhos que estavam nos roçados, abrigar-se com as mulheres e os pequenos no convento, mandar alguns homens com armas para a praia.

Carregando os dois menores nas ancas, com os dois maiores a lhe agarrar a saia, ela atravessou a barra do riacho com água pelas cadeiras, subiu o barranco o mais rápido que conseguiu. Olhando para trás, não divisara as três mulheres que, em meio ao arvoredo junto ao rio, acabavam de tomar banho antes de encher de água suas vasilhas e retornar ao povoado. Mas, ao mirar em direção ao mar, viu que duas faluas já eram baixadas pelos costados do brigue, carregadas de homens. Contra a luz do sol da manhã, ainda baixo, não distinguia muito. Seriam necessários os raios do poente, que faiscassem em algo metálico, indicando armas. Mas mesmo sem eles, Marianita podia adivinhá-las, ao lado dos tonéis. Lanças, espadas, alabardas, mosquetes, arcabuzes, escopetas, bacamartes, fossem o que fossem, iam ser combatidas com arcos, frechas, lanças e bordunas. Ela não sabia se havia alguma arma de fogo na aldeia, nunca se preocupara com isso. Mas sabia que ali viviam todas as pessoas que amava no mundo e, desesperada, vindo-lhe do passado dorido a saudade da mãe, do pai, do primeiro homem que amara, sentiu de chofre, ao mesmo tempo, o golpe de todas essas perdas. Convertia-se apenas num enorme oco a correr morro acima, tomada por um vazio imenso e aterrador. Em torno a esse buraco, a casca fina e tênue do corpo que a sustentava era trincada pelo terror de que agora lhe levassem o marido e os filhos. Ou que levassem a ela, deixando os miúdos no mesmo desamparo sem fundo em que se sentira quando havia chegado à aldeia.

Acabou de subir o outeiro, a gritar e correr em direção ao convento. Um menino galgou de três em três degraus a escadaria do campanário. Num instante o sino tocava sem parar, convocando o povo. Mulheres e crianças choravam, gritavam e entravam pela porta da igreja, tropeçando em galinhas assustadas enquanto cahorros latiam. Os homens embarafustavam pelas casas adentro a recolher as armas que porventura tivessem. Ou se agrupavam numa sala do convento que fazia as vezes de depósito ou arsenal, a distribuir os parcos recursos de que dispunham para o combate. Alguns já desciam apressados ao encontro de Angelo, prontos a reforçar a primeira defesa na praia. Outros ainda se aprestavam no alto da colina onde também seria necessário preparar um contra-ataque.

Marianita sentiu raiva, muita raiva. Não conseguia nunca viver em paz?! Lembrou-se da correria, dos gritos, do medo que a tomara em 1625, menina ainda, na vila da Vitória, quando os flamengos entraram pela baía e se lançaram ao assalto da localidade. Lembrou-se da mulher que acabara por rechaçá-los, a Maria da ladeira. E então se mirou no exemplo que a memória lhe trazia daquela guerreira. Em vez de entrar na igreja também, colocou Fernão nos braços de uma das filhas de Marta, deixou Brites com outra e correu lá para fora. Foi até a beirada do barranco, de onde dava para se descortinar toda a enseada.

Mais um pouco e as faluas chegariam à praia que parecia deserta, mas Marianita sabia estar guarnecida por Ângelo e outros homens em emboscada. Depois, para subirem até a colina, os invasores teriam forçosamente que cruzar o rio, utilizar os degraus do barranco, e passar bem debaixo das janelas dos fundos das casas que davam para aquele lado, uma sucessão de cozinhas onde os fogões a lenha mantinham em suas bocas vasilhas e tachos com água fervente, ainda mais naquele dia de Sant'Ana, em que se ia matar e escaldar um leitão, para os festejos. Rapidamente decidiu o que iria fazer. Correu ao convento e reuniu as mulheres, as crianças maiores. Vieram todas para o paredão de casas no alto do outeiro. Trouxeram cuias e cumbucas, tigelas de todo tipo. Algumas se postaram imediatamente às janelas, outras acudiram a trazer mais lenha para o fogo, enquanto outras ainda enchiam de óleo e punham a ferver todas as vasilhas de que conseguiram dispor. Crianças transportavam para dentro das casas as pedras dos recifes que estavam amontoadas na praça para servirem na conclusão das obras do convento. Alguém teve a ideia de recorrer também a imundícies e águas servidas. Em pouco tempo, estava tudo pronto. Lá na praia, alguns holandeses enfrentavam a tiros as flechas dos homens, escondidos no mato. Mas outros haviam passado por eles, e se dividiram em dois troços. Três ou quatro foram encher os barris na aguada. Outros se prepararam para subir o outeiro.

Mas quando os batavos que passaram pela praia começaram a galgar o barranco, foram recebidos por uma enxurrada ardente e malcheirosa, em meio a uma saraivada de projéteis que mal logravam identificar. Em posição desvantajosa e gritando da dor das queimaduras, preferiram recuar e reorganizar forças, ganhar distância para recarregar as armas e para melhor poderem fazer mira em direção às janelas, sem estarem sujeitos a serem novamente atingidos pela água fervente. Na praia, um novo contingente de homens desembarcados de nova falua recolhia alguns feridos, caídos por terra. Outros, ao preço de novas baixas, correram a auxiliar os companheiros que acabavam de recuar do outeiro. Para não ficarem encurralados entre duas trincheiras, os holandeses assestaram suas armas contra o inimigo oculto entre o arvoredo da praia, de onde lhes advinha o perigo maior. Mas do alto também lhes foram lançadas achas de lenha incandescentes. Assim, quando o punhado de flamengos que fora até o rio ouviu *os tiros e voltou, houveram todos por bem pular para dentro das faluas e regressar temporariamente ao brigue. Apesar do armamento melhor, acabaram por concluir, diante da superioridade numérica do adversário e da surpresa da resistência inesperada, que era de melhor alvitre retirarem-se. Ainda deram alguns tiros enquanto se afastavam e chegaram mesmo a fazer funcionar, desde o mar, as peças de artilharia em direção à aldeia, destruindo casas e causando incêndios e novas baixas. Mas concluíram que não valia a pena insistir diante de tão feroz enfrentamento. Afinal, era apenas um pobre povoado, sem engenhos nem riquezas, aonde haviam pensado em aportar unicamente para encher de água seus tonéis. Levantaram âncora, içaram velas e foram embora.*

Foi apenas uma ligeira escaramuça, de curta duração.

Mas, das três mulheres que tomavam banho no rio, só uma conseguira escapar e se esconder. Para as duas violentadas, a duração daquelas horas foi infinita. Uma deixou seus filhos órfãos naquele dia de feroz resistência. Outra plantaria naquelas terras a descendência do invasor, a se prolongar pelos séculos vindouros.

E entre os cinco corpos que nunca mais voltariam a se erguer, estava o de Ângelo, caído na praia para sempre, o pai cujos braços a pequena Leonor, por nascer, não conheceria. Marianita o carpiu em altos brados, como jamais chorara outras mortes. Dar-lhe-ia enterro índio numa rede, sepultamento cristão em campo santo. Cobrir-se-ia de cinzas, cantaria cantos fúnebres e lamentos vindos da selva, acender-lhe-ia círios bentos, faria rezar missas. Mas nada o traria de volta, nada lhe daria a ela de novo o calor de seu corpo, a firmeza de sua proteção, o brilho do seu olhar, o prazer da sua presença. Nada. Nunca.

Marianita pensou em quebrar tudo o que estava a seu alcance, até a viola, e depois isolar-se, arrancar os cabelos e chorar até não poder mais. Porém contemplou a dor da velha Inês a banhar silenciosa o corpo do filho, viu os olhos assustados das crianças voltados para si e compreendeu que não lhes poderia faltar. Mãe multiplicada, amparo da cria, arrimo da prole, regaço dos indefesos, consolo da velhice, fêmea protetora — rogai

*por nós. Em ladainha secular sempre renovada. Mater dolorosa
tropical.*

    *Por duas vezes, Marianita abraçara-se ao cadáver en-
sanguentado do homem com quem se deitava e cujo filho trazia
no ventre. Por duas vezes, tivera que improvisar armas e lutar
contra os agressores com o que lhe caía às mãos. Antes mesmo dos
vinte e cinco anos. Quantas vezes ainda lhe estaria reservada a
mesma maldição? Que gente era essa, em quem só a cobiça tinha
mando e para quem a vida nenhum valor oferecia? Que terra
paradisíaca era esta, que se cobria do nome de Santa Cruz, mas
desprezava o que podia ter de santa e só era fiel à sua fome de
cruz, ao sacrifício sangrento que exigia de seus filhos em troca do
paraíso? Mas sobre o cadáver de Ângelo, em nome da criança que
ia nascer, Marianita fez a si mesma uma promessa: nunca mais se
deixaria surpreender despreparada e inerme, enganada pela ame-
na doçura da vida angelical com que a colônia lhe acenava, entre
morenos querubins e trigueiros serafins numa paisagem edênica.
Marcou sua dupla viuvez recolhendo dos escombros de uma das
cozinhas em ruínas o estilete afiado que não mais iria sangrar o
leitão, sobrevivente daquele dia de tão cruas mortes, em que só ele
foi poupado, adiando a festa e as novas cordas de tripa para uma
viola que ficaria muda por muito tempo.*

    *Em poucos dias, Marianita faria, por dentro da roupa,
uma bainha macia de couro de veado, que lhe permitiria levar a
toda parte a lâmina pontiaguda e afiada. E só se separou do estilete muitos anos mais tarde, quando o substituiu por um punhal
de Toledo habilmente escamoteado de um viajante que pernoitou
no convento — arma à qual, muito depois, já quase no alvorecer
do outro século, veio se juntar uma pistola, mais de acordo com a
falta de agilidade da anciã enrugada em que estaria convertida,
a quem era mister poder se defender a uma distância maior do
que a permitida por uma arma branca.*

— Puxa, a barra anda mesmo pesada por lá! — exclamou Tito,
levantando os olhos dos recortes de jornais que acabara de ler
e começou a dobrar. — Pelo jeito, parece que o Rio de Janeiro

virou praça de guerra. A tal chacina das crianças não foi exagero da imprensa aqui, não... As notícias que o Soares manda são mesmo de horrorizar. Depois você dá uma olhada...

Liana afagou-lhe o braço e respondeu, pensativa:

— Essa capacidade de violência brasileira, ali ao lado da festa e da alegria, sempre pronta para entrar em cena, é uma coisa que me espanta sempre. Falam tanto na nossa cordialidade, na nossa doçura, mas é só arranhar a casca e explode uma selvageria que não dá para entender.

Guardando a carta do Soares de novo no envelope, Tito contestou:

— Você é que é muito delicadinha e protegida, viveu a vida toda numa redoma ensolarada com todo o conforto, flores no jardim e passarinhos cantando, não aprendeu a ver...

Ela reagiu à nota que percebeu na voz dele:

— Espera aí, Tito... Não precisa me agredir. Eu não tenho culpa nenhuma. Nem da minha história nem da História do Brasil. O que que é isso agora?

— O que que é isso? Você ainda tem coragem de perguntar? Agora são cadáveres de crianças mortas a tiros na frente de uma igreja. Antes de morrerem de fome. Para os bacanas poderem passear por ali sem um bando de pivetes enchendo o saco e pentelhando...

— Estou tão chocada quanto você — disse ela, preparando-se para se fechar num silêncio sentido.

— Mas está muito mais surpresa, queridinha. Nunca pensou que isso podia acontecer. Acha que é uma exceção, um surto bárbaro de crueldade. Eu não, eu sei o que é. De dentro. Sabia que, mais dia menos dia, vinha alguma coisa assim por aí. Mais que isso, eu sei que essas "coisas assim" estão acontecendo toda hora. Mas quando a desova do corpo é num matagal lá na baixada, não atrapalha o trânsito nem agride a visão dos executivos a caminho de mais um dia de ganhar dinheiro. Quer dizer, não dá primeira página nem fotos com a igreja no fundo, essa imagem de impacto.

Liana ficou quieta um pouco, sem querer responder para não aumentar uma discussão sem sentido, em que os dois estavam de acordo, e a diferença de gradação era apenas uma distância nas experiências vividas por cada um. Ao mesmo tempo, queria garantir a Tito sua proximidade e sua solidariedade. Sem dizer uma palavra, levantou-se da mesa para levar a louça do café até a pia da cozinha. Na volta, parou atrás da cadeira de Tito, enlaçou-o pelos ombros, recostou a cabeça dele em seu peito. Ele se deixou abraçar. Depois, de olhos semicerrados, disse:

— Sinceramente, tem horas que eu acho que o Brasil não tem jeito, não vai ter jeito nunca. Não consigo ver uma saída. E mesmo longe, morando na Europa, com um bom trabalho e essas porras todas, não dá para desligar.

— Tem jeito, sim — disse ela, consolando. — Não sei qual, nem como vai ser. Mas não é complicado, o país é tão rico, tem tanto potencial, uma gente tão boa...

— Você acredita mesmo nisso? — perguntou ele, puxando-a para o colo e olhando-a de frente.

— Claro que acredito! A sociedade abriu os olhos, está vendo a corrupção no governo, entendendo que esses canalhas estão roubando do povo... Se ladrão começar a ir para a cadeia, se os incompetentes não comprarem mais votos e não forem eleitos, se o dinheiro começar a ir para o lugar certo, a dar educação de qualidade, saneamento e saúde para todos, em muito pouco tempo...

Ele a interrompeu, com uma palmadinha carinhosa:

— Pode parar com esse papo de campanha eleitoral. Ninguém aguenta mais. Você não acha que é "se" demais?

— Pode ser que seja. Mas não é impossível. Basta um governo direito para as coisas começarem a mudar. E todo mundo quer mudar, você não viu a participação impressionante da população na campanha contra a fome?

Com um sorriso irônico, Tito ajudou Liana a se levantar e foi acabando de tirar a mesa:

— É, você acredita mesmo. Mas não tem culpa, está certo. Tem gente que acredita até em Papai Noel...

— Não fica rindo de mim...

— Não estou rindo, estou falando sério. Só que cada um escolhe seu Papai Noel. E está cheio de gente por aí que acha que o governo pode ter montes de funcionários eficientes e competentes com a certeza de que nunca vão ser demitidos, pode pagar bem a essa galera toda, dar escola e hospital de graça, casa pra todo mundo, aposentadoria geral, tocar um porradão de obras dessas que desenvolvem e dão emprego, tirar as crianças da rua, acabar com a indústria da seca, a fome, a miséria, tudo ao mesmo tempo, sem ninguém pagar imposto nem multa, nem entregar o seu pedaço da rapadura...

— Mas pode, Tito! É uma questão de vontade política e de prioridades certas — insistiu ela.

— Ah, é? Então me responda: o que é prioritário? Comer, morar numa casa com teto, parede e privada ou tratar da doença? Dá para resolver?

— Não distorce... Eu estou falando na prioridade de resolver isso, de enfrentar os problemas sociais do país, tudo junto, uma coisa global.

Ele voltou à carga:

— Tudo bem. Mas vamos raciocinar juntos. Pense comigo, morena, antes de responder. Deus vai parar de sacanear a gente, lembrar que é brasileiro e vai deixar vir um governo honesto e competente, com todas as prioridades no lugar, como você diz. E aí esse governo vai querer dar aqueles presentes todos que a gente falou, casa, comida, emprego, escola etc. e tal... Mas se não é Papai Noel para ir metendo a mão num saco sem fundo e tirando os brinquedinhos um a um, vai ter que descolar uma grana para pagar essa festança toda, não vai? E onde é que ele vai buscar? Vai pedir emprestado de novo? Vai exigir que Portugal devolva a riqueza que levou? Que os gringos todos tragam de volta o que carregaram? Vai virar alquimista e fazer ouro? Ou vai continuar rodando a maquininha de fabricar dinheiro que não vale nada?

— Vai vender o que o país produz, vai parar com a roubalheira, vai fazer todo mundo pagar imposto...

— Acabar com camelô? Com caixa dois? Com a consulta sem recibo do médico? Com a escritura em valor abaixo da transação? Com o cheque do "por fora"? Meu amor, está vendo só? Você acredita em Papai Noel!

Ela ficou em silêncio, novamente. E ele se preparou para concluir, dando a conversa por encerrada:

— O que acontece de verdade é que o Brasil ainda é um país onde a vida não vale nada. Um país onde gente é só número, mercadoria. Elemento de somar, diminuir, multiplicar ou dividir. Para ganhar dinheiro, de preferência sem muito esforço. Esse negócio de trabalho é para os outros, para a turma da senzala. Um país de escravos, é isso. Onde até ontem existia escravidão, o último país do mundo a abolir a escravatura. Lembra daquele navio que a gente viu outro dia lá em Greenwich?

— O Cutty Sark? O tal do uísque?

— Isso! O tal do *clipper...* O superveleiro para transportar chá do oriente mais rápido que todo mundo. Enquanto a Inglaterra aqui e os outros países estavam apostando corrida, competindo no comércio e se industrializando, criando máquinas, transportando fardos de algodão para virarem tecido nas suas fábricas para todo mundo comprar, o Brasil transportava fardo humano, leiloava e contrabandeava carne africana... E até hoje não deu para aprender que mercadoria e mercado são outra coisa. Que gente não é mercadoria nem é descartável.

Mudando de tom, deu um suspiro, esticou o braço esquerdo, esfregou pelo antebraço nu os dedos da mão direita em veemente vai e vem:

— E a única razão era esta, menina: cor da pele! Está vendo a minha? Este moreninho dela, que você diz que curte e vive elogiando, quer dizer que meus bisavós estavam na senzala. E eu cresci ouvindo do meu avô as histórias do pai dele, lá do canavial em Campos. Um retrato do Brasil. Um filho de escravos que já nasceu livre, porque foi depois da tal lei que decretou que a criançada estava forra. Mas esqueceu de decretar que os pais da criançada tinham como ir à luta, trabalhar remunerado, ganhar a vida com um salário decente onde quisessem. E o bebê tinha que sair engatinhando sozinho pelo mundo para se virar com a liberdade que ganhou de presente, ou então o jeito era ficar na senzala com a mãe. Mas aí o senhor não tinha que dar comida para ele, porque não era seu escravo, a não ser que depois ele pagasse em trabalho gratuito quando crescesse. Dá para perceber como é que funciona? Do mesmo jeito, o senhor não tinha que sustentar mais os velhos que sobrevivessem até os sessenta anos e podiam ser libertados. Picavam livres para morrer de fome. Boazinhas as leis brasileiras, né? Sempre pela metade... mas sempre muito eficientes para quem está no mando, no cabo do chicote.

— Está certo, você tem toda razão. No fundo é como se fosse a mesma coisa.

— Como se fosse, não. É igualzinho. Pode ter uma exceção aqui, outra ali, mas no todo, ninguém no Brasil acha que a maneira de garantir uma vida melhor é trabalhar e receber um pagamento digno. Então o cara que quer se dar bem trata de ser esperto, passar os outros para trás ou arrumar quem trabalhe para ele. Quem segura o cabo do chicote quer cada vez lucros maiores por custos menores. E quem recebe a chicotada nas costas saca que está todo mundo lhe devendo tudo. Mas não sabe o que fazer com essa sacação. O miserável, fodido, só consegue pensar na sobrevivência mínima. Quem é um pouquinho menos miserável quer se mirar nos exemplos de cima, ficar parecido com o que vê nas novelas ou nos anúncios da televisão — ou seja, passar a segurar um cabo de chicote também. Fica mais importante comprar o brinquedo a pilha do que brigar por uma professora boa na escola do filho.

Antes que Liana conseguisse dizer qualquer coisa, Tito tomou fôlego e continuou:

— Ou então neguinho fica achando que já que devem tudo a ele há tanto tempo, o governo tem que pagar tudo de uma vez agora, tem que ser a nova casa-grande, o paizão, se meter em tudo, tomar conta de tudo, fazer lei pra tudo. Deixaram meu bisavô na mão lá na senzala aos sessenta anos? Então agora eu conto meu tempo de trabalho em dobro e me aposento aos quarenta. A lei garante. Aí fica esse nó geral. Tem

103

tanta lei babaca, que uma vai contra as outras e elas acabam não deixando fazer nada. Fica o país todo atolado, que nem carro de bacana em lamaçal, de motor ligado, uma potência de dar gosto, fazendo a maior força, um barulhão, sem conseguir sair do lugar, só se afunda cada vez mais.

— Você tem toda razão... — concordou Liana, mais uma vez, acabando de tirar a mesa.

Tito foi guardando a manteiga, a geleia, as outras coisas do café, enquanto ela lavava a louça e a conversa continuava na cozinha. Ainda veemente, mas mudando um pouco de ângulo, ele exemplificou:

— Lembra a história daqueles cachorros, aqui, que atacavam as pessoas a dentadas e andaram matando uns e outros? Aquele negócio que deu na televisão...

— Lembro... Aquela raça de cara feiosa, acho que é pit bull terrier... Mataram um menino e já tinham matado gente antes...

— Pois é... Foi uma coisa horrível. Mas a solução não demorou. Foi tudo rapidíssimo, em poucas semanas estava resolvido, os peritos tinham investigado, chegaram à conclusão de que aquela raça nova de cachorro é perigosa e agressiva, não dá para confiar, e pronto. Não adiantou nem o lobby dos defensores dos animais que por aqui é fortíssimo. Em poucos dias o juiz já tinha dado ordem para que fossem esterilizados todos os animais dessa raça e proibidos de entrar outros no país. Ou seja, tomaram providências para nunca mais acontecer nada parecido, para nunca mais uma criança ir fazer festinha num cachorro daqueles e ser morta. Pronto, resolvido!

Fez uma pausa e perguntou:

— Agora, me responda uma coisa. Quando você acha que alguém no Brasil vai tomar uma providência eficiente para nunca mais acontecer outra chacina dessas? Hein, quando?

Ela não disse nada. Sabia que ele estava lembrando de quando também dormira pelas ruas, debaixo de marquises das butiques, enrodilhado junto aos amigos. Melhor do que voltar para casa, mais livre, mas sempre sabendo que podia ser acordado por um chute de um policial, uma surra de uma galera rival, um corretivo a mando do dono da loja. E quando pensava nisso, Liana achava muito difícil manter a esperança, apesar de todo o seu otimismo.

Com Ângelo, Bento aprendera a pescar. Com os tios e primos, ele, Gaspar e Fernão se fizeram exímios armadores de mundéus. Aos vinte anos, ninguém sobrepujava sua habilidade no arranjo de armadilhas. Sabiam escolher bem os lugares, na mata, próximo ao rio. Aí levantavam um cercado comprido, de galhos verdes, perpendicular à margem, com uns três pés de altura. A cada quinze ou vinte passos, deixavam uma pequena abertura, sobre a qual escoravam obliquamente duas ou três toras pesadas de madeira. Quando o animal ia beber água, começava a procurar uma passagem. Era só achar a abertura e pisar no chão cheio de gravetos entrelaçados, que as escoras se soltavam, e pronto! As toras vinham abaixo e faziam o serviço de abater a caça. Principalmente nas noites escuras, era comum pegarem cinco ou seis animais em cada mundéu. E havia vários deles em linha, numa fartura de carne para toda a aldeia. Quando o peixe escasseava no mar, era só montar os mundéus. Nessas ocasiões, uma ou duas vezes por dia, Fernão e Bento passavam as armadilhas em revista, principalmente nos grandes calores, quando a caça corria o risco de apodrecer depressa.

Estavam justamente um dia ocupados nessa tarefa, já tendo recolhido um porco-do-mato, uma paca e um macaco guigó, quando Fernão, em silêncio, mostrou algo anormal a Bento. O irmão acompanhou com o olhar o que o dedo apontado lhe indicava e viu que numa das entradas o mundéu fora desarmado, as toras jaziam por terra, mas não havia caça alguma.

Examinaram com mais cuidado. Bento recolheu do chão uma pena de macuco com vestígios de sangue. Não havia dúvida alguma: tinham um sócio inesperado na caçada. Andaram em volta à procura de rastros. Não havia pegadas nítidas, no chão de folhas secas, mas a quantidade de gravetos pisados confirmava a passagem de alguém.

Decidiram voltar à aldeia com a notícia.

Em frente à casa de Joana, reuniram-se os tios e primos para debater o assunto. Sem dúvida, havia alguém oculto no mato, muito próximo à aldeia. Mas era mesmo um mistério a ser discutido.

Não podia ser amigo, pois não se aproximara às claras, caminhando pela areia da praia, como faziam todos os viajantes que se dirigiam por terra da vila da Vitória à Bahia, ou vice-versa e que, munidos de cartas de recomendação, pernoitavam no convento dos jesuítas ou, desejosos de seguir viagem, com frequência pediam aos moradores de Manguezal dos Reis Magos que cedessem suas pirogas e os ajudassem a transportar os pertences na travessia do rio. Mas tampouco deveria ser de alguma tribo inimiga ou com intenções de ataque, pois não tratara de ocultar sua proximidade, não tivera o cuidado de armar o mundéu novamente e apagar qualquer vestígio de sua presença.

Resolveram que um punhado de homens iria ficar à espreita, escondido no mato. Entre eles, Gaspar, Fernão e Bento, que conheciam aquelas paragens melhor do que ninguém.

Já haviam decorrido mais de duas horas, quando Bento sentiu sede e decidiu ir até o rio beber água. Ao aproximar-se da margem, viu pegadas humanas impressas na tabatinga mole do solo, entre os diversos rastros de caça deixados pelos animais que se serviam daquela aguada. Pés pequenos. Mas as marcas não tinham as pontas voltadas para fora, e o polegar bem calcado, em sinal de andar de branco, nem mostravam pés virados para a frente, com a planta e os dedos inteiramente aplicados no chão, como índio caminha.

Intrigado, Bento estacou de repente. E antes que conseguisse pensar qualquer coisa, de dentro de um esconderijo sombrio numa moita, saiu uma mulher.

Devia ser pouco mais moça que ele. Seguramente, tinha a pele ainda mais preta que a sua, o que lhe pareceu espantoso, por ser ele, de longe, o mais escuro da aldeia. A roupa rasgada revelava braços e pernas rijos e bonitos, porém cobertos de arranhões, alguns inflamados. Os olhos esbugalhados mostravam um medo próximo ao pavor. A boca carnuda se abriu e emitiu sons num idioma incompreensível, mas evidentemente dirigidos a ele em tom de súplica.

Mesmo sem entender, Bento respondeu em avanheém, tentando acalmá-la. Aflita, a moça continuava falando na língua bárbara, quando ele teve a ideia de se dirigir a ela em português:

— Calma, ninguém irá fazer-te mal.

Demonstrando entender, ela perguntou:

— Quem és?

— Chamo-me Bento, moro na aldeia que fica a uma légua daqui, junto ao convento.

— Não me entregues, eu suplico... não digas a teus donos que me encontraste... Mas, se puderes, ajuda-me.

— Donos?

— A teus senhores...

— Não sei do que falas.

— Então és forro? Ou também buscaste refúgio na mata?

Bento estranhou as perguntas, mas de repente compreendeu que ela o tomava por escravo, devido à cor da sua pele. E que estava diante de uma escrava fugida. No mesmo relance, decidiu também que a ajudaria e que ela não seria entregue a seus perseguidores.

Sempre buscando tranquilizá-la, fez com que o acompanhasse até junto dos companheiros que estavam ocultos mais adiante. Contou-lhes que encontrara quem estava comendo de sua caça e explicou-lhes de quem se tratava. Todos a cercaram, curiosos. Era a primeira africana que viam.

Fernão adiantou-se e começou a fazer-lhe perguntas. Só respondeu à primeira. Seu nome?

— Danda...

Olhos assustados, voz musical. Não quis dizer mais nada, explicar de onde fugira, quem eram seus donos, para onde pretendia ir. Resolveram levá-la para a aldeia.

Ao se aproximarem, Fernão propôs que não a levassem direto para o convento, e sim para a casa de Marianita. Era um achado deles, não dos padres.

Quase se armou uma discussão por causa disso. Os primos hesitavam, não queriam passar por desobedientes. A situação era nova e não estavam habituados a lidar com ela. Mas sentiam vagamente que Fernão podia ter razão. Ao mesmo tempo, receavam desagradar aos jesuítas, escondendo-lhes algo tão importante. Mas Bento foi incisivo e decidiu a questão:

— Ela vai conosco, para a casa de nossa mãe. É mulher, necessita de cuidados. Depois chamamos os padres. Pois não foram eles mesmos que levaram nossa mãe para a casa de vó Inês, quando ela chegou aqui comigo no ventre?

Os outros conheciam o acontecido e concordaram. Danda seria entregue a Marianita.

Assim se fez. Mas nem assim se resolveu o caso. Cientes do achado, os padres ordenaram que a cativa fosse imediatamente levada ao convento. Fernão alegou que ela estava ferida e exausta, não lhe convinha caminhar.

Marianita prontificou-se a ir ter com eles e conversar. Ouviu calada todos os argumentos iniciais, que não a surpreenderam. Não era possível abrigar negros fugidos na aldeia. Teriam que notificar as autoridades. Danda teria que ser devolvida a seu dono. Caso contrário, todos ali correriam riscos. Impedir que os índios aldeados fossem preados e escravizados já constituía, por si só, uma luta permanente. Homiziar cativos alheios e se recusar a devolvê-los só contribuiria para agravar as ameaças constantes. Além do mais, lembrou um dos jesuítas, se capitães do mato começassem a aparecer em Manguezal dos Reis Magos em busca de escravos escapados, Bento poderia correr riscos... Diante do evidente choque de Marianita ao ouvir essa ponderação, o padre explicou que, claramente, o pai do rapaz era escravo e, portanto, ele poderia ser reclamado por alguém.

— Com todo respeito, padre, isso seria uma ignomínia! protestou ela. — Sabemos todos que meu filho Bento é tão livre quanto eu ou quanto vossa mercê... Admira-me que semelhante hipótese possa ser considerada por homens de bem. Se eu não estivesse em presença de um representante de Deus, atrever-me-ia a sugerir que tal comportamento não pode deixar de ser pecado...

Sem disfarçar uma expressão de profunda tristeza, o padre a interrompeu:

— Marianita, não estamos discutindo ignomínias nem questões teológicas ou de doutrina. Estamos falando das leis. Por elas, El-Rei garantiu aos índios sob nossa proteção o direito de não serem escravizados. Também por elas, os escravos necessários ao trabalho da colônia passaram a ser trazidos da África. E se um africano for encontrado aqui, trata-se, obviamente, de um escravo.

— Mas ele é livre, nasceu livre, vossa mercê sabe disso...

— Para ser livre, falta-lhe um papel, um documento do cartório, dado por seu senhor, conferindo-lhe esse direito. Todos esses anos, nós simplesmente fechamos os olhos para isso... Mas um capitão do mato que viesse aqui em busca da cativa fugida os teria bem abertos. Pense nisso, minha filha. Volte para casa com calma, medite e nos dará razão.

Ela ia pensar. O resto da vida, nunca mais deixaria de pensar nisso, em súbitos lampejos da consciência nos momentos mais inesperados, pensamento latente de todos os seus dias, submerso enquanto desempenhava as atividades mais corriqueiras do quotidiano, sempre pronto a irromper de súbito. Seu filho corria risco. Mas de imediato, o que lhe ocorreu foi uma resposta para ganhar tempo:

— Pois então não chamemos um capitão do mato, não notifiquemos as autoridades...

Percebeu que o padre hesitava, insistiu:

— Pelo menos, por alguns dias, padre. Para que a pobrezinha se recobre. Mais tarde a entregaremos, quando tiver em melhores condições. O dono até nos agradecerá, por a devolvermos com saúde.

O padre hesitava mais:

— Não sei, não devo... Tenho que notificar assim que souber...

— Mas e se vossa mercê não souber? Afinal ninguém daqui do convento viu uma escrava fugida aqui na aldeia. Isso são histórias... Quem está lhe garantindo que não há cativa alguma sou eu. Vossa mercê não acabou de dizer que os padres fecharam os olhos para o caso do Bento durante todos estes anos? Pois agora nem precisam, não viram nada mesmo. Basta apenas que fechem os ouvidos e não acolham histórias de caçadores...

O padre aquiesceu com a cabeça, em silêncio.

Marianita retirou-se.

De noite, reuniu os filhos, cunhados e sobrinhos em sua casinha de taipa coberta de folhas de palmeiras. Vieram homens e mulheres, velhos e moços.

Marianita primeiro olhou os filhos com carinho — os que Ângelo trouxera do casamento anterior e ela criara, e mais os seus próprios. O mulato Bento, o índio Gaspar que lhe sugara o seio mas a quem não trouxera no ventre, os caboclos Brites e Fernão, a caçula Leonor, que parecia compensar não ter conhecido o pai por meio de uma impressionante semelhança que perpetuava Ângelo em seus traços.

Em seguida, percorreu com os olhos as famílias das cunhadas, das quais só uma continuava entre eles — Joana, tão entrevada de reumatismo, que quase teve que vir carregada pelos filhos Jerônimo e José Lourenço. Gertrudes, filha de Marta, não se escudou na viuvez recente e mesmo assim compareceu. Luzia, cada vez mais parecida com a finada Maria sua mãe, veio com o marido Miguel. Mesmo o filho deles, Diogo, veio com a mulher parida de pouco, Juliana, neta do velho Vanderlei. Trouxeram o bebê rechonchudo que ficou mamando no seio da mãe enquanto o clã reunido discutia o que se ia fazer. Até André, o velho tio de Ângelo, nos seus oitenta anos, veio ouvir e opinar.

Não couberam na pequena casa. Os primeiros a chegar foram se sentando onde podiam. Nas poucas cadeiras, em bancos, esteiras, no chão de terra batida. Logo decidiram ir para o terreiro, onde foi acesa uma pequena fogueira de gravetos, palhas secas de coqueiros e bosta de animais, para espantar os mosquitos.

Inicialmente, Gaspar, Bento, Fernão e seus primos Jerônimo e José Lourenço recapitularam as circunstâncias em que tinham encontrado Danda na mata. Em seguida, Fernão — quem mais conversara com a moça — explicou como ela tinha fugido de um engenho bem mais ao sul e como se dirigira para aquela região, sempre pelo meio do mato, porque ouvira dizer do quilombo existente ao pé da serra azulada que marcava o caminho da terra para os pescadores ao largo. Contou dos perigos e privações pelos quais ela passara, descreveu seus sofrimentos e pa-

vores até ser acolhida por eles. A essa altura, todos já sabiam mais ou menos do que se tratava. Em cada casa da família o assunto já fora comentado durante todo o dia. Mas para a boa ordem da assembleia era de todo conveniente não haver quaisquer dúvidas. E assim, os relatos foram entrando noite adentro, interrompidos aqui por um comentário de Miguel, ali por uma pergunta de Gertrudes, mas sempre retomados.

Enquanto aguardava sua vez de falar, para contar sua conversa com os jesuítas, Marianita percorria a assembleia com os olhos. Aquela era a família que a acolhera quando ela chegara desesperada e sem rumo, os descendentes de Inês que a abraçara ao peito, das crianças que a encontraram de noite na areia da praia, desmaiada. Os filhos e netos de suas cunhadas — de Marta, Maria e Joana, que ensinara a fiar, tecer e a fazer renda, e que se juntaram a Ângelo para lhe dar uma vida nova. As mulheres e crianças que, sob seu comando, ajudaram a rechaçar os holandeses no terrível dia em que perdeu Ângelo para sempre. O calor que lhe restava. Agora, sua família, sua gente, seu clã. Lia em cada uma daquelas caras uma história, e eram todas bonitas e fortes. Olhando rosto por rosto, Marianita foi distinguindo neles sua marca comum, herdada de Gonçalo e Cajiti, de Inês e Antônio, prolongada em sua filharada com Ângelo e em Martim, o bebê de Diogo e Juliana adormecido no colo. Os traços misturados, as feições índias, com olhos cujas cores variadas guardavam a mata e o mar, o céu e o mel, a peroba e o jacarandá. As peles de bronze e cobre com reflexos de ouro e prata nos cabelos. As raízes da terra e a saudade das ondas. Entre eles, só Bento era diferente. Saído do seu ventre, trazia nas veias a seiva da África — que tudo indicava estar prestes a misturar-se com o sangue de Bárbara, filha de Jerônimo, fundando nova linhagem de tríplice história. Esse era seu poder e sua força, sua multiplicação e sua soma. Não podia pensar apenas na eventual segurança de Bento e dar os anéis para não perder os dedos — como sugerira o padre. Teriam que resistir. Entregar Danda seria trair tudo o que eram.

Quando chegou sua vez de falar, Marianita já estava preparada. Fez mentalmente uma oração, pedindo a Deus que *a iluminasse para que lograsse convencer o clã reunido em seu terreiro. E começou a dizer, em voz alta, o que estava pensando. Olhando cada um, deixou que as palavras lhe saíssem diretamente do coração.*

Não teve muito trabalho para convencê-los. Pareciam todos já predispostos a aceitar o que ouviam. Não sabiam o que fazer com Danda, mas estavam todos de acordo em que ela não seria entregue às autoridades. Ao final, o velho André, firme em sua voz débil, foi ouvido em silêncio.

— Sou filho de Batuíra, neto de Cajiti, bisneto de Menibi. Nenhum deles teve escravos. Todos sempre cuidaram de plantar, caçar, pescar para comer, sem acorrentar ou chicotear outros homens para fazerem isso em seu lugar. Nem mesmo montaram animais ou os submeteram a seu jugo. Na nossa família, até hoje, apenas meu irmão Gabriel teve dois escravos — no tempo em que foi branco, indo atrás das miragens das minas. Mas dessa escravidão ele mesmo se libertou. Nossa vida não tem disso.

Surgiram então as perguntas. Não notificar às autoridades, não entregar a cativa, sim, estavam todos de acordo. Mas como impedir que os padres o fizessem? Não o conseguiriam.

Após muita discussão, decidiram ouvir Danda, que a tudo assistia, calada. Mesmo porque não entendia avanheém. Mas acompanhara a assembleia, com as constantes traduções que Fernão lhe fazia ao pé do ouvido. E quando lhe deram a palavra, explicou que só pretendia mesmo ficar alguns dias, para se refazer. Depois, tencionava seguir viagem em busca do quilombo. Estava decidida a procurar sua gente e a nunca mais ser cativa. Mesmo que isso lhe custasse a vida. Resolveram, então, que deixariam os padres pensarem que ela ainda estava sendo tratada por muito tempo, muito mais que o necessário. E assim que pudesse voltar para os matos, em mais alguns dias, Gaspar, Fernão e Bento iriam com ela, levá-la até a raiz da serra azulada onde se escondia a liberdade. Quando não fosse mais possível ocultar sua ausência, diriam aos jesuítas que ela fugira.

Assim foi feito. Os padres podem ter desconfiado de que estavam todos a acobertar a cativa, mas não deram mostras. Ao fim de uns oito dias da partida, Bento e Gaspar voltaram sozi-

nhos, com a notícia de que haviam encontrado o lugar. Fernão decidira ficar por lá, a viver com Danda.

Só voltariam muitos anos depois, quando o quilombo foi descoberto e destruído, e quase todos os da sua gente foram mortos — só escapando algumas crianças, seus filhos e vizinhos, que Fernão logrou esconder nos matos graças a seus conhecimentos da selva e em meio a muitas vicissitudes, conseguiu guiar, junto com Danda, até Manguezal dos Reis Magos.

Dessa vez, não foi necessária nova assembleia. Antes mesmo que Marianita a sugerisse, Fernão manifestou sua intenção de não ficar por ali, embora se dispusesse a estar sempre bastante próximo, pronto a ser chamado e a vir em frequentes visitas. Foi estabelecer-se com a mulher, os pequenos e mais a irmã Brites e o marido — que quiseram acompanhá-los — em outra praia, a uma légua dali, perto da Ponta dos Fachos, ao pé de um córrego magriço que vinha dar no mar entre uns mangais ralos. Lá ergueram dois casebres junto à areia, bem visíveis, para a família de Brites, e mais Luzia e Miguel (que também resolveram ir com eles, para não terem mais que subir ladeiras e barrancos pois, com a idade, Miguel estava engordando muito e Luzia tinha dores nas juntas), próximos a uma cobertura de palha onde abrigavam da chuva as canoas. Mas mais adiante e mais para dentro, escondidas pelas árvores maiores da capoeira, sem serem vistas por quem passasse na praia, duas outras choupanas no alto de um outeiro bem em frente à Ponta dos Fachos foram abrigar Fernão, Danda e os pequenos sobreviventes do quilombo, negros e mamelucos, que se revelariam exímios pescadores pelos anos afora, maratimbas sem igual, incomparáveis senhores dos segredos da beira-mar.

TERCEIRA PARTE

Devia ser efeito do verão. Mesmo longe dos trópicos, a sensualidade no ar era coisa só encontrada normalmente do lado de baixo do Equador. Lá onde teólogos dos tempos da colônia tiveram que discutir se, afinal, não existiria pecado, já que o comportamento geral tendia a só seguir as leis da natureza.

Ou então, não era uma questão de geografia, mas deles mesmos, Liana e Tito soltos sem mapa no meio de um mundo comportado, a plantar uma tórrida ilha equatorial no mar do Norte.

Dificilmente o dia poderia ter começado mais inglês. Foram celebrar o verão em Hampstead, com cestinha de piquenique e tudo. Mas os sanduíches, os queijos, as frutas e o vinho eram para depois. Primeiro foram passear pelo bosque, pelo meio de bétulas, faias e carvalhos. Tomar banho no lago. Nos lagos, aliás. Tinha o das mulheres e o dos homens, separados. Onde as pessoas tranquilamente tiravam as roupas e mergulhavam para nadar *in natura*. Depois se encontraram no lago misto, rodeado de árvores e salpicado de corpos muito brancos metidos em roupas de banho. Deitaram sobre a colcha que tinham levado, tomaram sol, caíram n'água. Fizeram uma boquinha, tomaram mais sol, foi dando a maior moleza. Alongados lado a lado, pele de um tocando a do outro, alguma carícia ocasional, começaram a querer algo menos público. Desistiram do concerto ao ar livre a que planejavam assistir mais tarde e voltaram para casa, suados, loucos por uma chuveirada.

Quando Tito saiu do banho, Liana já ressonava, os cabelos molhados espalhados pelo travesseiro. Deitou-se de bruços ao lado dela, enlaçou-a com o braço, jogou a perna esquerda meio curvada sobre as dela e em três tempos já tinha dormido também. Acordou com o gesto de carinho dela em seu cabelo, mas nem abriu os olhos. Depois sentiu um beijo atrás da orelha, mais outros descendo pela nuca, sorriu, aconchegou os ombros e deixou que ela continuasse. Liana mergulhava o nariz em seu cangote, respirava fundo, se embebendo de seu cheiro, enquanto o alisava com pequenas lambidas e descia a mão direita por suas costas até a bunda. Ficou quieto, deixando, como se estivesse dormindo, até que não aguentou mais e se virou para também pegar nela, alisar a pele morna e macia, guardar os seios dela em suas mãos, brincar com os mamilos, enfiar a cara entre eles, mamar como criança pequena. Ela se chegou sobre a coxa dele, roçando e apertando, banhando a carne com tantos sumos, a mão esquerda em sua orelha, a direita em seu pênis, de leve, muito sem pressa, deixando tudo vir a seu tempo, crescer até tomar todo o espaço, os cheiros aumentando, a quentura latejando, a pele guardando o sol, o sangue se expandindo, na moleza quente da estação, fruta madura a se abrir suculenta e fresca, mar se fechando apertado em volta do corpo que mergulha, ondas batendo ritmadas e se quebrando com força até sumirem na areia.

Quando Ângelo entrava bem fundo em Marianita e vestia com ela sua nudez, como se a mulher fosse a pintura de sua pele, convertiam-se ambos em vagalhões das ressacas de março a romper-se nas pedras com estrépito, arfantes e sem peias. Com mais ninguém fora assim. O primeiro homem fora um batismo. Um ou outro vizinho que levara para a rede ao final de uma festa não passara de um folguedo. Era a lembrança de Ângelo que a acompanhava constante, pelos anos afora, sem envelhecer. Ainda e sempre. Era a sonhar com ele que despertava ao alvorecer nesse primeiro dia de um novo século, ouvindo o estrondo das ondas em intervalos regulares — não num crescendo de dentro do seu abraço, mas iguais a ontem e a antes, indiferentes ao passar do tempo, lá no mar, primeira coisa que via de sua rede armada na varanda da palhoça ao abrir os olhos.

Admirou-se ao perceber barulho de alguém desperto lá dentro. Mais ainda, quando constatou que os filhos e netos de Fernão vinham chegando das palhoças mais atrás, no meio das árvores, e se preparavam para sair para o mar, em companhia de Martim que já vinha de casa carregando uma cabaça com água, recolhia a poita largada na areia, e se dirigia para a canoa, que todos começavam a empurrar sobre longos paus roliços, em direção à água.

A velha Marianita firmou-se no punho da rede, pôs os pés na areia, levantou-se com dificuldade e caminhou para perto deles:

— Não vão ficar para o almoço de Ano Bom?

— Não, vó — respondeu Manuel. — Vamos aproveitar que o vento mudou. Quem sabe a sorte muda também?

— Com a graça de Deus Nosso Senhor... — disse Martim.

— Ou da Rainha do Mar — corrigiu Benedito, filho de Bastião. — Vó Danda disse que essas coisas são com ela.

— Não blasfeme, menino. — atalhou a bisavó. — Isso é sacrilégio. Você está é precisando ir para o colégio dos padres, acabar com essas ideias...

O moleque Benedito se calou. Bastião também. Não tinha a menor intenção de ver o filho virar noviço um dia, como acontecera com os dois curumins da tia Brites, com quem brincara tanto em criança. Queria fazer dele um homem de verdade, sabendo pescar e caçar.

Em silêncio, Benedito e Bastião ouviram Manuel e Martim explicarem à velha que não iam voltar tarde, só pretendiam ir até a enseada, ver se desta vez traziam outra coisa.

— Há mais de três meses que só dá baiacu... Por que logo hoje ia mudar? — insistiu ela.

— E por que não, vó? Está mudando tanta coisa hoje... Mudou o vento, mudou o ano, mudou o século... — argumentou Manuel, ajeitando embaixo do banco a fisga de três pontas para içar os peixes maiores. — Pode muito bem mudar a pescaria.

— Pois então, tentem — despediu-se ela. — Vão com Deus. Marianita achava que não ia mudar. Já tinha visto acontecer coisa parecida, uns quarenta anos antes, logo que Juliana e Diogo tinham se mudado com o pequeno Martim, para irem morar junto aos pais dele, no povoado perto da Ponta dos Fachos, onde Fernão e Danda criavam a família. Mas naquele tempo, Manuel e Bastião eram meninos, que nem Benedito agora. Por isso não lembravam que a praga de baiacu não acabou de repente. Tinha ido escasseando, aos poucos, e só depois de algumas semanas sem peixe nenhum foi que outros, diferentes e variados, voltaram a encher os samburás e jacás de xaréus e xixarros, namorados e papa-terras, garoupas e tainhas, sardas e cavalas, peroás e maraçapebas, manjubas e pescadas, numa fartura tão interminável que se demoraria mais tempo para dizer o nome de todos os peixes do que para rezar um rosário.

Agora era de novo aquela praga.

Baiacu até que não era ruim, quando se sabia preparar. Era só ter muito cuidado para extrair o veneno. Marianita gostava de tirar só os filés, logo que a canoa chegava, e enterrar o resto. Aí não tinha nenhum problema. Dava uma moqueca muito saborosa, perfumada de coentro, colorida de urucum. Só que já andavam todos fartos, após semanas a fio de baiacu no almoço e no jantar. Na aldeia dos Reis Magos, quando estava em casa de Bento, Gaspar ou Leonor, ainda tinham alguma coisa para variar — quando não era caça, era uma abóbora, um aipim, de vez em quando um ovo das galinhas do terreiro. Mas quando vinha passar essas temporadas de visita a Brites e Fernão, na palhoça da areia, era mesmo só peixe e farinha.

Viu as duas canoas se afastarem, inflando as velas na despedida do terral. Voltou para a rede, onde se deitou para esperar, quieta, que Juliana e seus netos acordassem. Sempre que Marianita vinha passar uns dias com os filhos em Ponta dos Fachos, acabava ficando em casa de Martim com a mãe dele e as crianças. Não porque se sentisse melhor com a viúva de Diogo do que com seus próprios filhos e noras. Mas porque tinha menos gente, só Juliana e ela de adultas o dia inteiro. E, principalmente, porque a palhoça não ficava escondida nos matos, como as dos filhos de Danda. Ficava plantada na areia, quase molhada na maré alta, banhada de sol e varrida de ventos, percorrida pelos goroçás claros *que caranguejavam seus rastros finos por toda parte. Banhada de maresia.*

Numa puxada de palha, toda aberta, na frente da casa, armavam-se as redes. Marianita gostava de dormir lá fora. Ou, simplesmente, ficar ali descansando, perdendo o olhar nas ondas, no luar, no reflexo do sol na água, ouvindo a canção do mar, respirando o perfume das algas. Tantas, tantas vezes fizera isso desde que viera para Manguezal dos Reis Magos. Todas elas se misturavam agora.

E recostada na rede, de olhos semicerrados, no primeiro dia de um tempo novo, Marianita era outra vez menina chegando a cavalo de noite por aquela praia, mulher amada por Ângelo no areal enluarado, madona amamentando filho recostada no coqueiro, mãe brincando com criança na maré baixa, guerreira enfrentando inimigo, viúva chorando seu homem enquanto o vento sul açoitava com a chuva, matrona criando família e vendo os filhos dos filhos, sábia matriarca chefiando um clã com todos os tons da palheta humana, avó ensinando neto a limpar peixe, bisavó contando histórias para os bisnetos. Sempre com Ângelo a seu lado, invisível aos olhos dos outros. Principalmente nestes últimos tempos, quando ele vinha sempre trazer-lhe o peito para que ela recostasse, aconchegá-la com o xale que a protegia da brisa, acariciar-lhe os fios de cabelo que escapavam do pequeno coque enrodilhado, agora ainda mais claros do que quando ele lhe gabava a cabeleira de boneca de milho. Embalada na rede de lembranças, aninhada em Ângelo, ela revia a figura maternal de Inês, conversava com as cunhadas em coro fraterno, povoava de risos e cantos a praia deserta.

Quando Juliana acordou e começou a avivar o fogo lá dentro, nem desconfiava quão acompanhada estava Marianita lá fora. Quando os meninos pequenos saíram a correr e brincar na areia, não faziam a menor ideia de que entre eles houvesse tantos outros, aos olhos da velha. Quando as canoas voltaram, lá pelas duas da tarde, Martim e Manuel, Bastião e Benedito nem imaginavam quanta gente mais ela via participar da faina de empurrar a embarcação areia acima, separar alguns baiacus para a janta, encher os jacás com os outros que iriam ser levados para a aldeia. Quando os quatro pescadores se afastaram, os cestos pendurados em varas apoiadas aos ombros, era na certeza de que não passavam disso — três homens e um rapazola — e nem sabiam da multidão que os rodeava e com eles dividia o peso da carga.

Assim que sumiram ao norte, na curva da ponta da praia, enquanto Juliana entrava para buscar uma gamela, uma faca, limão para tratar os peixes, Marianita sentiu que Ângelo a chamava, mandando-a olhar para o sul. Com a vista enevoada, de início não distinguiu nada. Mas logo percebeu um ponto que crescia depressa, muito mais rápido do que qualquer um conseguiria andar. Um cavaleiro a galope.

Quando chegou diante da palhoça, o cavaleiro fez a montaria estacar de súbito, puxando o freio com tanta força que o animal relinchou e quis empinar. Ouvindo isso, as crianças surgiram correndo de toda parte, Juliana veio lá de dentro enxugando as mãos na saia de riscado. Antes que pudessem atentar nos detalhes das armas que trazia, do chicote cujo punho segurava, das feições duras e mal-encaradas que a barba espessa não lograva esconder, já ele perguntava numa voz ameaçadora:

— De quem são esses moleques?

Marianita entendeu tudo. No mesmo momento, soube que o dia temido chegara. Com um tênue fio de esperança, pensou depressa e resolveu tentar agarrar-se ao fato de ser branca e de Juliana ter marcas do avô holandês. Respondeu antes da outra:

— São nossos escravos, filhos dos nossos cativos.

O homem deu uma risada má:

— E onde estão as mães deles? Os pais?

Apeando, amarrou a montaria no esteio da varanda e foi entrando pela casa adentro:

— Onde fica vossa senzala? Vão me dizer que têm moradia pior que esta?

As crianças, assustadas, começaram a chorar, a chamar pela avó, pela bisa. Isso só deu ao homem a certeza que porventura lhe faltasse. — Ou vão me dizer que os pais delas são forros? Que é dos documentos?

Dizendo isso, empurrou Juliana e começou a vasculhar as parcas prateleiras da casa. Ela quis impedi-lo e foi agarrada, entre risadas. — *Meus homens já vão chegar. E com muita fome. Tratem de preparar o que cinco esfomeados possam comer e, em seguida, vamos sair à cata dos fujões, pais destes negrinhos...*

Nem precisariam, pensou Marianita. Dentro em pouco, Danda poderia chegar, vinda das outras casas entre as árvores. E num instante Manuel e Bastião estariam de volta com Benedito. Todos negros ou pardos escuros. O único caboclo era Martim. Não lograriam convencer o capitão do mato.

O homem tinha que ser detido, antes que seus reforços chegassem, antes que mais vítimas se oferecessem, antes que o bando dominasse a situação ali e seguisse caminho para a aldeia, onde Bento, seus filhos e netos também correriam perigo.

— *Eu sabia que faríamos bem em abandonar as buscas pelos matos e vir para a praia* — gabava-se o capitão do mato. — *A caçada hoje vai ser boa... Vamos, mulher, traga-me água.*

Ao aproximar-se com a cuia, olhar apavorado, Juliana deixou a água cair e o molhou. Imediatamente o homem começou a bater nela, indiferente aos seus sessenta anos. Mas não foi muito longe. De repente, como se surgisse do nada, a outra velha arremeteu num ímpeto e se jogou sobre ele. Ao se afastar, lhe deixara um punhal cravado no peito. Golpe preciso, mãos guiadas pela sorte, pela raiva ou por um dos tantos mortos em cuja companhia passava agora a maior parte do tempo. Ângelo, talvez.

A morte foi instantânea e ela ficou uns momentos meio atoleimada. Desta vez, não tinha dúvidas. Matara um homem. E outros mais vinham a caminho.

Sentiu os braços de Juliana em volta de seus ombros.

— *Muito bem, dona Marianita. Acalme-se... O pior já passou. Agora vamos dar um jeito nisso. Vosmicê se sente na rede um pouquinho para descansar. Vou mandar um dos meninos à aldeia avisar Martim para não voltar pela praia com os outros. E vou mandar chamar Danda para me ajudar a arrastar esse corpo para longe daqui, esconder esse cavalo nos matos, desmanchar esses rastros, essas marcas da refrega. E depois vosmicê vai me dar um ajutório e vamos preparar a janta desse pessoal que vem por aí. Vamos lhes oferecer uma moqueca de baiacu como eles nunca viram igual. Nem nunca mais vão ver.*

Capricharam no coentro e no colorau, a perfumar e colorir a morte servida em postas. Quando chegaram os quatro homens a pé, vindos do sul à procura de seu chefe, já encontraram a janta preparada para cinco pessoas. Ao lhes servir vinho de caju e um final de aguardente de cana, que Martim guardava para ocasiões especiais, Juliana apontou para a mesa onde acabara de colocar sobre um tripé uma panela de barro preta com a moqueca amarela fumegante:

— Ele disse para vosmicês irem se servindo, que ele já retorna logo, foi só dar uma volta pelos arredores.

Não precisou insistir. A comida cheirosa falava por si. Atiraram-se sobre ela.

Os baiacus fizeram o resto. Ou quase todo o resto. Ao ver os companheiros começando a passar mal e se retorcendo de dor, o mais resistente ou menos glutão dentre eles percebeu que haviam caído numa esparrela. Levantou-se, raivoso, atrás de Juliana que saiu correndo. Quando ela saiu, ele a seguiu. E na varanda, viu ao longe Manuel e Bastião que chegavam com Benedito e Martim, contrariando o recado recebido, a correr pela praia, preocupados e aflitos. Puxou de uma arma de fogo que trazia à cinta e fez mira. Antes que lograsse atirar, ouviu um estrépito. Da rede que estava a dois passos de si, a velhinha encarquilhada lhe dera um tiro à queima-roupa, com uma pistola surgida sabe-se lá de onde. Antes de cair, o homem disparou também em direção a ela e a levou consigo. Levou consigo é modo de dizer. Por menos que se acredite em justiça divina ou cósmica, é claro que ele e Marianita jamais poderiam ir para o mesmo lugar.

— Eu não acredito que seja verdade! — exclamou Liana, furiosa. — Não faz o menor sentido!

— Calma, morena, não fique assim... Todo mundo está sujeito a críticas, incompreensões... Não precisa se perturbar dessa maneira.

Mas Tito não conseguia fazer a raiva dela passar.

— Meu Deus, Tito! Você não está entendendo nada! Não é porque me fizeram críticas... É porque *não* fizeram, mas o Sérgio Luís está inventando... E isso é sinal de alguma coisa muito mais grave e perigosa, que eu não sei o que é nem onde vai dar, só sei que me ameaça.

— É, eu realmente não consigo acompanhar essa confusão. Acho que eu estava distraído quando você começou a contar. Vai ver, é porque eu estou com muita fome, e estava estudando o cardápio enquanto você falava. Desculpe. Então você não está furiosa porque a redação do Rio não gostou da sua matéria?

— Não. Eu estou enlouquecida de raiva porque o Sérgio Luís *disse* que eles não gostaram. Só que eu duvido.

— E por quê?

— Primeiro, porque estava muito bem-feita. Segundo, porque eu trabalhei lá no Rio com eles um tempão, conheço os macetes, as pessoas, sei o que interessa. Sou amiga do Henrique, cara, a gente se respeita profissionalmente. Então eu acho que, por exemplo, se ele, que é o editor lá, não gostasse de alguma coisa, me mandava um bilhete, um fax, me telefonava para tirar a dúvida... Diretamente pra mim. Sem ir fazer queixa ao Sérgio Luís.

— Pode ser que ele não quisesse passar por cima da autoridade do Sérgio...

Liana ficou quieta, escolheu os pedidos que ia fazer ao garçom, provou o vinho que estava sendo servido. Mas não aguentou ficar muito tempo sem voltar ao assunto.

— Tito, você pode achar que eu estou com a vaidade ferida ou que eu não sei receber críticas, ou sei lá o quê... mas não é isso. Eu vejo todos os números da revista. O que eu escrevo sai sempre sem modificações, ninguém lá no Rio retoca meu texto ou muda o que eu escrevo. Pelo contrário, aproveitam trechos meus para as legendas das fotos. Como é que, de repente, alguém vai reclamar com o Sérgio Luís que eu sou fraca, inexperiente, tenho muito o que aprender, e ele não devia me dar matérias de responsabilidade? Como é que, de uma hora para outra, alguém passa a mão num telefone e faz uma ligação internacional especialmente para dizer que me entregar certos assuntos "chega a ser temerário"? Palavras textuais, como o Sérgio Luís fez questão de dizer...

— Quem sabe tem um cara novo por lá? Vai ver, o gosto dele é diferente. Você não acha que pode ser?

— Poder, pode... Mas não é o que eu acho. O que eu acho mesmo é que o Sérgio Luís está com inveja e se sentido ameaçado porque nenhum dos protegidos dele nesta sucursal maluca consegue fazer as coisas bem-feitas, e minhas matérias estão tendo mais destaque. Aí ele resolveu me botar na geladeira, só vai me dar frescura e firula daqui pra frente. Que é para eu não fazer sombra a ninguém.

— Também pode ser — concordou Tito. — Nunca se sabe.

— Mas eu vou saber. Hoje mesmo, quando chegar em casa, vou ligar para o Henrique, como quem não quer nada. Pelo jeitão dele, vou descobrir. Ele não deixa pra depois. Se não estiver gostando de alguma coisa, vai dizer logo. E aí vai ficar claro se nesse angu tem caroço.

— Isso, morena, liga... Vai te fazer bem. E enquanto você não enfrenta o angu, podemos nos concentrar nesse champignonzaço recheado que está chegando aí...

Duas horas depois, o telefonema não deixou dúvidas. Henrique foi mais que amigável, expansivo como sempre:

— Oi, como vai essa londrina? Que bom que você ligou, Liana! A gente está morrendo de saudades, temos falado muito em você.

— Eu também, sinto a maior falta dos amigos.

— Pois é, mas com toda a saudade, ainda ontem eu estava dizendo: "Tomara que a Liana fique por lá muito tempo..."

— Por quê? Quer me ver longe, é?

— Deixa disso. Mas é que é muito mais tranquilo trabalhar com alguém assim, quando dá para aproveitar o trabalho todo e a gente não precisa ficar reclamando e reescrevendo tudo. Você não imagina como tem gente fraca e inexperiente por aí, sem a menor condição de fazer uma matéria de mais responsabilidade. Ainda ontem eu estava dizendo, nesse mesmo papo em que te elogiei, chega a ser temerário entregar um assunto sério para esse pessoal despreparado... Mas, enfim, como vão as coisas? Que tal o casamento? Gostei de saber, o Tito é gente fina...

Sorrindo, Liana foi respondendo, feliz. Mais do que pela confirmação de sua intuição, estava contente com o carinho, a amizade, o respeito profissional de sempre. O reencontro com sua tribo. Dava alento. E na frase do Henrique, acabara de reconhecer a citação completa que Sérgio Luís lhe transmitira distorcida e desviada.

Como disse a Tito, depois de desligar:

— Agora eu sei. É tudo mentira, armação do Sérgio Luís.

E como Tito respondeu:

— Então abre o olho, morena. Esse cara é uma cascavel. Gosta do deserto, rasteja, dá o bote à traição. Pode parecer desprezível, mas é capaz de matar.

Se alguém lhe pedisse para explicar aquela alegria no peito quando estava assim no mar, Benedito nem ia conseguir. Tinha parte com a imensidão sem peias, a liberdade. Tomava conta dele até mesmo quando as águas não lhe devolviam sustento ao fim de todo um dia de trabalho, a lançar e recolher linhas vazias, redes que só traziam o peso de si mesmas e das algas. Havia sempre um ajuste perfeito, um estar-em-casa singelo, quando se via cercado pelas ondas que subiam e desciam, a respirar a maresia, ouvir o marulho ou um grito de ave marinha. Só não sabia dizer como era. Benedito não era mesmo homem de explicar direito as coisas que sentia.

Nem com Firmina tinha conseguido. Ela entendera apenas porque não necessitava de palavra — sentiu no olhar, no cheiro, no jeito com que ele a tocava. Nunca foram de muita conversa e a filharada lá estava firme, crescendo. Pedro e Matias já começavam a acompanhá-lo na canoa. Os menores iam se aprumando, sempre a brincar e ajudar a mãe nas pequenas tarefas domésticas. Começavam a dançar e cantar nos batuques em que todos tocavam — Benedito, os irmãos, o pai Bastião, o tio Manuel, o velho Martim com o filho Inácio. E nas noites em que não havia fartura de peixe para salgar, com toda sua azáfama e fadiga, costumavam reunir-se em uma das casas, à luz da lamparina, ou lá fora em torno à fogueira, se não chovia. Então, durante algum tempo todos comentavam o que sucedera de dia, antes de se porem a cantar para espantar o sono ou a ouvir as histórias que Deralda, irmã de Benedito, gostava de contar. Histórias aprendidas com a tia Serafina e a avó Danda, a falar de bichos e almas do outro mundo, de sobas e feiticeiros, de deuses e estrelas. Histórias da rainha Ginga, lá do Congo, no sertão de Angola, perto do Mucoco e do Dongo, mulher valente e rebelde, que não se deixou dominar e nunca abaixou a cabeça, a enfrentar os portugueses em defesa de seu império lendário. Histórias de heróis mais próximos, feito Zumbi dos Palmares, nos seus mocambos e quilombos, fazendo um reino livre e preferindo morrer a cair cativo novamente. Deralda contava, Serafina contava, até a velha Danda, com seus noventa anos, contava. Os moleques só ouviam. E pouco a pouco iam caindo no sono, a cochilar e dormitar pelos cantos, encostados no ombro do pai, o caçula estirado na areia com a cabeça no colo da mãe, até o momento em que todos se recolhiam, cedo, que o dia seguinte era de trabalho e começava com a Estrela d'Alva.

O dia era o lado do tempo de que Benedito mais gostava. O lado do mar. O lado da vida que escolhera para si, desde pequeno, acompanhando Bastião. Como o pai, também ele selecionava das histórias das mulheres o que mais lhe interessava para a labuta no mar. Fora o velho Bastião, ouvindo as histórias de Danda e as conversas de Martim sobre os costumes reinóis relatados por seu pai, quem resolvera abandonar a piroga índia, cavada a fogo em tronco único, que todos então utilizavam em Reis Magos, perfeita para deslizar na correnteza do rio. Agora, nos quitungos sem paredes e cobertos de palmas, junto à palhoça de Inácio na beira da praia, bem em frente ao local onde os casebres dos pretos continuavam escondidos na mata da Ponta dos Fachos, as canoas que se guardavam eram bem distintas das que continuavam cruzando a barra do rio Pardo em Reis Magos, com ocasionais viajantes e sua equipagem. Não eram muito grandes mas eram mais fundas e se faziam em tábuas diversas, em torno

a uma caverna bem arqueada, com popa e proa bastante diferen-
ciadas. E traziam duas velas de galope, ambas no mesmo mastro.
Graças a essas asas de tela, agora Benedito e os outros pescadores
podiam sair para a pesca pela manhã com o terral, indo bem
longe, além da enseada, em alto-mar, tão fora que perdiam a
terra de vista. À tarde, com a viração do mar, podiam recolher-se
igualmente a vela, sem despender esforços com remos. Também
aprendendo com as histórias das mulheres, Benedito experimen-
tara substituir o sistema indígena de lançar a canoa à água ou
recolhê-la, trocando-o pelo de Angola, em que os homens empur-
ravam a embarcação de proa ou popa para o mar, sobre pequenos
troncos roliços e grossos, a rolar pela praia inclinada abaixo ou
acima. Mas isso exigia árvores mais grossas, requeria maior esfor-
ço para deslocar para a frente do barco as toras pesadas que iam
ficando para trás. Os pescadores acabaram preferindo retornar ao
processo local, que lhes permitia maior agilidade com menor fadi-
ga — e voltaram a empurrar em conjunto, ora a proa ora a popa
da canoa, paralela ao mar, sobre compridas varas roliças e finas,
mais leves, e que, por mais longas, necessitavam ser deslocadas
menos vezes. Na maré cheia, com uma única troca já se cobria a
distância. Mais simples.

Mas Benedito sempre se fazia atento a outras maneiras
de pescar. E, se por ali já se misturavam saberes lusos e indígenas,
também nas histórias de Angola e da Guiné ele fora buscar uma
nova forma de balaio, um novo jeito de rede para cercar os cardu-
mes. Fartura de peixe a ser salgado para a conserva ou a ser consu-
mido fresco, com a couve vinda do reino, a farinha de mandioca
da terra, o quiabo ou o maxixe trazido nos navios negreiros.

Tudo aumentava o contentamento de sua lavoura ma-
rítima, semeada e adubada pelos deuses, que só lhe deixavam o
trabalho da colheita. Mas alegria mesmo, daquelas de rir sem
motivo, mostrando na gengiva as falhas dos dentes, era quando
a linha se esticava, tesa, com peixe grande a se debater na pon-
ta — garoupa a lutar, olho-de-boi a querer arrastar, dourado a
teimar em garantir que a supremacia naquele território não era
do bicho-homem. Ou quando cardume grande de peixes meno-
res se fechava em torno do barco, azougue vivo, prata pulsante,

brilho arfante a se bater no casco da canoa, escamados animais marinhos latejando e sufocando a madeira que restara da árvore de tão antes, tão longe, cortada de suas raízes no fundo da terra.

Paixão e mistério, era isso que o mar era para Benedito. Mãe que amamentava e madrasta que negava o pão. Pai que conduzia por caminhos seguros e inimigo que erguia barreiras e armadilhas. Estrada natural da vizinhança e arsenal de todas as perguntas sem resposta. De onde vinham as redes vivas de sargaços e outras algas entrançadas que por vezes invadiam as águas e bloqueavam os movimentos até serem despejadas pelas ondas na areia dias depois? Como a marola inocente das pequenas jiburas, brincadeira da molecada, ia aos poucos se convertendo em valões e redemoinhos, correnteza a arrastar para alto-mar? Como uma leve virada no vento transformava o espelho liso em marouço, encapelado, em fúria, ressaca irada e insaciável a ameaçar tragar quem o desafiasse? Como o celeiro inesgotável de repente fechava suas portas e negava alimento por dias e semanas a fio? Onde iria dar quem prosseguisse navegando? Que existia além da linha do horizonte?

Já conversara muito disso com Martim, que sabia histórias do avô Vanderlei, e com outros amigos de Manguezal, que repetiam casos de avôs e bisavôs marinheiros, a contar de Flandres e Portugal e outras terras de além-mar. Da avó Danda, ouvira memórias do porão do navio de horrores que a trouxera de África, e lembranças das planícies ensolaradas e das grandes árvores do outro lado daquele mar-oceano. Da bisavó Marianita, quando era pequeno, guardara o som da viola, as canções dedilhadas e uma ou outra palavra a falar de Portugal. Mas nada mais sabia desses lugares. Nem a distância, nem a direção, nem o aspecto. Apenas que lá se ia por mar, mas canoa não bastava. E que parte de sua gente, avós e bisavós, de lá tinham vindo para juntar seu sangue nas carnes que pouco a pouco o formaram. Sabia ainda que o Brasil era aqui. Mas até onde ia? Tampouco seria capaz de dizer os limites terra adentro.

No meio de tantos mistérios, não chegou a achar tão surpreendente sua descoberta inesperada numa madrugada de neblina e forte maresia, em que o cheiro do mar e das algas apodrecen-

do na praia era sólido e palpável, como se decidido a se instalar para sempre dentro de cada um através de papilas e poros.

Benedito se levantara bem cedo como todos os dias, pegara a cabaça de água fresca, a fisga de três pontas para içar peixe, o arpão, as linhas, o balaio e saiu para junto da canoa, a esperar os companheiros que viriam logo a seu encontro. Ele era sempre o primeiro a chegar e gostava de aproveitar esses momentos de solidão para examinar o vento, a maré e contemplar o mar, as estrelas que iam sumindo, o contorno da costa que ia ficando mais claro. Nesse dia, distinguiu vagamente, no lusco-fusco do alvorecer, algo que se movimentava na praia, pelo meio da mancha escura com que as ondas tinham coberto de algas a areia rosada. Orgulhava-se de enxergar bem, mas no primeiro momento, não conseguiu atinar com o que era. Gente, certamente. Mas do tamanho de um cachorro? E como entender seus movimentos à distância? Ora parecia saltitante como um pássaro-pescador, ora se encolhia e imobilizava como caramujo que se fecha sobre si mesmo.

Benedito andou com firmeza em direção ao estranho vulto longínquo e, se demorou a identificá-lo, foi porque no primeiro momento não conseguiu acreditar no que seus olhos lhe revelavam. Era uma criança. Corria, abaixava-se a examinar uma concha, sentava na areia, levantava-se aos saltos. Devia ter pouco mais de um ano e era uma menina.

Caminhando devagar, o homem dirigiu-se a ela. A pequena veio ter com ele, sorridente. Ele a pegou no colo e olhou em torno, à procura de um adulto que a acompanhasse. Ninguém à vista.

No dia que clareava, Benedito examinou os rastros na areia. Em vários pontos, já tinham sido apagados pela marola. Em outros, sumiam por cima das algas no chão. Mas havia várias extensões em que eles se delineavam nítidos. Sempre sozinhos. As únicas outras pegadas na praia eram as dele mesmo — salvo as eternas marcas de pés de caranguejinhos e aves que faziam parte mutante da paisagem de todo dia. Não restava a menor dúvida. Nenhum adulto acompanhara aquela criança risonha que não sabia responder a nenhuma de suas perguntas e brincava em seu cabelo com as mãos gorduchas cheias de areia, enquanto ele a levava para casa, decidido a deixar o mistério nos braços de Firmina enquanto fosse para o mar.

No caminho, encontrou os companheiros à sua espera. Mostrou a menina, todos tentaram puxar conversa com ela, que encabulou e não disse nada. Benedito retornou à casa e viu que a irmã já tinha acordado. Entregou então a criança a Deralda, relatou brevemente como a encontrara, e partiu. Imaginava que, ao voltar da pescaria, já teriam dado com sua família e ele não a encontraria mais. Não podia saber que iria encontrá-la todos os dias de sua vida, ao voltar para casa. Nem que seria justamente aquela filha que o mar lhe deu quem iria um dia, daí a muitos anos, fechar seus olhos quando ele partisse para a maior viagem de sua vida, pela imensidão maior e mais funda que a das águas sem fim.

Nos primeiros tempos, todos tentaram descobrir quem era a menina, de onde viera, como aparecera por ali. Os traços índios muito marcados e os olhos imensos da cor do mar não deixavam dúvidas sobre sua origem mestiça. Devia vir de Manguezal dos Reis Magos, e na certa se perdera caminhando pela praia, em sua inocência, sem medo de correr pela escuridão da noite.

Firmina e Deralda foram cedo até a aldeia com a pequena. Procuraram os padres no convento. Eles se espantaram com o achado, não sabiam de nada. Não reconheceram a menina, não sabiam de ninguém que houvesse dado falta de uma criança. E como a pequenina parecia feliz com as duas mulheres, um dos padres sugeriu que continuasse em companhia delas até que se encontrasse a família.

Assim se fez. De tarde, quando os homens voltaram da pesca, resolveram dar-lhe um nome. Benedito sugeriu Maria, nome que parecia do mar. E Maria ela ficou sendo.

Os dias foram se passando, converteram-se em semanas e meses, ninguém nunca perguntou pela menina. Ela foi aprendendo a falar e imitar as outras crianças, começou a chamar Firmina de mãe, Benedito de pai, Deralda de tia, Bastião de avô e se incorporou a essa linhagem familiar, mesmo com sua pele cor de *cobre e seus cabelos lisos. Como os primos deles, do pessoal de tia Brites ou de tio Gaspar e tantos outros moradores de Manguezal. De vez em quando, Benedito ou Firmina sentia um aperto no coração em pensar que poderia perder a pequena Maria do Mar. Pouco conversavam sobre esses temores, que eram ambos de pouca conversa. Mas sozinhos com seus pensamentos, faziam-se hipóteses sobre a história da menina e receavam que alguém viesse buscá-la.*

Ao que tudo indicava, não vinha mesmo de Manguezal dos Reis Magos, ou se teria acabado por saber de uma criança desaparecida.

Poderia ter vindo dar à praia após o naufrágio de uma embarcação, como já sucedera com outros mais de uma vez, até mesmo com alguns dos padres que ali chegaram a pé, vindos do norte, após sobreviverem a um afundamento de navio na barra de um rio grande. Mas como era muito pequena, não teria aguentado vir de muito longe. E não se viram destroços na areia que confirmassem essa conjetura.

Poderia ter escapado da aldeia índia do outro lado do rio, mais adiante, e ter-se aproveitado de uma maré muito baixa para atravessar a barra do rio. Mas nesse caso, certamente, sairiam todos ao seu encalço e já a teriam descoberto.

Poderia ter sido abandonada propositadamente, por alguém que tivesse cavalgado da vila ao sul na calada da noite e para lá houvesse voltado enquanto as ondas comiam os rastros. Mas quem? E por quê?

Fosse como fosse, para Benedito, fora o mar quem a trouxera, com sua graça e formosura, seus dengos e mistérios, para com eles se juntar. E para derramar encantamentos nas misteriosas coisas que passou a dizer quando aprendeu a falar. O que não devia causar espanto, porque parecia preferir passar o tempo a brincar no chão ao pé de Danda, já então bem velhinha e encarquilhada, quase sempre deitada em sua esteira a murmurar palavras perdidas e frases achadas, em uma incompreensível mistura de remotas línguas d'África com os falares locais já de si mistos de avanheém e idioma lusitano.

* * *

A correspondência do dia estava cheia de notícias interessantes. Principalmente de Sílvia e Bernardo. Ele conseguira levantar a concordata da editora que fora do pai e do avô, estava feliz, cheio de planos. Aproveitando a euforia, tinham resolvido casar. Em seguida viriam à Europa no outono, juntando a lua de mel com uma feira de livros na Alemanha. E, evidentemente, passariam uns dias em Londres.

O tom de Sílvia era entusiamado:

Sabe aquele poema do Fernando Pessoa (acho que Alberto Caeiro, para ser mais exata) que o papai vivia citando, sobre o guardador de rebanhos? Pois agora, com o Bernardo, estou descobrindo que eu e ele também somos guardadores de rebanhos, e que o rebanho não é só dos pensamentos como no poema, mas é feito das lembranças, das histórias, dos textos de todo mundo que veio antes de nós e de quem nos rodeia. E isso tudo precisa de pastoreio. Estou achando ótimo que o Bernardo, levantando a editora, está fazendo de novo um redil seguro para essas ovelhas todas. E percebo que há muitos anos os velhinhos do hospital não estavam só sendo meus pacientes, mas se desdobravam também (passionais e cientes, não resisto a brincar com a palavra) em investidores da memória. Como se estivessem me dando aquilo tudo para guardar num cofre ou depositando em mim, com seu falatório constante, um mundo que não queriam que morresse com eles. Ainda não sei o que vou fazer com todo esse capital (ou esse cabedal, como diria vovó Rosinha), mas sinto que tenho que garantir um rendimento justo. Não vou me meter a escrever livros, mas penso em organizar uma coleção onde esse tipo de material tenha seu lugar. Ou procurar obras que devem existir, resgatá-las, oferecer-lhes um canal para chegar ao público, dar a elas um lugar que jamais teriam num tempo em que o livro vira mercadoria descartável e tudo o que é novidade é efêmero, enquanto o que poderia e deveria ser perene não chega nem a ocupar espaço nas prateleiras das livrarias. É claro que isso tem que ter uma contrapartida de sobrevivência comercial da editora e, evidentemente, mais do que ninguém, Bernardo está muito atento a esses aspectos. Mas estou adorando participar disso tudo, minha irmã, ando empolgada de verdade com todas as possibilidades que se abrem. Ou seja, querida, não se surpreenda se de repente eu der uma grande guinada na minha vida, deixar a medicina para trás (ou, pelo menos, de lado), embarcar de uma vez por todas nessa paixão e me assumir inapelavelmente como Guardadora de Histórias. Assim mesmo, com maiúscula. Talvez trabalhando na editora, talvez me desfazendo de tudo para entrar de cabeça, como sócia mesmo, e reforçar o caixa, ainda não sei bem. Mas lembro da estatueta do Quixote no escritório do papai e sinto que a loucura dele vai aos poucos me contaminando. Pode não ser mais o quixotismo adolescente de sair pelo mundo desafiando moinhos e querendo consertar sozinha todas as injustiças. Mas, sem dúvida, cresce a outra loucura, a de ter tanta fé nos livros e dar a eles tanto espaço que às vezes fica impossível perceber em que medida o mundo real e concreto não abre lugar para eles e para tudo o que eles contam e fazem pensar.

Ione diz que já viu esse filme e fica me pedindo para ter os pés no chão. Mas mesmo ela reconhece que não estamos nas nuvens, que Bernardo é muito mais sensato e prático do que o visionário do pai dele. E alguma coisa se terá aprendido com o tempo...

De qualquer modo, é papo comprido,
para muitas conversas, e podemos deixar algumas
para quando nos encontrarmos em outubro.

Maravilha, pensou Liana. Ia ser muito bom ter Sílvia por perto uns dias, rever Bernardo, aproximar Tito deles. E ouvir as histórias sem fim dessa irmã na estratosfera, sempre sem dinheiro, de repente pensando em virar empresária e jogar em Dom Quixote uma fortuna inexistente.

Ligou para a agência para contar as novidades a Tito, mas ele estava na rua. Teve que guardar a animação até de noite. Aí, sim, conversaram com calma. Toda saudosa, Liana ficou relembrando várias histórias da irmã, sorrindo, enternecida. Quando se levantaram para ir deitar, comentou, como se estivesse concluindo:

— É mesmo a cara dela. Não tem onde cair morta mas, quando se empolga com uma coisa, acha que vai chover dinheiro do céu e ela vai virar empresária.

Tito olhou para ela com cara de espanto.

— Você acha isso mesmo?

— Claro, Tito! Conheço minha irmã.

— Não é disso que estou falando.

Ela interrompeu o gesto de guardar os CDs na estante:

— Então do que é? Não estou entendendo...

— Não está mesmo. E eu preferia não ter que te dizer. Mas tem horas que você é tão desligada nessas coisas que até me assusta. Aí eu vejo como nossos mundos às vezes são tão diferentes, morena. E como eu gosto de você, fico com medo de você se machucar quando cair na real.

— Dá para explicar? Continuo sem entender nada.

— É que, como você nunca passou necessidade, acaba esquecendo certas coisas.

— Ih, lá vem esse papo de novo. Não tem nada a ver...

— Tem sim — insistiu Tito. — Só tem a ver. Tem tudo a ver. Não dá para esquecer que vocês têm grana.

— Que grana? A minha irmã vive do salário dela, de médica mal paga, eu já te disse isso. Na maior dureza, sempre.

— É... já disse e eu sei. De repente, vai ver que até eu tenho mais dinheiro no banco do que ela. Mas se ela quiser mesmo virar empresária, Liana, não vai ser por falta de grana que vai ter que desistir. O dinheiro de vocês não precisa cair do céu porque pode brotar da terra. Muita terra.

Liana levou uma fração de segundo para perceber a que ele se referia. Aí deu uma gargalhada:

— Você não conhece minha irmã... O quixotismo não chega a tanto. Imagine... Sílvia fazer uma plantação em Manguezal? Romantismo, sim, mas devagar...

— Não estou falando em plantar, Liana. Estou falando em transformar a terra em grana, muita grana. Vender.

— Vender Manguezal? A gente nunca vai fazer isso. Não tem o menor perigo. Nunca. Disso eu tenho certeza.

A resposta foi firme e segura, como o gesto com que ela apagou o abajur da sala. Mas a tênue luz que o comentário de Tito acendera dentro de sua cabeça não se apagou. E atrasou muito a chegada do sono, que foi entrecortado e cheio de sobressaltos.

Nas longas noites de salgar peixe, quando a cantoria debaixo dos quitungos fazia a ponte entre a estrela vespertina e a Estrela d'Alva, Maria do Mar aguentava ficar o tempo todo acordada, desde pequena. Não fazia como as outras crianças que iam, aos poucos, se enrodilhando e fechando os olhos, ou simplesmente desabando na areia e se entregando aos sonhos. Desperta, ajudava e ouvia. Aos dez anos, escamava e limpava peixe como gente grande, com a mesma precisão e velocidade dos gestos exatos a cortar e raspar, com a mesma firmeza a puxar tripas com os dedos em gancho. Juntava sua voz às dos outros no coro esganiçado que varava madrugadas para não deixar os olhos fecharem. Mas quando o momento era de contar histórias, calava-se, recolhida, e se dedicava a armazená-las nos galpões da lembrança. Quase nunca falava.

Benedito, porém, acostumara-se a ouvir com atenção as frases esparsas com que ela salpicava seus dias. E delas retirava um sustento diverso, que não lhe alimentava o corpo mas o man-

tinha de pé nos momentos difíceis. Como no dia em que procura-
va um samburá e ela lhe informou onde estava:

— Debaixo daquela pitangueira que está fazendo renda
de flor...

Ou quando uma chuva súbita a fez largar da brincadei-
ra lá fora, e entrar em casa, anunciando:

— A nuvem começou a se espedaçar.

Como ela, ele não era de muita conversa, nunca tinha
sido. Mas suas parcas palavras não eram capazes de relampejar e
abrir nesgas na escuridão daquela maneira. E ele não entendia
como uma menina pequena, vinda sabe-se lá de onde, podia da-
quele modo alisar a pele dos mistérios como sua avó Danda fizera
enquanto era viva. Talvez tivesse mesmo aprendido com a velha,
as duas tinham ficado tanto tempo juntas...

Uma das coisas que a menina dissera, ainda muito nova,
Benedito nunca soube se eram mesmo palavras suas ou se apenas
repetia o que a velha Danda acabava de dizer e ninguém enten-
dera. Como sempre, a velha estava em sua esteira resmungando,
e a pequena brincava ao lado, com conchas e pedrinhas. De re-
pente, disse:

— Os minas vão para as minas.

Como todos estranharam e quiseram saber o que era
aquilo, ela completou:

— Os minas, os iorubas, os guinés... Todos os nagôs... Até
os congos, vão todos... Para as minas.

Ainda sem entender, deixaram de lado. Mas nos meses
e anos seguintes, foram sabendo do que se tratava, da febre de
minas nas montanhas muito atrás daquela mata, a se rasgar em
ouro e diamantes, pela força do braço escravo de minas, bantus,
benguelas, nagôs, guinés, cabindas, congos, pretos de todo nome e
nação, não importando de onde vinham nem como eram chama-
dos. Comerciantes se tornavam mineiros e queriam comprar todos
os cativos do litoral para irem em busca do ouro. Mais que nunca,
era preciso estar vigilante e escondido. Bem que Maria Dumar
avisara, em suas palavras brincalhonas.

Aos poucos, Benedito foi deixando de estranhar aqueles
ditos, passando a aceitá-los como se a pequena fosse Danda ainda

entre eles, a murmurar suas faíscas incompreensíveis. Mas sempre guardava tudo na retentiva, seguia os avisos, acatava os desejos.

— Eu queria um pica-pau. De topete vermelho — dissera ela, certo dia de maresia forte, enquanto brincava na beira do mar, fazendo um morrote cheio de torres, com a areia molhada que lhe escorria das pontas dos dedos juntos, virados para baixo.

A seu lado, lavando os bancos da canoa na maré baixa, Benedito sorriu. Que ideia!

Ao chegarem em casa, Firmina veio recebê-los do lado de fora:

— Maria, tem uma surpresa para você. Quando fui à fonte buscar água, tinha um ninho caído no chão. Com um pica-pau dentro, olhe só... Um filhote já grande, mas que ainda não sabe voar direito.

Peito carijó, topete vermelho.

— Bem como eu queria — disse ela, correndo para abraçar Firmina, passando os bracinhos em volta do pescoço da mulher e a enchendo de beijos.

Benedito ficou olhando. Grata, sim, Maria Dumar estava. Mas surpresa? De modo algum. O que a esperava em casa, soubera antes, lá na beira da praia. Como podia? E como podia depois, criar aquele pica-pau solto daquele modo? Voava para onde queria e vinha para junto dela, grudava as patinhas na roupa da menina e ficava na vertical, mas não bicava. Quando queria, buscava um esteio da casa, uma palmeira lá fora, qualquer árvore e ficava martelando. Depois voltava, para ela, caule de carne, sem dureza.

Mesmo os outros, fora de casa, começaram a notar. Numa madrugada, quando se preparavam para sair para o mar, ela acordou de repente e correu para junto da canoa, coçando os olhos com as costas das mãos, estremunhada:

— Onde vosmicês vão?

— Ora, minha filha, para o mar, pescar, como todo dia.

— Cada dia é diferente — disse.

Virou as costas e voltou para casa.

Os homens se olharam, sem saber o que dizer. Todos tinham entendido que não era para ir. Mas ficavam vexados de dizer isso aos companheiros, o nevoeiro se levantava rápido com seu rastro de maresia, anunciava um dia lindo, de mar sereno, não havia motivos. Só porque uma criança, das tantas palavras tontas, abrira a boca de madrugada para soltar sua voz?

Mas Benedito não temia mais o que os outros podiam pensar. Agora tinha certeza. E resolveu que iam ficar, remendando rede, calafetando canoa. Ia ser um dia diferente.

E foi mesmo. De tarde se armou uma tromba-d'água súbita. Todas as canoas de Manguezal tiveram que enfrentar a ventania e a chuva forte. Uma delas foi jogada nas pedras, quando tentava se recolher, e a muito custo seus ocupantes lograram chegar à terra. Outra foi levada pelo temporal e pela correnteza, foi dar numa praia muito mais ao norte, a léguas e léguas dali. E mais outra não voltou, por mais que olhos aflitos vasculhassem o mar e a praia dias seguidos. Só os quitungos da ponta dos Fachos não tiveram danos a lamentar.

Em outro dia, de nevoeiro espesso e mar parado como se guardasse a surpresa de repentinos perigos, os homens não tinham ido para a pesca. Maria Dumar ajudava Firmina a varrer a casa e teve a ideia de mexer numa prateleira onde uma caixinha de madeira guardava uns badulaques que tinham sido de Danda. O estojo escapou de sua mão derramando tudo. No chão do casebre, sementes, contas e búzios se espalharam pela terra batida. A menina se abaixou, olhou bem, como se lesse uma carta, e manifestou:

— Vontade de comer xaréu na janta.

— Vai ter que esperar outro dia, Dumar. Hoje é só manjuba salgada.

Ela olhou para Benedito, sentado na soleira amolando uma faca, e suspirou:

— A gente deve de passar o limiar.

Ele saiu, olhou o céu cinzento, as águas que deixavam de ser visíveis logo ali, muito antes do horizonte. Lisas, um espelho. Apenas a ilusão de uma mancha crespa, talvez. Logo depois da arrebentação da marola. De cor levemente diferente, mais para chumbo. Respirou fundo e a maresia invadiu todo seu corpo. O cheiro o fez decidir-se. Como se displicente, virou-se para o tio Manuel que picava fumo de rolo:

— *Acho que vou botar uma rede. Aquilo ali parece um cardume.*

— *Parece mesmo.*

Num instante, chamou Pedro e Matias e entraram no mar com a canoa da rede. A ponta do cabo ficou na praia, em mãos de Manuel. A criançada foi convocando os outros e, depois que eles lançaram as malhas ao mar e completaram sua meia-lua vindo à terra na outra ponta da praia, já Inácio estava lá à sua espera. Novos braços iam surgindo de toda parte, ajudando a puxar os cabos grossos que traziam aquela muralha de linha vazada, empurrando peixes para o raso, pelo fundo do mar. Em torno às cordas ásperas, com o movimento ritmado das mãos rudes — esquerda pegando na frente e puxando para trás, deixando a direita pegar na frente para repetir o gesto — cada vez a rede se aproximava mais. De quando em quando, os homens que puxavam o cabo na ponta onde estava Inácio recolhiam o rolo de corda que crescia e davam uns passos para perto da outra ponta, a de Manuel. A meia-lua já se convertera em ferradura de linha trançada. E ainda se fechava mais, imensa gota fervilhante e pesada. Um pescador entrou n'água para soltar o calão, grande vara transversa onde se amarrava o cabo de um lado e a rede do outro, para mantê-la esticada. Quando chegava perto da praia, tinha que ser levantado, para não encalhar no fundo ou não ser empurrado pelas ondas da arrebentação, retorcendo a rede e dando fuga aos peixes.

Agora já estava bem perto a linha pontilhada das boias, anéis de madeira leve enfiados na corda como um colar na borda da rede. Cada puxão começava a mostrar algas, camarões, peixes miúdos presos nas malhas, saindo da água no arrasto. E revelava a realidade do fundo da rede:

— *Peixe muito!*

O grito se espalhava entre todos pela praia, festa de risos e gestos rápidos. Crianças se esgueiravam por entre as pernas dos adultos atrás de uma manjubinha ou aletria escapada das malhas. Homens faziam força para sustentar todo aquele peso, ora aumentado pela onda que se recolhia e puxava, ora aliviado pela que empurrava para cima. Mulheres ajudavam a segurar firme as paredes de linha e buraco. Enchiam-se samburás e balaios, a sua carga viva era logo derramada fervilhante no alto da praia, liberando os cestos para novos carregamentos que aumentavam as pequenas montanhas de prata pulsante que se formavam.

Alastrada como fogo morro acima, a notícia atraiu gente de Reis Magos, correndo por terra, remando nas canoas por mar. Novos barcos eram empurrados para a água, na rigorosa ordem que preside os trabalhos da pesca. Cada um por sua vez cercava parte do cardume, jogava a rede, trazia a corda para a terra. Por um momento, chegou a haver cinco arrastões ao mesmo tempo. Todos prenhes. Só a partir da décima redada, o peixe foi rareando.

Fartura de xaréu. Onze redes numa só manhã, um despropósito de peixe. A salga se estendeu febril por dois dias e uma noite, todos os moradores de Manguezal insones, a lidar com cochos e gamelas debaixo dos quitungos, da Ponta dos Fachos a Reis Magos, rápido, antes que o pescado se arriscasse a estragar. Escamar, abrir, limpar, salgar, botar para secar em cima das folhas de palmeira que cobriam o chão, festiva procissão horizontal a celebrar a abundância. Pesca milagrosa. Multiplicação dos peixes. Em jacás e balaios o xaréu seria levado até a vila para ser negociado, em tonéis e barris seria armazenado, riqueza e alimento do mar.

Maria Dumar, ao final do segundo dia, fez uma pausa e contemplou a trabalheira coletiva chegando ao seu final.

— Desmedida benfazeja... — murmurou.

Benedito, a seu lado, viu o verde olhar da filha que a maresia lhe trouxera e, pela única vez em sua vida, fez a pergunta:

— Em que está pensando?

— Estou fabricando lembrânsia.

Estavam os dois. Lembrar, ele lembraria sempre. Quanto à ânsia, ela não precisaria fabricar. Estava sempre recôndita na sua alegria.

Quando Dumar cresceu, moça feita, Benedito se afligia com a solidão dela, sempre tão do lado de lá dos outros, sem ter parte nas festas, a explicar:

— Deixe eu ficar emimesmada. Meu coração tem uma gastura, uma aflição, que nem sei...

Mas um dia, ela encerrou as preocupações do pai, ao anunciar qual mensageiro:

— Quando saírem os de preto, vai chegar o meu preto.

Naquele mesmo ano de 1759, em Lisboa, o marquês de Pombal, primeiro-ministro português, aproveitou o poder que concentrara nas mãos ao reconstruir a capital após um pavoroso terremoto e conseguiu liquidar com seus inimigos, os jesuítas. Ordenou que fossem expulsos do Brasil e imediatamente reconduzidos ao reino.

Foi tudo muito rápido. A ordem da corte chegou a Manguezal dos Reis Magos e não havia tempo para se fazer nada, a não ser cumpri-la imediatamente. Em meio a grande azáfama, os padres foram levados para o sul, onde em bom porto seriam embarcados no navio que os levaria à Europa. O convento, desprotegido, ficou entregue à sanha e cobiça de saqueadores que o vasculharam e depredaram à cata de lendários tesouros inexistentes. E pela mesma praia onde dois séculos antes Batuíra vira a chegada dos primeiros homens-urubus a pé, agora Benedito, Firmina, Deralda, Maria Dumar, Pedro, Matias e todos os outros viram os padres serem conduzidos entre homens armados, a cavalo, em humilhante caravana que foi diminuindo de tamanho até sumir na curva do pontão.

— Agora que saíram os de preto, vai chegar o meu preto — repetiu Dumar.

Chegou naquela mesma noite. O preto mais preto que já se vira por ali. Bonito e forte, alto e esguio como um príncipe de histórias. Ferido e febril após uma tentativa de fuga, fora dado como moribundo por alguns dos aventureiros que faziam incursões por mão de obra cativa pelo litoral. Abandonado no mato, conseguira sobreviver e se arrastar naquela direção, em busca de quilombos de que falavam velhas lendas. Maria Dumar o acolheu, chamou-o de Amado e tratou dele o resto da vida, retirando-se os dois para viver até o fim de seus dias, cercados de filhos e netos, numa casinha pequena, no alto do morro, entre as árvores, bem diante da ponta dos Fachos. Nunca saíram de lá. Mesmo assim viraram personagens de livro publicado na Europa daí a muitos anos. Mas isso será contado a seu tempo. Como Dumar sempre disse:

— A gente só pode atravessar a parede de água na hora que a onda se alevanta.

Tito voltou do balcão do pub onde fora buscar cerveja, dividindo as mãos entre um caneco grande de vidro grosso, transbordante de espuma, e uma garrafa escura e pequena acompanhada de um copo de pé.

— Aqui está sua Guinness — anunciou, depositando as bebidas na mesinha redonda junto à qual Liana o esperava.

— Um brinde ao Soares — propôs ela, levantando o copo antes de provar a cerveja escura e encorpada.

— E outro a Campos — concordou ele, mergulhando a boca na espuma.

Em seguida, completou:

— Isso é que é volta ao lar... Numa hora dessas, eu queria estar lá com ela. É um sonho de tantos anos finalmente se realizando...

— Mas se você estivesse lá, talvez não se realizasse — lembrou Liana.

Ele teve que concordar. Se não estivesse em Londres, fazendo carreira internacional, com suas fotos bem cotadas no mercado, não teria tido como economizar para comprar para a mãe a tão sonhada casinha em Campos. E se o Soares, mais uma vez, não o tivesse ajudado, teria sido bem mais difícil conseguir emprego para o irmão por lá e possibilitar que a desejada volta pudesse se amparar, desde o começo, em um orçamento modesto, mas estável.

— Está certo. Mas eu ia gostar de estar lá só por um tempinho. Ajudando na mudança, na instalação deles... Vendo os primeiros dias de todo mundo na casa nova, minha mãe toda contente, de volta na terra dela, como sempre quis.

Liana sorriu para ele, vagamente enternecida.

— Você tem toda razão. Voltar para a terra da gente deve ser mesmo um dos momentos felizes da vida.

— Não sei... depende da volta... — comentou ele, pensativo. — Ou talvez dependa é da ida, não sei. Quer dizer, ela nunca devia ter saído de lá, ter largado o chão dela atrás de uma ilusão mágica na grande cidade. Um sonho que era mentira, uma coisa que não existia... Aí é bom voltar.

Fez uma pausa e perguntou:

— Quer outra Guinness? Vou buscar mais uma cerveja pra mim, e um tira-gosto qualquer...

— Espere um pouquinho, Tito, não corte o assunto. Eu sei que você não gosta de falar nessas coisas, mas de vez em quando isso vem à tona.

Ele se esquivou, levantando:

— Mas não tem nada, nem se escondendo nem vindo à tona, que ideia! Afinal, quer outra cerveja ou não quer?

Quando ele voltou com a segunda rodada, Liana estava decidida a retomar a conversa de onde tinham parado, ir mais fundo. Começou:

— Essa história de voltar para casa...

— Você já quer ir? — interrompeu ele. — A noite é uma criança, a gente acabou de chegar. Aconteceu alguma coisa?

— Não, não — riu ela. — Não estou falando de nós. Quer dizer, estou, mas não estou falando da nossa casa aqui.

— E a gente tem outra casa?

Ela fez uma pausa. Ele não entendia ou não queria entender? — Estou falando do Brasil. A terra da gente. De verdade.

— Ah, sei... Como é que eu podia adivinhar? Isso também tem tempo, não precisa pensar agora. A gente também acabou de chegar. Você, principalmente. Nem tem um ano aqui. Precisa ficar muito mais para aproveitar bem, sacar melhor as coisas... Só depois é que dá para entender melhor esse negócio de voltar ou ficar, saber o que a gente quer.

Era sensato, sem dúvida, mas ela não precisava deixar passar nenhum tempo para saber que um dia ia querer voltar. E várias vezes, quando Tito falava, Liana tinha a impressão de que ele não tinha a mesma certeza. Ou pior, quase achava que ele já resolvera morar o resto da vida na Europa. E se recusava a permitir que o assunto fosse discutido, como se ela fosse uma criança que um adulto distrai e enrola, para não pedir bala fora de hora. Agora mesmo, ele já enveredava por outros caminhos. Passava o dedo no rótulo da garrafinha e comentava:

— Grande cervejinha, essa Guinness... Eu sou vidrado numa loura e acabo esquecendo de pedir pra mim essa escura que você gosta. O Soares também se amarra em chope escuro, toda vez que eu te vejo bebendo essa aí, me lembro dele.

— Mas Guinness não é chope.

— Eu sei, é a cor que me faz lembrar. Mas sei que é bem diferente. Pro meu gosto, prefiro a clara, mas sei que essa aí é uma bebidinha do cacete, encorpada, saborosa. Também, os caras estão fabricando há tanto tempo que já atingiram a perfeição. Olhe aqui no rótulo: desde 1759! São mais de duzentos anos aprimorando... Qualquer um que passe esse tempo todo fazendo a mesma coisa acaba fazendo perfeito. Já imaginou? O que é que a gente estava fazendo em 1759? Lutando pela vida, sonhando com a liberdade, sei lá. E os carinhas lá na Irlanda, ó, se divertindo e inventando cerveja nova. E que cerveja! Um brinde para eles.

Liana ergueu o copo, no brinde aos irlandeses, que fizeram a Guinness mas também lutaram pela vida e sonharam com a liberdade... E ficou com vergonha de dizer que, graças ao avô historiador e à avó contadora de histórias, podia imaginar com razoável aproximação o que sua gente estava fazendo em 1759. Os jesuítas estavam sendo expulsos do Brasil. Seus bens foram confiscados pela Coroa — e em nome dela, diferentes autoridades se acharam no direito de usá-los. O convento dos Reis Magos, ao deus-dará, começava a ser objeto de uma disputa feroz entre o juiz todo-poderoso que decidira morar nele e a nova Câmara do lugar, que acabara de passar à condição de vila. Liana lembrava uma porção de histórias dessa época, eram as favoritas do seu irmão Daniel. Mistérios, bandidos, saqueadores, tiros na noite, procura de tesouros. Iam longe os tempos em que os índios viviam em harmonia à sombra da proteção da fortaleza santificada. Nesse momento, num país tomado pela febre do ouro, numa capitania que perdia a maior parte de seu território para as Minas Gerais, e onde se proibiam livros e estradas para limitar ideias e trocas, e se queimavam teares por ordem d'EI-Rey para não dispersar os investimentos, o que se poderia esperar de um convento abandonado por seus donos sem condições de defendê-lo? Alvo da cobiça geral, alimentado pelas lendas que se multiplicavam, foi depredado. A terra do pátio interno e do cercado aos fundos foi toda cavada e revirada, deixando o pomar arrasado. As paredes foram esburacadas. Até o retábulo de madeira lavrada do altar-mor foi arrancado em pedaços, diante do boato de que escondia riquezas incalculáveis. Nada encontrando, os saqueadores tiveram que se contentar com uns móveis e alfaias, alguns tocheiros e castiçais, uma ou outra toalha de altar. No que sobrou em condições, depois de muita disputa, o juiz se instalou com a família. A Câmara teve que se satisfazer com apenas uma parte das instalações. E logo teve que ceder um quarto para o vigário. E umas salas no térreo para a cadeia. Sendo de todo mundo, o convento acabou não sendo de ninguém. Foi-se arruinando e desfigurando com o tempo. No século seguinte, um preso pôs fogo no prédio e quase queima tudo. Outro arrombou uma parede da cadeia. Outro, enlouquecido, fugiu para a Câmara e destruiu documentos importantes. Um raio caiu sobre a igreja. As ruínas foram se instalando, crescendo cada vez mais. Muito depois, a Câmara, despeitada, rebaixou a vila e foi instalar sua sede num novo local, do outro lado do rio, escolhido para progredir. Mas a essa altura, Manguezal dos Reis Magos já tinha ficado para trás, na vereda da decadência.

De perda em perda, o antigo colégio jesuíta foi entregue aos pequenos lagartos que se insinuaram pelo meio de suas paredes de pedra tomadas pelo mato. Onde antes se ouviram sinos e a palavra de Deus, agora só brincadeiras de crianças, um casal de namorados ou um bêbado em busca de abrigo interrompiam com sua voz a cantoria dos pássaros na torre, a canção do vento e das ondas. E por toda parte, a maresia trazida pela aragem da noite e pela névoa da madrugada se impregnava nas pedras dos recifes que irrompiam de seus esconderijos nas paredes e voltavam a aflorar, carregada de salsugem e cascas de conchas — mar retornando a pedir o que era seu. A maresia brigava com os odores de mato, mofo e mijo, e às vezes até dava a ilusão de que podia vencer. Mas mesmo derrotada, cercava a construção como a preservá-la em salmoura, envolta em névoa, para os séculos vindouros.

QUARTA PARTE

Estrada Real, único caminho consentido por El-Rey a ligar por terra o norte e o sul da colônia, as areias da praia viam aumentar seu tráfego de ocasionais viajantes. Para os pretos que habitavam os casebres da Ponta dos Fachos, principalmente os mais jovens, o fato de verem passar estranhos, ainda que com escassa frequência, não despertava mais o alarme que fizera seus ancestrais correrem a se ocultar no mato como se ouvissem aviso de sinos, sopro de búzio ou berrante a anunciar perigo, ao simples vislumbre da aproximação de um desconhecido. A circulação de eventuais visitantes tornava-se tão natural que os pescadores chegavam às vezes a esquecer as antigas recomendações de que deviam viver em estado de cautela permanente, para defender sua ambígua condição de serem forros sem meios de provar sua liberdade.

Mas quem conhecera na pele o cativeiro, como Amado, não esquecia nunca. Jamais quis sair do alto do morro, no meio do mato, distante, para fazer como os outros todos acabaram fazendo e vir morar no povoado que ia se formando na beira da praia, junto ao pequeno manguezal pelo meio do qual o riacho chegava ao mar, ao lado dos quitungos onde se abrigavam as canoas. Isolado com Maria Dumar e a família lá em cima, cumpria uma boa caminhada diária para ir e voltar da pescaria.

Quem quisesse falar com eles tinha que subir a picada íngreme e tortuosa e, ao final, galgar os degraus escavados na encosta. Ou tentar encontrá-los quando desciam — os homens para vencer as ondas, Maria Dumar para sua unção diária na água salgada, bem cedo, acompanhando a família que entrava na canoa para ir pescar. Como um ritual solene.

Amado gostava de olhar para trás, logo que passava da arrebentação. Só depois encarava o horizonte e a imensidão, le-

vando a imagem da mulher de pé na areia, com o braço direito levantado, como quem abençoa. Viver com Dumar era participar de mistérios silenciosos que lhe faziam bem. Em todo esse tempo, criando filhos e vendo os netos virarem adultos, aprendera com ela a participar, de certo modo, da esfera da divindade — a amar como quem celebra, comer como quem reza, preparar o alimento como quem cultua. Por anos a fio, as mãos dela tinham dedilhado e tamborilado músicas insuspeitas nos músculos rijos de seu corpo, assim transportado em harmonias sem som ou levado a dançar coreografias inexistentes. E agora na velhice, a serenidade que os cimentava ainda era feita de poucas frases, de um entendimento silencioso, tecido de olhares trocados, gestos precisos, palavras parcas. Não carecia de falatório.

Certa manhã, quando ele ia dando o empurrão final na canoa para dentro d'água e se preparava para embarcar, ouviu a voz dela:

— Amado!

Virou-se e viu os olhos da cor do mar, o rosto da cor da terra, o sorriso de espuma branca rescendendo a marola e aroeira mascada, o vento nos cabelos lisos, as narinas abertas para a maresia. Mais uma vez se surpreendeu, como já lhe acontecera em outras ocasiões de vislumbre súbito. A mulher era índia, claro. Mestiça de branco, evidente. Mas tinha certeza de que, de alguma forma invisível aos olhos, era também tão negra quanto ele, não sabia se pelo aprendizado com Danda, pelo convívio que entretecera suas vidas ou por origens plantadas muito fundas e só agora aflorando, com a idade.

— Traga um peixe grande. Pode chegar alguém.

Havia alguns anos que não chegava ninguém. Passar, passava. Longe da casa deles, do alto do morro. Mas chegar? E ficar para a janta? Soube, porém, que nesse dia ia chegar, na certa. Senão, ela não pediria, como quem faz uma encomenda no mercado.

No entanto, ao voltar da pesca, não encontrou nenhum estranho. O que não impediu que Maria Dumar limpasse e temperasse a tainha com limão, sal e ervas e a pusesse no forno. Logo em seguida, uma das crianças avisou:

— Vem gente pela praia!

Estranho cortejo foi aos poucos se distinguindo. Homens a pé e montados. Brancos e pretos. Carregados de coisas.

Pararam junto aos quitungos e palhoças ao pé do morro e depois começaram a subir em direção à casa de Amado e Maria Dumar, guiados por Francisco, neto de Ifigênia, contramestre de respeito, que jamais revelaria sua morada indevidamente.

Por entre as folhas das árvores que costumavam ocultar sua família de olhares curiosos, o casal contemplava a esdrúxula caravana. Francisco mostrava o caminho e era seguido por um homem branco de calças brancas e jaqueta curta azulão, aberta no pescoço, deixando ver em volta da garganta uns panos fofos, claros e brilhosos. Calçava botas de couro, e vinha montado em um estranho animal que parecia um cavalo mas era mais robusto e atarracado, de orelhas maiores. Segurava um bastão enrolado num pano e trazia na outra mão uma grande pasta de couro cheia de papéis cujas pontas se faziam ver, de mistura com variados pedaços de folhas, saindo lá de dentro. No chapéu de palha, de abas largas e abaixadas para proteger o rosto e o pescoço, várias manchas leves e coloridas, espetadas em torno à copa como se flutuassem, revelaram-se borboletas quando os visitantes se aproximaram. Atrás dele vinha outro homem branco montado, e alguns negros descalços e a pé. Todos traziam borboletas nos chapéus. O primeiro dos pretos da fila, com o chapéu maior de todos e mais rodeado de borboletas, levava ao ombro esquerdo uma vara comprida e fina, com uma rede em forma de saco na ponta, lá atrás. Pendurada por duas alças no outro ombro, uma pasta semelhante à do branco. E desse mesmo lado, segurava uma forquilha que suspendia à sua frente, da ponta da qual balouçava uma jararaca morta quase de seu tamanho, cuja cauda vinha a se arrastar pelo caminho. Atrás dele, avançava um moleque, curvado ao peso de orquídeas, flores de gravatá, e folhagens imensas, de todo tipo e feitio, que quase o ocultavam por completo, dando à distância a impressão de se tratar de uma moita que caminhava. O último escravo puxava de uma corda uma fieira de outras daquelas estranhas cavalgaduras, carregadas de arcas, tonéis, cestos e todo tipo de fardo.

Ao chegarem diante da casa, apearam e Francisco explicou que os viajantes queriam pouso por uma noite antes de seguirem para o norte. Preferiam evitar as terras baixas e dormir no alto do morro, por causa do calor. Depois que o senhor e o guia estivessem instalados, os pretos desceriam para dormir na praia. Os burros poderiam ser cuidados onde fosse mais conveniente para os hospedeiros.

Apesar de interiormente devastado pela presença dos escravos, Amado ofereceu sua hospitalidade e providenciou uma cuia e água para que os homens se lavassem. Mostrou onde podiam deixar suas coisas e amarrar os animais, assinalou onde estavam as esteiras e as redes. E enquanto Dumar ultimava os preparativos para a janta, tratou de juntar gravetos e folhas secas de palmeira, para acender rápido uma fogueira no terreiro, junto à qual poderiam comer e conversar.

O homem da jaqueta cor de arara-azul falava muito arrevezado, difícil de entender, mas era amigável e queria saber de tudo. O outro ouvia o que ele dizia e repetia em língua de gente, ou explicava melhor o que ele tentava dizer. Disse que o primeiro homem vinha d'além-mar, mas não era do reino, e que se tratava de um sábio. Maria Dumar, que raramente falava com estranhos, só repetiu:

— Sábio?

O homem entendeu. Com sua voz que saía pelo nariz afilado, na sua fala lá do fundo da goela, cheia de erres e comendo pedaços de palavras, explicou que não, ele não sabia nada, só queria saber. Muito. Cada vez mais. De tudo.

Dumar ficou satisfeita. Viu que ele era sábio mesmo. E resolveu lhe mostrar coisas. Os búzios e as outras conchas. As sementes e as pedras. A faca de limpar peixe e a gamela. As peneiras de taquara e as rendas de bilro. Os anzóis e as cuias. A lenha e a talha. O telhado de palha e as paredes de pau a pique. A lua e a vista do mar por entre as árvores. E prometeu mostrar as plantas e os bichos no dia seguinte.

Enquanto o sábio agradecia, o outro explicava melhor o que ele era, mas ninguém entendeu:

— Um naturalista.

Fizera uma longa viagem por mar até chegar ao Brasil. Como ele, outros europeus estavam vindo, atraídos pelas facilidades de agora terem um rei e toda uma família real portuguesa vivendo por estas bandas — coisa que não afetara em nada o dia a dia de Amado e Maria Dumar. Mas para os sábios, devia fazer diferença. Porque agora, eles se multiplicavam, arrostando desconfortos e perigos em dificultosas jornadas, percorrendo por terra os mais diversos recantos desse país imenso e tão interessante, de paisagens tão variadas, uma natureza tão luxuriante, de rios tão caudalosos, com flora e fauna tão exótica, tantos espécimes não catalogados, e tantos índios também, de costumes não estudados...

Palavras demais, que não importavam. Compridas e diferentes, não significavam nada.

Maria Dumar deixou de ouvir. Mas gostou do sábio. Decidiu fazer um bolo de aipim no dia seguinte. E resolveu desde logo falar com ele muito mais do que costumava. Sozinhos, ou com a ajuda do outro homem, ensinou-lhe muitas palavras que os índios diziam por ali e eram um tanto diversas da língua geral. E muitos termos da África, que aprendera com Danda quando era menina.

Desde bem cedo, de manhãzinha, o dia seguinte foi diferente, pela presença dos visitantes. Foram ver a saída para a pesca. Depois voltaram, e Dumar mostrou ao sábio os pés de mamona e os algodoeiros, as laranjeiras e limoeiros esparsos, a roça de mandioca e o milharal, as bananeiras com as folhas rasgadas em lâminas estreitas pelo vento que soprava constante do nordeste, a refrescar o outeiro ensolarado. Caminharam pelo mato. Para se proteger do sol, o homem fazia sombra com um telhadinho de pano que se abria de repente — o tal bastão com tecido em volta, de que não se separava. Recolhia folhas e flores, besouros e formigas, ninhos vazios e vagens secas. De volta, as crianças se juntaram em torno dele, não só atraídas pelas bestas de carga diferentes, como desde a véspera, mas agora também para ver o sábio que tomava uma pena, molhava-a em tinta, e enchia o caderno de rabiscos alinhados. Também desenhava tudo, copiando igualzinho: os pássaros que tinha visto, a copa das árvores, a floração toda. Parecia coisa assim que estava tudo se olhando na fonte limpa. Um espelho de papel.

De tarde, antes de ir embora a tempo de chegar a Reis Magos com dia claro, como não conseguira na véspera, o sábio saiu a caminhar, novamente protegido por seu guarda-sol, agora pela beirada da praia, e anotou todas as plantas que viu — o coquinho de guriri, o capim-da-praia, a lantana, a ipomeia, as bromeliáceas e leguminosas mais diversas, a capororoca e o pé de abricó, a aroeira, a pitangueira e o araçá. Como estava no meio do mato na hora da maré bem baixa, não caminhou pelos arrecifes e não viu ouriços e estrelas, moreias e peixes miúdos, caranguejos e polvos. Não teve tempo de ficar sentado na areia só a mirar a imensidão verde — e não viu golfinhos a saltar, tartarugas vindo respirar, nem cardumes de manjuba arroxeando as águas. Mas viu goroçás cavando seus buracos na areia, gaivotas mergulhando e talha-ondas rasgando com o bico a superfície da água atrás de peixe. Viu soldadinhos, maçaricos, batuíras. Não conseguiu, porém, ver nenhuma das magníficas aves pernoitas chamadas de guarás, tão apreciadas pela sua plumagem vermelho-vivo, que depois de enfeitar caciques durante séculos virara moda de chapelaria europeia.

Agora na Europa, com seu chapéu de feltro para se proteger do frio do outono, Liana imaginava esse encontro do viajante com os pescadores na Ponta dos Fachos e se lembrava de tantas vezes em que o avô fizera um de seus números favoritos: andar até a estante, puxar o livro do naturalista da prateleira e ler em voz alta para alguma visita a descrição que ele fez do local, as referências a seus hospedeiros, os registros sobre as mulheres da região:

— "Na província do Espírito Santo as mulheres não se ocultam, como ocorre em Minas; recebem o estrangeiro, conversam com ele e auxiliam a fazer-lhe as honras da casa. Tecelagem de algodão é coisa a que estão acostumadas; quase todas fazem também renda mais ou menos comum e têm o hábito de trabalhar de cócoras em pequenos estrados, de um pé, mais ou menos, acima do soalho. É certamente ao exemplo dos índios, que não escondiam as mulheres, que as da província do Espírito Santo devem a liberdade de que desfrutam e este resultado não é único neste país, com referência aos costumes dos portugueses em contato com os numerosos indígenas. A língua portuguesa tem sido modificada no Espírito Santo por essas contínuas influências, e muitas palavras que se usam nesta região não seriam, por certo, compreendidas às margens do Tejo ou do Minho, nem mesmo no Rio Grande do Sul ou em Minas Gerais."

Liana lembrava que, com frequência, a essa altura o avô interrompia a leitura. Às vezes, aproveitava para fazer gracejos com a mulher. Olhava para Rosinha e dizia algo como:

— Muito pouco observador esse nosso naturalista. Pelo menos, para as mulheres. Andou pelo Brasil inteiro, notou tanta coisa, e nem registrou que aqui é terra de mulher bonita, bem morena de olhos claros. Com todas as gradações, da esmeralda à safira, passando pelo brilho dourado do topázio. É claro que ele não encontrou uma mulher tão bonita como a minha Rosinha, ou não teria como ignorar. Mas mesmo assim, é tamanha profusão... Desde menino eu vi isso, era só olhar minha mãe, minhas tias, as amigas delas todas, as esposas dos amigos de meu pai... A gente vê pelas ruas, pelos mercados, em toda parte... Esses traços meio caboclos, meio mulatos, de mestiçagem evidente, com esses olhos que são dois faróis no rosto, ao mesmo tempo a avisar do perigo e a atrair para os escolhos... Em nenhum outro lugar do país a presença desse tipo é tão característica, não sei como o sábio não notou. A não ser que fosse casado com alguma megera, que não o deixaria transmitir essas observações.

Ou, como uma vez um tio comentara, diante do olhar de reprovação do velho Amaro:

— Ou então, pai, vai ver que ele não era muito chegado a belezas desse tipo. Preferia flores e borboletas... Ou os corpos nus dos índios...

Outras vezes, mais sério, o avô Amaro aproveitava o mote e discorria sobre a influência indígena naquela parte da costa.

— Era tudo índio, por aqui, nesse tempo. Enquanto os jesuítas ainda estavam, os indígenas viveram junto ao convento, ou seja, ao colégio, ou então aldeados nas cercanias. Os religiosos nem sequer governavam diretamente os nativos, apenas nomeavam um capitão-mor indígena, e mais outros oficiais, encarregados de zelar pela manutenção da ordem e de punir os que porventura cometessem alguma falta. Tudo era feito pelos índios, até a música, os padres da Companhia de Jesus chegavam a mandar as crianças de mais musicalidade para ir estudar no Rio de Janeiro e cultivar sua arte, e depois elas voltavam para tocar na igreja. Mais tarde, quando os jesuítas foram expulsos, alguns índios se afastaram, foram para o meio dos matos viver em aldeias outra vez. Mas muitos ficaram por estes povoados, nas suas palhoças à beira-mar, catando marisco e pescando. Tudo maratimba, quer dizer, caipira do mar.

Maratimba... Até hoje, o simples som da palavra que ia caindo em desuso evocava na memória de Liana o velho Amaro, nítido, na varanda, recortado contra a paisagem do mar lá fora — os olhos claros e brilhantes, o vento nordeste lhe despenteando os cabelos, o som constante das ondas se quebrando na areia junto à casa.

— Mas não havia pretos, vovô? — estranhavam os netos, amigos de todos os filhos de pescadores das redondezas, evidência viva da África entre eles.

— Por esta parte do litoral, nessa época? Muito poucos. Quase não havendo portugueses, não havia escravos, só dois por cento dos cativos da província estavam nessa região na primeira metade do século XIX. E mais alguns pretos livres, extraindo madeira ou vivendo como pescadores, descendentes de quem tinha fugido do cativeiro e se escondido no mato. Mesmo mais adiante, quando aumentou muito a população escrava do estado por causa da expansão do café, e quando já fora decretado o fim do tráfico negreiro (o que fez o contrabando de escravos se multiplicar em desembarques no litoral capixaba), esta região litorânea continuava sendo predominantemente índia e cabocla. Fora uns poucos pretos livres e muito pobres, vivendo da pesca e da coleta junto às praias. Na contagem de 1872, só havia três escravos lavradores em toda esta área. Eles vieram mais tarde, no processo da abolição, tangidos pela falta de condições dignas de trabalho, em busca de serem donos do próprio nariz.

A distância — no tempo e no espaço — não apagava a memória em Liana. Tinha bem vivo dentro de si o jeito do avô falar, professoral, pigarreando de vez em quando e andando de um lado para o outro da varanda, como se estivesse diante de uma classe, com um quadro-negro às costas. Como bom mestre, o velho Amaro dava exemplos, contava casos, fazia comentários linguísticos:

— O que tinha era muito índio, muita mata, muito bicho. Paca, tatu, macaco de todo tipo, ave que não acabava mais. Guará, por exemplo... Tinha tanto guará por este litoral afora, que até hoje está cheio de lugares que guardam essa marca no nome: Guarapari, de guará-parim, montes de guarás. Mas em outros pontos do país também havia. Guaratiba, Guaraqueçaba, Guarapuava... mesmo Mangaratiba, deve ser Man-guará-tiba...

Pelos museus holandeses, Liana tinha visto várias pinturas de guarás, aves pernaltas lindas, de um vermelho intenso inacreditável. Em que época sumiram? Será que dava para imaginar algum no caminho do naturalista? Talvez sim, talvez não...

De qualquer modo, uma coisa era certa — da mesma forma que ia acontecer na época vitoriana com os beija-flores, caçados aos magotes na América do Sul para enfeitar os chapéus das elegantes inglesas, em proporções tais que chegaram a causar o desaparecimento de algumas espécies, também os guarás foram perseguidos sem qualquer consideração. E como andavam em bandos e eram menos ariscos do que os colibris, na maior parte do litoral sofreram um extermínio quase completo.

Talvez valesse a pena tentar ir mais fundo no assunto e sugerir uma matéria sobre os efeitos da moda europeia na exploração predatória da natureza brasileira — desde o próprio pau-brasil cobiçado pelas tinturarias do Renascimento. Rui era capaz de se interessar.

Por coincidência, mal Liana acabou de chegar à redação, Sérgio Luís avisou que Rui queria falar com ela. Ao entrar na sala do chefe e se sentar na cadeira que ele lhe ofereceu, a moça já imaginava que ia ser mais uma das matérias que ele gostava de lhe encomendar, pois ela as fazia com rara habilidade e sutileza, sem exagerar na dose. Sabia descobrir os eventuais ângulos de interesse jornalístico de cada assunto e não deixava transparecer o que muitas vezes desconfiava ser um interesse comercial da empresa ou uma picaretagem ocasional da chefia.

Mais uma vez, não se enganava. Rui conversou um pouco sobre assuntos gerais, fez uma ou duas observações polidas sobre a vida em Londres, as árvores cada vez mais douradas no outono que chegava, e disparou:

— Eu estive pensando, Liana... A gente podia fazer uma reportagem sobre a presença brasileira nas indústrias de cosméticos britânicas, digamos assim... Acho que é uma coisa muito interessante, mostrar como cada vez mais as mulheres mais glamurosas e mais cobiçadas do mundo estão devendo parte de seus encantos ao Brasil...

Ela logo viu do que se tratava. Dar uma força à empresa da mulher dele. Escrever sobre alguns dos produtos que Betina importava do Brasil como matéria-prima para fabricantes ingleses. Castanha-do-pará, óleos e essências vegetais, manteiga de cacau... Mas com a mesma rapidez, viu também que o assunto tinha ângulos significativos.

— Você tem razão. Dá para falar em ecologia, em desenvolvimento autossustentável... E até para insistir na importância das relações comerciais e lembrar que *trade, not aid* não precisa ser só um slogan.

Rui aprovou, recostou-se na cadeira e continuou:

— Isso! Mas sem esquecer nunca os ensinamentos do velho Afonso: somos uma revista ilustrada. É importantíssimo poder abrir várias páginas com fotos de mulheres deslumbrantes, sofisticadíssimas e lindas... É isso que vende revista. O leitor não quer saber só de economia, quer também um colírio para os olhos.

E continuou, animado, citando várias modelos e artistas cujas fotos poderiam até ser aproveitadas para a capa... Liana ia ouvindo, meio distraída, deixando os olhos passearem pela estante na parede ao lado, pela janela que se abria para o dia fresco de outono, pelos papéis e objetos espalhados por cima da mesa de Rui. De repente, um deles lhe chamou a atenção, nem soube como. Bem à sua frente, debaixo de um cinzeiro, estava uma grande reportagem que entregara a Sérgio Luís na véspera e que lhe consumira mais de duas semanas de trabalho árduo, sobre teses de pós-graduação de brasileiros em universidades britânicas. Na folha de rosto, o título que tanto lhe custara achar e que sintetizava perfeitamente a matéria, de forma atraente e divertida. E logo abaixo, entre parênteses, só para uso interno porque raramente a revista publicava reportagens assinadas, o nome do autor — mas o espantoso é que não era o seu, que ela mesma escrevera ao encerrar o trabalho, e sim o de outro repórter, protegido de Sérgio Luís.

No primeiro momento, Liana nem entendeu, só ficou perturbada. A tal ponto, que sentiu o coração bater forte, o rosto esquentar, desligou-se inteiramente do que Rui falava. Quando se deu conta, ele dizia:

— Espere aí que eu já volto, vou só verificar se dá para usar essa foto...

E saiu da sala.

Rapidamente, ela levantou o cinzeiro que funcionava como peso para que a pilha de folhas não voasse e pegou o calhamaço para verificar. Não havia qualquer dúvida. Era exatamente o seu texto, sem qualquer modificação, até mesmo uma pequena correção que fizera a mão com a caneta lá estava... Mas a folha de rosto com o nome do autor fora modificada, e o resultado de suas duas semanas de trabalho era apresentado ao chefe como se fosse obra de outra pessoa.

Com todo o cuidado, colocou de novo as laudas no lugar, prendeu-as novamente com o cinzeiro, e engoliu a raiva e a surpresa como conseguiu, enquanto Rui voltava falando da foto e ela se debatia entre o ímpeto de explodir e a necessidade de ser racional.

Seria a primeira vez? Ou apenas agora ela descobrira algo que já vinha ocorrendo havia meses? Será que tudo o que fazia de bom era apresentado a Rui como se fosse obra alheia? Pior ainda, será que aquelas coisas horríveis que os outros faziam eram mostradas internamente como se fossem feitas por ela? Tudo era possível. Sérgio Luís não tinha escrúpulo algum. E estava numa posição burocrática privilegiada para manipular laudas, pautas, horários, folgas e ordens de serviço. Qualquer coisa para se manter no poder. Um poder pífio. Estéril. Mas suficiente para garantir a ele e seus amigos a permanência londrina pelo tempo que bem entendessem. Era mesmo só isso o que ele queria. Para que mais?

Liana teve vontade de contar tudo a Rui. Mas a lembrança de anos execrando dedos-duros lhe impedia por completo qualquer movimento que pudesse ser confundido com delação. Não teve coragem de dizer nada. Ia enfrentar a situação à sua maneira: de peito aberto, sem rodeios. No dia seguinte, ia procurar o próprio Sérgio Luís e tomar satisfações.

— Ingenuidade sua, morena... — comentou Tito, de noite, quando ela anunciou sua decisão. — Não vai dar em nada.

— Como não vai dar? Ele vai ficar sabendo que eu sei...

— E daí? Vai negar, de pés juntos. Até parece que você não conhece a peça...

— Mas desta vez não pode negar, Tito — insistiu ela. — Eu vi. Com meus próprios olhos. Não foi ninguém que me contou.

— Mas não tem testemunhas.

— Não tenho? E o Rui?

— Ah, bom, aí é diferente... Se você resolver partir para a acareação com o *Titio,* pode ser que dê um bom rolo. Mas bancando a boazinha, sem querer alcaguetar ninguém... Duvido.

— Não quero mesmo.

— Então, me desculpe, mas eu repito: não vai dar em nada. Aposto o que você quiser.

Se apostasse, ganhava. A reação de Sérgio Luís no dia seguinte foi de espanto absoluto, como se nem estivesse conseguindo entender do que Liana falava.

— Assinatura? Que história é essa, Liana? Isso é uma acusação muito grave! Você acha que algum de seus colegas seria capaz de roubar uma matéria sua? Para quê? Que ideia! E por quê? Você acha que o que você escreve vale ouro, é? Além do mais, mesmo que tivesse algum maluco disposto a qualquer coisa, não teria a menor chance. Você me entregou o texto em mãos. E eu mesmo, pessoalmente, o entreguei ao Rui.

Deu um risinho cínico e concluiu:

— A não ser que você esteja querendo insinuar que eu sou falsário, ladrão ou capaz de cometer sei lá que outro crime hediondo. Mas não faz sentido. Ainda se estivesse assinando com meu nome... O que é que alguém ganharia com isso? Você está delirando...

Liana teimou:

— Não estou insinuando nada, nem acusando ninguém de crime hediondo. Estou só dizendo que eu sei que a assinatura da matéria na folha de rosto foi trocada. Eu mesma vi.

— Foi o Rui quem te mostrou?

— Não.

— Então quer dizer que você fica remexendo nos papéis da mesa do chefe sem ele saber? E inventando coisas? Quem me garante que não foi você mesma que trocou a tal folha (se é que isso é verdade) só para derrubar algum colega mais antigo e cair nas boas graças do chefe? Tem gente que é capaz de tudo para subir...

Ela ficou muda, estarrecida, olhando para Sérgio Luís, que continuava:

— Mas não creio que você seja uma pessoa desse tipo. Por mais que esteja envenenada pelos palpites do Tito, aquele encrenqueiro, que saiu daqui ressentido, sem conseguir se impor, criando caso com todo mundo...

"Não vou deixar ele mudar de assunto. Não mordo a isca", pensava ela.

— Você deve é estar muito cansada — prosseguia Sérgio. — Excesso de trabalho. O Rui anda te pedindo para fazer coisa demais, você não consegue dar conta. É a única explicação para esse seu comportamento estranho, de admitir espontaneamente que se esgueirou até a sala dele para mexer nos papéis confidenciais da empresa... E ainda sai se gabando?! Contando suas alucinações como se fossem verdade? Francamente! É inteiramente anormal. Você é inteligente demais para um papel desses...

Antes que Liana conseguisse dizer qualquer coisa, ele concluía, maligno:

— A não ser que seja outra coisa. Claro, eu devia ter visto logo, no primeiro momento não desconfiei. Só entendi agora, desculpe... Mas pode ficar tranquila, que isto fica só entre nós. Tenho anos nesta sucursal, estou acostumado. Já vi acontecer muito. A pessoa fica longe da família, no exterior, se sentindo meio perdida, sem amigos, incompreendida...

— Eu não estou sozinha, eu estou com o Tito.

— Justamente. Antes só que mal-acompanhada, como se diz. Desculpe a franqueza, todo mundo sabe que o Tito é um sujeito do tipo "papou, largou". Um cara desses que usam a pessoa, eu sei como é que é. Você deve ter descoberto que ele já está lhe passando para trás. E você cheia de trabalho, numa terra estranha, o inverno chegando, deve mesmo estar vivendo uns momentos bem difíceis. Qualquer um se deprime, ainda mais uma pessoa sensível... Então um dia toma uma coisinha para dormir. Ou outro dia toma outra para dar uma levantada e enfrentar a barra que é pesada... Aí vai indo, vai indo, chega uma hora em que perde o controle, está completamente dependente desse tipo de ajuda... E se tentar cortar, fica assim, nervosa, chacoalhando, toda trancada, vendo coisa onde não existe... A tal síndrome de carência, como dizem... Mas pode contar comigo. Eu não comento nada com ninguém. Vá para casa, descanse, eu lhe dou uma semana de folga... Quem sabe as coisas melhoram?

— Você está pirado! Eu não quero folga nenhuma...
Só quero que ninguém mexa no meu texto!

— Se preferir, eu mesmo comunico ao médico, explico
seu comportamento recente, ele vai entender, lhe dá um atesta-
do... Essa questão de dependência química é muito delicada...
Mas fique tranquila, que um profissional entende... Agora, me
dê licença, que eu tenho uma reunião e quero deixar minha porta fechada. Afinal de contas, como você mesma sabe, se a gente
não tiver cuidado, sempre pode vir alguém mexer nos papéis...

Passou a chave na porta, chamou o elevador e sumiu.
Liana viu que Tito tinha razão: não adiantara nada falar com
Sérgio Luís.

Pelo contrário, como o próprio Tito frisou de noite,
o confronto ainda chamara a atenção para o fato de que ela
sabia das manobras dele. Deixou Liana visada e em posição
vulnerável.

— Esse cara é um crápula, Liana. Não dá para tratar
feito gente, com esses papos de conversa franca, jogo aberto, sei
lá mais o quê. Só tem um jeito de conviver com ele: é ignorar...

Sorrindo, Tito acrescentou:

— Ou partir para a ignorância e dar logo uma porrada. Mas isso você não quer...

— E você acha que resolve?

— Está bem, você tem razão, não resolve. Ele é capaz
de gostar e grudar. Então deixa pra lá...

— E deixo o Rui ficar com essa má imagem profissional de mim? Sabe-se lá o que esse canalha do Sérgio não anda
fazendo pelas costas...

Marcador vermelho na mão, Tito levantou os olhos de
uma folha de contatos onde estava assinalando uns cortes que
ia querer nas fotos. Apoiou tudo em cima da mesa do jantar
e disse:

— Liana, você quer viver em paz? Trabalhando nesse
hospício? Então ignora o Rui também. Não ligue para nada
que ele possa achar ou pensar... Esqueça essas conversas de
imagem profissional e faça como todo mundo: se concentre
só em curtir Londres, aproveitar o pretexto para estar aqui

nesta supercidade, passear, ir aos museus e concertos que você adora, brincar de casinha comigo, e pronto! Desligue do trabalho... Não vale a pena se chatear.

— Tito, você diz isso, mas está trabalhando numa coisa que lhe dá o maior tesão, fazendo o que sempre quis... Eu também quero fazer uma coisa em que eu acredite, que me dê prazer, que tenha sentido. Eu sempre gostei do meu trabalho. Não posso ficar bancando aquele tipo de funcionário público de guichê, carimbando e resmungando o dia todo.

Suspirou e concluiu:

— Acho que da próxima vez, vou ter mesmo que conversar com o Rui...

— Você não entendeu o que eu quis dizer, Liana. Aliás, eu acho impressionante como você tem um lado tão ingênuo, despreparado para a vida, custa a entender certas coisas. O que você precisa entender, de uma vez por todas, é que também não adianta conversar com o Rui. Vai dar na mesma.

Liana ficou espantada:

— Como assim? Você está me dizendo que o Rui é igual ao Sérgio Luís?

— Nada disso. É completamente diferente. Para começar, tem poder. E além disso, é inteligente. Por isso é que não vai adiantar. Ele nunca vai ficar se rebaixando, fazendo esse joguinho de intrigas, armando mesquinharias. É um cara superior, gira em outras esferas, está muito acima dessa quadrilha. E pode até não saber dos detalhes pequenos, das futricas do Sérgio Luís e dos outros. Mas sabe perfeitamente o tipo de pessoa que ele é. Ou você acha que o Rui, brilhante como é, nunca notou o que acontece nos porões do labirinto? Não sabe em que tipo de alicerce está construído o palácio dele?

Ela ficou calada, pensativa. Tito continuou:

— O poder do Sérgio pode ser pífio, como você disse...

— E é, uma titica — interrompeu ela. — Não vale nada. É como um pau de sebo, desses de festa no interior. Ele esmaga a cabeça e o ombro dos outros, pisa em todo mundo para subir, se agarra com unhas e dentes para não escorregar, mas quando chega lá em cima não tem nada, só umas quinquilharias coloridas, sem nenhum valor. Tanta briga, tanta intriga, tanta sacanagem, por tão pouco... Por um espaço ínfimo que não vale nada...

— Pode ser... Aliás, é. É isso mesmo. E é só isso o que ele quer. O horizonte dele fica a dez centímetros do nariz, então qualquer espaço ínfimo já enche as medidas dele. O mundo está cheio de gente assim — concordou Tito. — Mas também está cheio de gente como o Rui, que vê isso e percebe que pode usar esse pau de sebo como um dos muitos esteios de um poder bem sólido, sem precisar se sujar. Basta se omitir e colher os resultados. É só fechar os olhos, aceitar a mediocridade como regra geral (o que ainda tem a vantagem de nunca ser ameaçado por uma concorrência de nível, desse tipo em que o cara volta das férias e descobre o substituto provisório sentado em definitivo no seu lugar) e pode então se aboletar no poder para seu próprio uso pessoal, mamando nas tetas dele em termos de prestígio, contatos, vantagens e, sobretudo, muita, mas muita grana.

— Mas você mesmo disse que ele é um cara inteligente. E ele gosta do meu trabalho.

— Porque é de boa qualidade, melhorou o nível jornalístico das picaretagens dele. Impressiona bem. Conta ponto para ele, neste momento. Mas não se engane, morena. De malandro eu entendo. E posso lhe garantir que, com todos os rapapés, esse cara não está do seu lado. Tem um troço que eu aprendi desde o tempo de moleque, quando a gente jogava pelada, disputando na porrinha e escolhendo os times antes de começar. Uma equipe é a cara do capitão do time. Isso não falha, nunca, em nenhum setor. Do futebol à redação de jornal, da empresa à política. Toda vez que você encontrar um chefe de qualquer coisa cercado de gente medíocre, pode ter certeza: ou ele é um incapaz, um incompetente, um poço de mediocridade e insegurança ou então é um mau-caráter exemplar, que usa os outros como fachada, para fingir que a equipe está fazendo alguma coisa enquanto ele mesmo cuida de seu próprio interesse, geralmente do próprio bolso. Quando o cara está a fim de ganhar o jogo, só escolhe craque para o time. Se resolve se cercar de perna de pau, pode ter certeza de que não vale nada. Como jogador ou como homem.

— Puxa, Tito, você falou de um jeito que até me lembrou meu pai... Ele tinha umas opiniões bem assim, muito definidas, sobre os homens, o caráter, essas coisas...

— Ainda bem. Por isso é que você saiu assim, uma pessoa de bem. Essas opiniões andam fazendo a maior falta hoje em dia. Tem cada vez mais gente como o Rui ou o Sérgio Luís, e menos gente como o Soares ou o seu pai. Só não adianta é trocar os fios, porque dá curto-circuito. Você nunca vai conseguir transformar o Sérgio Luís numa pessoa decente. Então é melhor reconhecer isso, parar de bancar a otária e desistir de tentar. Entendido?

— Entendido. Foi a lição do dia.

— Então não se fala mais nisso. E vamos esquecer do *Titio* e desse sabujinho assecla dele, e sair para dar uma volta, curtir a noite, que está linda, sem nuvens, com um luar deslumbrante se mostrando pelo meio das árvores cada vez mais sem folhas. Vamos, vem vestir o casaco.

Era uma noite bem escura, que o fiapo da lua nova só ia nascer mais tarde, quase de madrugada. A maré, muito baixa na escuridão, deixava a praia bem larga, distância grande entre a vegetação e a marola quebrando na areia.

Os arrecifes descobertos eram uma mancha opaca na fosforescência da água, avançando mar adentro em cada ponta da série de pequenas praias em crescente. Ofereciam suas goelas abertas a todo aquele que os conhecesse o bastante para saber pisar neles com firmeza e cautela, evitando os buracos mais fundos entre os rochedos ou as lâminas de pedra mais cortante, capazes de rasgar a carne de uma hora para outra. Para um estranho, era uma sucessão de armadilhas, ameaçando com cortes e fraturas, com navalhadas de conchas das colônias de mariscos, com escorregões e tombos nas algas verdes que cobriam pedras roxas e negras, com espinhos de ouriços, com dentadas de moreia, com venenos, ferrões, ventosas, puãs, antenas, patas, tentáculos e outras armas animais. *Para um maratimba experiente, porém, eram um campo lavrado pela própria natureza, maduro para a colheita, com caminhos nítidos a serem percorridos, com tocas e locas escancaradas, cheias de alimento em opulência arreganhada. De dia, se abriam em mariscos, caramujos e todo tipo de molusco ou permitiam que ouriços lhes fossem arrancados de seus ninhos minerais. No breu da noite, aparentemente trancados, exigiam a esperteza humana para serem dobrados. Mas entregavam aos vencedores noturnos o melhor de seus tesouros, numa fartura de lagostas.*

Chico Ferreira sabia disso. Como todos os pescadores das redondezas, conhecia os caprichos do mar e os caminhos dos arrecifes. Sabia que tinha que esperar as duas ou três noites mais escuras do mês para fachear. Diferente dos outros, porém, essa não era para ele apenas uma pescaria a mais, para completar as de todo dia, de linha e anzol, ou as redadas de arrastão, tresmaia, tarrafa, ou puçá. Para Chico Ferreira, ao contrário, a pesca em canoa era só uma maneira de encher o tempo entre os fachos de um mês e de outro. Bom mesmo era sair andando em cima das pedras, para aquela pesca direta, em território conhecido, no regaço amigo das ondas familiares, agarrando o bicho na mão, sentindo na palma as asperezas da casca.

Desde cedo ele escolhia as melhores folhas secas de palmeiras, fartas e resinosas, para fazer os fachos. Juntava bastante, apertava bem, amarrava com fios da própria palha, reforçava o cabo de algum pedaço de pau que custasse mais a queimar. E quando escurecia o suficiente, saía com dois ou três companheiros, caminhando por cima das pedras, perpendicular à praia, até bem longe, aos pontos onde o fogo aceso na ponta dos fachos atraía as lagostas para fora de suas locas e as deixava suspensas da luz, como hipnotizadas, imóveis, acenando apenas com a dança das antenas, sem oferecer nenhuma resistência. Dava para pegar, sopesar, escolher, refugar as ovadas, devolver as menores para que crescessem até o mês seguinte. No fim de poucas horas, consumidos alguns fachos, o samburá cheio e o frio da madrugada anunciavam que era hora de se recolher. Já na areia da praia, entre uns goles de caninha para esquentar por dentro e celebrar a conquista coletiva, todos dividiam o que o mar lhes dera naquela noite. E se sentiam muito poderosos, no calor da amizade simples e da noitada masculina, homens pisando pedras no mar, carregando fogo contra o vento, enquanto as mulheres e crianças dormiam entre quatro paredes.

Daí a poucas horas, quando o dia raiasse e começassem as tarefas domésticas, em cada casa uma mulher iria destampar um cesto e tirar de dentro as lagostas ainda vivas, espumando e agitando patas e antenas, carregadas de cheiro de mar nas pa- lhoças de terra batida. Em seguida, iria jogá-las num panelão de água fervente, onde em pouco mais de um minuto já estariam mudando de cor e ficando rosadas até que, muito rapidamente, as carapaças castanhas se tornavam cor de coral, em volta da al- vura tenra e rija da carne saborosa, manjar preferido de Netuno, Iemanjá, e quantos deuses mais se banqueteiam pelos oceanos do mundo — com migalhas de sobra para os mortais.

No fim de cada noite de fachos, Chico Ferreira sentia uma espécie de exaltação, vontade de rir, cantar e dançar pela areia com os amigos. Uma festa. Às vezes facheavam na Capaba, perto de Reis Magos, pelo meio das locas grandes que se formavam logo depois do lamaçal cheio de caranguejos, dos pequenos man- gues que nasciam entre a barra do rio e a areia, com suas raízes pontudas brotando do chão, espetadas para o alto e oferecidas a ostras e outros mariscos que nelas quisessem se prender. Bom pesqueiro, e perto de casa. No fim da pesca, era só caminhar um pouco, subir o barranco e logo estava na praça em frente ao antigo convento, caindo aos pedaços.

Mas de vez em quando, ia mais longe, até a Ponta dos Fachos. Não porque lá se pescasse mais ou melhor. Mas é que, sendo mais distante, lá não havia muitos pescadores de Reis Ma- gos para concorrer. E, principalmente, porque ficava mais perto das palhoças dos amigos. Chico Ferreira não achava certo obrigar Simão, Roque e Damásio a caminhar sempre toda aquela dis- tância até a Capaba só por causa dele. Se bem que, na verdade, acabavam todos andando a mesma coisa, porque muitas vezes os outros vinham com ele mais de metade do caminho de volta, atravessavam pela areia da barra o Caraípe, o Laripe e os outros riachos, com seus mangais ralos, e seguiam conversando pela praia escura, tomando uns goles de pinga de vez em quando. Só se despediam perto da Capaba.

Pois foi justamente numa dessas caminhadas de volta que uma noite, ao chegarem ao fim de uma prainha curva e dobrarem a ponta, Damásio perguntou de repente:

— O que é aquilo?

Olharam todos. Luzes mortiças no mar. Outra, mais mortiça ainda, se dirigindo à terra. Bem perto deles.

— Parece coisa de quem está fazendo escondido — disse Simão.

— Boa coisa não deve ser — decretou Roque. — É melhor parar aqui, e olhar de longe para ver se descobrimos o que é.

A essa altura, dava para perceber no mar o vulto de um brigue, de onde desciam embarcações menores. Assim, no meio da noite escura, uma movimentação escondida podia ser qualquer fuga de escravos. Mas com um barco daqueles fundeado na enseada? Claro que não era, que ideia, imaginar que escravo ia fugir pela praia, acendendo lanternas ou candeeiros... Eles iam era se acoutar nos matos, nos quilombos. Ou se amotinavam nas vilas do interior, como daquela vez que apareceram armados numa igreja da Serra e o vigário teve o maior trabalho para explicar que eles continuavam cativos... Todos lembravam muito bem, tinha sido em 1822, na semana em que a avó Dumar morrera, já fazia uns quinze anos. O juiz da vila explicou que os escravos ouviram falar que tinha chegado a liberdade e não sabiam que era porque agora não carecia mais de obedecer ao rei de Portugal, entenderam que era liberdade para eles, e se juntaram todos para ir lá na sede da Freguesia...

Damásio, que era pequeno quando o fato ocorrera e não lembrava tão bem quanto os irmãos, insistiu na curiosidade presente:

— Mas então, se não é escravo amotinado, o que pode ser?

Trataram de ir ver mais de perto. Esconderam debaixo de umas folhagens de guriri os samburás com as lagostas e a cabaça com a pinga. Foram se aproximando, cautelosos, pelo meio das moitas de aroeira e pitangueira. A escuridão não deixava distinguir muito. Sobretudo o que estava mais distante. Nem o tipo de navio nem, muito menos, a afronta irônica de seu nome, "Feliz Ventura". Mas pela carga humana desovada, pelos maus-tratos que, ao baixarem das faluas à praia, os infelizes recebiam, tanto de parte de quem os carregava quanto dos homens que esperavam o carregamento, dava para os amigos perceberem que assistiam a um desembarque clandestino de escravos.

A brutalidade que testemunhavam os assustou. Mas o medo se confundia com a raiva. Cada um queria fazer alguma coisa, não sabia bem o que, diante da superioridade numérica absoluta dos homens na praia — e além do mais, fortemente armados. Mais impulsivo, Roque chegou a ter um ímpeto de ir até eles, mas foi detido por Chico Ferreira.

— Nada disso. Vosmicê se lembre de que é preto, como eles. E não porta bilhete.

— Que é isso?

— Às vezes esqueço que os amigos vivem lá no meio daqueles matos de Ponta dos Fachos e nem sempre sabem das notícias que chegam à vila. Pois agora há uma lei, que veio lá da cidade, dizendo que todo escravo que for encontrado sem bilhete de seu senhor será conduzido à cadeia e, no dia seguinte, castigado no pelourinho com cinquenta açoites.

— Mas meus irmãos e eu não somos escravos, Chico!

— Isso sei eu muito bem, Simão. Mas podem prová-lo? Vosmicê por acaso traz alguma carta de alforria no samburá? Ou está no bolso?

Diante do silêncio dos amigos, Chico Ferreira concluiu:

— Pois então, vosmicê trate de ficar aqui com os outros. Eu vou me aproximar desse desembarque e ver mais de perto.

Não chegaram, porém, a desmanchar o grupo acocorado na clareira baixa sob os galhos da aroeira. Nesse mesmo instante, ouviu-se um tumulto na praia. Gritos, barulho de correntes, imprecações. Alguém passou correndo em silêncio pela areia à frente deles e sumiu pelo meio da escuridão, na prainha de onde tinham vindo. Os quatro ficaram mudos, imóveis, debatendo-se entre a cautela para não serem apanhados e a curiosidade de saber o que estava ocorrendo.

Aos poucos, pelas frases gritadas que lhes chegavam, perceberam que um dos escravos havia fugido. Na areia, era grande a discussão entre os que faziam o desembarque e os que recebiam o carregamento, cada um lançando a culpa da fuga sobre os outros. Mas logo a questão passou a ser outra: era necessário sair imediatamente no encalce do fujão. Porém os do brigue asseguravam que o dia ia raiar e não poderiam se arriscar a serem apanhados ali pela marinha imperial ou pelos ingleses, caso em que o navio seria apresado por tráfico ilícito. Os de terra insistiam no auxílio dos outros, pois garantiam que não tinham como fazer as duas coisas ao mesmo tempo: perseguir o fugitivo em sua corrida para o sul e adentrar-se com dezenas de escravos pela picada no mato até a fazenda onde a carga seria depositada, antes de seguir para o comércio na capital.

— Nossa parte acabou, e pronto! — ouviu-se nitidamente, num instante em que o terral amainara e as palavras chegaram mais destacadas. — Se nesta escuridão vosmicê nem ao menos tem certeza de que realmente um homem fugiu... Como pode ter fugido? Estavam todos com correntes aos pés...

— Mas já mostrei a vosmicê, uma delas está aberta, o homem se soltou no tumulto... E a culpa foi de quem não o prendeu bem!

— Mercadoria recebida já corre por conta do freguês. Pois então já não bastam os perigos da travessia? E mais os riscos de sermos capturados por uma dessas corvetas inglesas? Ainda temos de dar conta dos prejuízos de uma vigilância relapsa no desembarque?

Em meio a protestos, as faluas se encheram de homens e voltaram ao brigue que, em pouco, se fazia ao largo. Bem a tempo, pois a passarada já começava a cantar nos matos e os primeiros sinais do novo dia já surgiam no mar, em fiapos de nuvens rosadas sobre a linha do horizonte. Em terra, os contrabandistas de carne humana trataram de se pôr ao abrigo, ocultando-se na vegetação com sua carga de desgraçados, e atravessando a capoeira da orla e o carrascal de dentro antes de se embrenharem na mata fechada mais para o interior.

Sozinhos na praia, os quatro amigos saíram do esconderijo.

— É um cativo fugido, como o avô Amado! Temos que ajudá-lo, para que não se perca nesses matos...

Chico Ferreira tinha um plano e deu as ordens:

— Aviem-se! Chegou o momento de agir! Peguem as coisas e vamos logo... Temos que seguir os rastros do homem pela areia, antes que a maré acabe de encher...

Realmente, cada onda da preamar vinha estender sua língua um pouco mais alto que a anterior. Aquela praia larga em que tinham saído para fachear horas antes estaria em breve reduzida a uma nesga estreita de areia, junto à vegetação.

Enquanto corriam atrás das pegadas, Roque comentou:

— Ele preferiu confiar na velocidade das pernas, em vez de entrar no mato... Também, cada passada é de gigante...

— Fez bem — disse Simão. — De noite, sem ser visto, o melhor mesmo era afastar-se o mais possível deste lugar.

— Mas com o dia clareando, na certa vai entrar no mato. E aí fica muito mais difícil encontrá-lo. Ainda mais se a água cobrir o rastro na praia e não soubermos em que ponto ele entrou...

Ao atravessarem, porém, um dos riachos que desaguavam no mar, notaram que as pegadas chegavam a uma das margens mas não reapareciam na outra.

— Ele deve ter subido rio acima — concluiu Chico Ferreira.

Pensou um pouco e comandou:

— É por aqui que o velho Eusébio deixa a canoa dele... Se o fujão não tiver visto...

— Como ia ver, no escuro? Agora é que está começando a clarear...

— Não viu mesmo, lá está ela... E o velho não vai se incomodar se a tomarmos emprestada por algum tempo. Assim recuperamos a vantagem que ele leva... De qualquer modo, não deve estar longe.

Entraram os quatro na canoa. Chico Ferreira achou melhor se abaixar no fundo e deixar à mostra apenas os três companheiros, pretos como o fugitivo, para que ele não se assustasse quando os visse, escondido no mangue ou entre a vegetação da *margem. Foram subindo devagar pela água escura. Daí a pouco, Roque mostrou uma coisa, apontando em silêncio. Um bando de socós levantara voo subitamente. E logo adiante, voaram maritacas estridentes. Um alarido de guinchos de saguis na copa de um arvoredo confirmou o trajeto. Alguém devia caminhar naquele sentido, assustando os animais.*

Pararam de remar rio acima, apenas se ocupando em manter a canoa parada, contra a correnteza. Queriam ser vistos pelo homem que devia estar oculto no mato, mostrar que eram amigos, pretos como ele, e não tinham armas. Fingiram pescar. Passaram a cabaça de pinga de mão em mão.

De repente, Simão apontou: entre a folhagem que se debruçava sobre as águas, um homem de olhos assustados os espreitava. Aproximaram-se, com gestos de amizade. Viram que trazia as mãos presas por algemas. Com sinais, indicaram que iam soltá-las. O homem decidiu confiar e ajudou a canoa a encostar. Atendendo ao convite de seus irmãos de cor, pulou para dentro dela. Tomou um gole de pinga, sempre com as mãos algemadas. Os outros lhe explicaram que podia seguir com eles, iam abrigá-lo e limar os ferros que o prendiam. O coitado devia ter compreendido que não tinha escolha melhor e aceitou, ainda que não entendesse palavra do que diziam. — Se vovó Maria Dumar fosse viva, eles podiam conversar na língua dele — disse Simão.

— O melhor é ele tratar de aprender a nossa e se passar por alguém que já esteja por estas bandas há muito tempo — opinou Roque.

— Sei não... — atalhou Chico Ferreira, mais prático. — Acho que o mais conveniente mesmo é que ele enrole logo esta camisa nas mãos para disfarçar as algemas se cruzarmos com alguém. E que vosmicês sigam logo com ele para a Ponta dos Fachos que é mais escondido, enquanto eu torno a Reis Magos, para ver se há alguém a sua procura. Mas não creio que haja. Os contrabandistas não se atreveriam a tanto. Seria a confissão de um crime. O tráfico agora está proibido, o vigário disse que os tumbeiros que se dedicam a esse comércio clandestino estão sendo apresados.

— E se vier um capitão do mato?

— *Acho que não virá... Afinal, não há como justificar a busca. Não existe escritura alguma, ele ainda não foi vendido, não é escravo de ninguém de papel passado. E devem imaginar que, algemado, preto e sem falar a língua, ou ele é logo apanhado por alguém ou se perde pelos matos, é comido pelas feras ou devorado pelos bugres... — concluiu Chico Ferreira.*

Sorriu para o africano recém-desembarcado, examinou seu porte avantajado, seus bons dentes, suas pernas musculosas levemente arqueadas, o viço de sua juventude e comentou:

— *Ou muito me engano, ou neste domingo Ponta dos Fachos acaba de ganhar um novo morador para muitos anos. E com aquele punhado de moças bonitas e solteiras que siá Maria José tem em casa, não duvido que ele ainda acabe cunhado de vosmicês.*

Palavras proféticas. Acabou mesmo. Mais de uma vez. Primeiro, amasiou-se com Teresa, bela como uma princesa núbia, esguia, de carne rija e porte altivo, juntando a elegância que lhe vinha da tataravó Danda por parte de pai com a do avô Amado por parte de mãe. Mas em três anos, no nascimento do segundo filho, ela não resistiu ao parto. Marido e filhos acabaram sendo acolhidos por Madalena, bem diferente, menos alta e esbelta, mais redonda e clara, bem cabocla, com a esmeralda do mar nos olhos que repetiam os da avó Maria Dumar e, por outro lado, retomavam uma linhagem vinda do fundo dos tempos, de Marianita e Ângelo, ou, mais que isso, do velho patriarca Gonçalo Vaz Bermudes.

Com essas duas irmãs tão diversas, o novo morador de Ponta dos Fachos compartiu a esteira e o nome que lhe deram, recebido em festivo batismo, na tradição de seu achamento. Domingos — pelo dia da semana em que conseguiu escapar e renascer. De Ramos porque completava o nome e era bem mais fácil de dizer do que a primeira sugestão de Chico Ferreira que, ao apadrinhá-lo, propunha o sobrenome de Pentecostes, alegando que quase todos os Domingos da missa eram dessa família.

Domingos de Ramos foi fiel a seu nome. Abençoado pelo Senhor, floresceu, frutificou e semeou-se pelas praias da vizinhança, plantando seu sangue de cabinda nas duas filhas de siá

Maria José — e em muitas outras mulheres mais, a que não deu seu nome mas nunca deixou escapar. Na virada do século, pouco após a abolição da escravatura, a quantidade de molecotes africanos por aquele litoral nem deixava supor que poucos anos antes era tudo índio, como explicava o velho Amaro. Ainda mais porque um chefe indígena de uma aldeia mais ao norte se tomou de tanta amizade com um dos fazendeiros da região que decidiu pedir-lhe a mão da filha, de quem se enamorara. O homem adiou a resposta o quanto pôde até lograr reunir o que desejava para se desembaraçar da tribo toda: distribuiu presentes variados — roupas e bugigangas de todo tipo — infectados com o vírus da varíola. A perfídia fez seu serviço e a doença se espalhou, deixando várias aldeias desertas e escorraçando para o fundo dos matos os índios sobreviventes, em estado de guerra que só apressou seu extermínio, dando aos brancos que vinham chegando os pretextos que buscavam para matá-los.

— Agora eu entendo por que você não quer saber de voltar... — brincou Sílvia, olhando em volta da sala. — Morar num lugarzinho destes é uma tentação.

— Ainda mais com Tito — confirmou Liana. — Está mesmo sendo um tempo muito bom.

Fez uma pausa e acrescentou:

— Mas não se pode dizer que eu não esteja pensando em voltar. Estou bem aqui, gosto da cidade, da vida que estou levando, mas meu lugar é lá. Não se passa um dia sem que eu tenha saudades, lembre de montes de coisas, fique viajando por lá.

— E você? — perguntou Bernardo a Tito.

Ele sorriu, meio brincalhão, meio a sério.

— Pois eu levo meses sem lembrar desse lugar lá, como diz Liana. Quer dizer, posso voltar um dia, sei que vou curtir rever os amigos, os lugares todos, sentir calor, tomar um porre daquela beleza toda do Rio... Vou adorar. Eu sei que eu vou... Mas não me faz falta de verdade, por dentro, vocês entendem? Quero ir só assim como quem tira férias, para me divertir gostoso, num lugar que eu conheço e domino. Mas se tiver que voltar para sempre, não sei se eu aguento. Por outro lado, se precisar passar o resto da vida aqui, eu fico numa boa.

— Não acreditem, é brincadeira do Tito. Ele diz isso só para implicar comigo... — comentou Liana, condescendente. — Ainda outro dia estava aí fazendo o maior discurso, com vontade de estar em Campos... Dá para acreditar? O cara em Londres, esnobando o Rio, e com saudade de Campos...

Todos riram.

— Claro — concordou Sílvia. — Afinal, a terra da gente tem um peso muito forte. São as lembranças todas, da infância, da história... Eu acho que, além dos amigos, é uma mistura da paisagem com a cultura: a música, o humor, a língua, o passado. Aí vira saudade.

— É, mas nem todo passado faz o cara feliz, se ficar lembrando a toda hora — ponderou Tito.

— De qualquer modo, sempre é forte, não é? A gente tem os mesmos sonhos, um projeto de futuro, sabe que está fazendo um país para os filhos e netos, continuando alguma coisa que os pais e avós deixaram para a gente. E mais uma porção de gente antes deles... — disse Bernardo.

— Vocês me desculpem, mas nesse negócio de passado, eu não vou muito longe, não. Tem um lado meu muito nítido que não embarca nessa, que sabe que se eu passar um pouquinho de alguns dos meus avós e bisavós, eu saio da senzala, tomo o navio negreiro de volta e mudo de país. Mudo até de continente. Então, se eu fosse ir atrás desse argumento de vocês, tinha mais era que ficar com vontade de ir para a África — que é o que o pessoal mais consequente do movimento negro já está fazendo simbolicamente por aqui e eu acho que deviam começar a fazer de verdade. Sem ficar só nas firulas culturais, entende? Mas fazer mesmo, pra valer, como os judeus, que sofreram uma diáspora pelo mundo, mas tratam de se vingar dessa dispersão e dar a volta por cima, voltar mesmo para Israel, dar ao país o melhor de sua formação, seu esforço, colaborar com um tempo de sua vida, seu trabalho, investir as economias deles num projeto coletivo. Começar a devolver um pouco do que são para a cultura que os formou. Aí, sim, tem sentido ficar falando em herança cultural, passado histórico, essas coisas. Eu não tenho nada com essa História do Brasil em que vocês falam de boca tão cheia, cheia de bons selvagens e de navegadores, mercadores, imperadores... Disso tudo, só tenho mesmo as dores, com perdão da lembrança. Eu não colonizei nem fui colonizado. Minha família foi para lá de escrava, acorrentada, ninguém escolheu ir.

Diante do constrangimento crescente, a veemência de Tito mudou de ângulo:

— Além do mais, tem o presente: onde é que eu ia trabalhar com tanta perspectiva interessante por lá? Trabalhar assim deste jeito, sabendo que posso me permitir levar um tempo bom num ensaio fotográfico, deixando a ideia amadurecer, repetindo, usando filme adoidado, tendo muita foto para poder selecionar bem, tudo com a certeza de que, no final, o que eu vou receber compensa o material que eu gastei e o esforço e o tempo que eu dediquei ao trabalho.

— Agora você está fotografando o quê? — interessou--se Bernardo.

— Ferro.

— Como assim?

— Bom, é uma história comprida. Eu estava um dia esperando o metrô com a Liana, e comentei que é um meio de transporte superprático, mas que os nossos ficaram muito atrasados porque a gente só começou a construir há pouco tempo, aí fica caríssimo desapropriar, abrir túnel pelo meio da cidade, essas coisas. No mundo desenvolvido, eles fizeram isso há mais de cem anos, foi muito mais simples, a rede foi crescendo com a cidade... Aí a Liana mostrou uma estrutura de ferro sustentando tudo lá no fundo da terra, dentro da estação, e falou que podia ser ferro do Brasil, e que a gente não podia ter construído nada há cem anos, porque estávamos só mandando nossa riqueza para eles. Falou tão bonito, recitou poema e tudo, que me deixou pensando...

— É... lembrei do Drummond escrevendo sobre a mina de ferro dos ingleses, aquela coisa toda de Itabira...

— Pois é. Aí, eu saí vendo. Parece que meu olho se ligou de repente. Comecei a enxergar ferro em tudo neste país, vi que todo o desenvolvimento deles foi mesmo feito em cima disso. Em primeiro lugar, os trens, o metrô e a estrada de ferro, lógico. Saí fotografando estações imensas e maravilhosas espalhadas pela cidade toda, trilhos, locomotivas, pontes de todo tipo e em todo lugar, viadutos, um exagero de ferro. Depois passei para as estruturas da construção civil vitoriana, pavilhões, quiosques, mercados, estufas, uma infinidade de coisas. Ia enveredar pelo aço e pelos canteiros navais, mas antes enxerguei muito mais, as coisas miúdas, e fui ampliando o leque. Agora ando atrás do que os arquitetos chamam de mobiliário urbano: caixas de correspondência, cabines telefônicas, hidrantes, bebedouros públicos, postes, lampiões de rua. E tem degraus de entrada nas casas, escadarias de todo tipo, peitoris, sacadas, varandas, grades, portões, platibandas, mãos-francesas, estruturas de claraboias, elementos de jardins... acho que não tem mais fim. É tudo de ferro. Ferro forjado, batido, moldado... Na maior variedade. Esta cidade só é o que é por causa do ferro, ele é que sustenta tudo. O pessoal lá da agência ficou interessadíssimo, é um material muito rico mesmo. E com ele a gente tem um flagrante do império, e retrata a história do apogeu de uma dominação colonial.

Enquanto falava, levantou-se todo animado, abriu gavetas, começou a mostrar fotos, desculpando-se e explicando que a maior parte do material estava na agência, onde havia condições melhores para mostrar os cromos no equipamento correto. Mas estava empolgado:

— Estamos com um contrato com uma galeria e uma editora, vamos fazer uma exposição e um livro. E mais todos os subprodutos: cartão-postal, calendário, agenda, pôster... Agora estamos procurando um título. Eu queria fazer uma homenagem ao tal poema do Drummond e chamar de "Ferro nas Almas", mas já vi que a sugestão não fez o menor sucesso e vou ter que achar outro nome.

Bernardo ficou ainda mais interessado. Quis saber qual era a editora, de quem era o texto, se animou com a ideia de comprar os direitos da tradução e publicar no Brasil. Mas Tito não se empolgou:

— Desculpe, Bernardo, eu sei que você está querendo ser simpático, agradar a cunhada, essas coisas. Mas eu sou um sujeito muito direto e acho melhor a gente não perder muito tempo com isso, se não for para sair nada mesmo. E para ser sincero, acho muito difícil sair. Eu sei da situação de vocês, das dificuldades econômicas da editora. Vocês estão lutando para se levantar, e eu fico na maior torcida. Mas não vão ter cacife para bancar uma edição dessas, padrão internacional, custa uma nota preta.

— Eu sei que é muito caro — admitiu Bernardo. — Mas não sou maluco e não vou torrar dinheiro só porque gosto do projeto ou quero agradar a cunhada. Pode ficar sossegado. Só que há outras maneiras de viabilizar essa ideia. É possível envolver o patrocínio de uma empresa de mineração, por exemplo, eles podem abater do imposto de renda e fazer uma edição especial como brinde de fim de ano...

— Bom, sendo assim, quem sabe?.. Pode ser...

Fez-se uma ligeira pausa na conversa, a luz dourada da tarde de outono incendiava a paisagem do Tâmisa recortada pela janela da sala, parecia um momento de refluxo e serenidade. Mas, de repente, Sílvia respirou fundo e detonou:

— De qualquer modo, Tito, agora os problemas econômicos da editora estão com os dias contados. Eu estou entrando como sócia e trazendo uma boa injeção de capital. Inclusive, este é um dos motivos de nossa passagem por Londres agora: eu tenho que conversar com Liana sobre uma proposta muito interessante que tivemos para vender Manguezal. Aliás, interessante é pouco. A palavra que define melhor é irrecusável. Daniel e eu já resolvemos aceitar e tenho certeza de que, quando souber dos detalhes, Liana também vai estar de acordo.

Liana não podia dizer que foi surpreendida. Tito já tinha levantado essa hipótese. Mas mesmo assim, ficou sem fala, sentindo apenas uma angústia indefinível, uma pontada fina no peito, um oco começando a roer tudo e crescer lá por dentro. Não disse nada e deixou Sílvia falar longamente.

A irmã relembrou as dificuldades de manutenção da casa e da fazendola, mencionou a trabalheira que a administração em condomínio disfarçava e enumerou a série de despesas que teriam que fazer se quisessem manter a propriedade — despesas que estavam além de seus parcos recursos. Depois, falou na incorporadora que tinha um projeto imobiliário tentador para o local, defendeu as vantagens do empreendimento, a seriedade da firma, as perspectivas de desenvolvimento que se abriam para a região. Enveredou por um discurso político sobre a concentração de terras no Brasil, misturando um jargão progressista contra o latifúndio com uma ladainha conservadora sobre o perigo de invasões e a necessidade de se livrar daquilo antes que tudo fosse tomado por hordas de sem--terra armados de enxadas e foices. No final, tirou da bolsa um envelope pardo com uns croquis de plantas do projeto e leu em voz alta para Liana uma carta de Daniel, tão entusiasmada que até parecia conversa de corretor.

Liana continuava muda. Tinha medo de perder o controle se abrisse a boca e preferia ganhar tempo, deixar assentar, adiar a conversa. Só queria que Bernardo e Sílvia fossem embora, o mais rápido possível, e que a deixassem sozinha com Tito, para se aninhar nele e chorar tudo o que queria, até dormir. Mais ainda, queria, no dia seguinte, descobrir que tinha sonhado.

Tito olhou para ela, viu os olhos se marejando, e entendeu. Resolveu quebrar o silêncio e se dirigiu a Sílvia:

— Essa história de invasão é assim mesmo ou você está exagerando?

— Está cheio de invasão, por todo lado...

— Eu achei que era uma coisa organizada, só naqueles latifúndios enormes, sem produzir nada... não pensei que estivessem entrando num lugar que, bem ou mal, tem pasto, boi, curral, vaqueiro, sei lá o quê... E mais um bocado de mata que todo mundo fez questão de preservar, os próprios ecologistas devem ajudar a defender. Do jeito que a Liana fala, eu achava que não é uma terra tão grande assim e está produzindo.

— Você tem razão — admitiu Sílvia. — Mas é por causa da localização, sabe? Não é tanto a ameaça dos sem-terra, dos lavradores. É mais uma coisa urbana mesmo. Como a cidade cresceu e foi chegando perto, agora tem luz, água, condução, estrada asfaltada, essas coisas, vai virando periferia. Então é outro tipo de invasão: para fazer barracos, transformar em favela. Como a lei deixa, em muito pouco tempo o cara pode pedir a posse do lugar que ocupa, ainda mais se tiver testemunhas falsas dizendo que está ali há um tempão. E existem quadrilhas organizadas, especializadas nisso. Não tem como evitar... Daí que o Daniel e eu achamos que o melhor é reconhecer o perigo e vender de uma vez, para uma imobiliária que vá fazer um loteamento. Uma empresa sempre se defende com outros recursos, que a gente não tem.

Tito não resistiu e perguntou, suave:

— E a reforma agrária? Você não falou também na injustiça de ter aquela terra concentrada nas mãos de três pessoas, com tanta gente sem nada? Não leve a mal, mas não consigo conciliar essas duas linhas de argumentação.

Sílvia não se intimidou com a ironia velada. Respondeu, quase cortante:

— Ninguém consegue mesmo. Acho que não dá para conciliar, mas a realidade é assim. Todo mundo tem direito a ter um lugar para morar, plantar, trabalhar a terra se quiser. Mas também não está certo que umas terras sejam tomadas e outras não, aí vira bagunça. Se houvesse um critério e uma redivisão, valendo para todos os casos, era uma coisa. Mas na base de chegar um bando de gente para fincar uns esteios e prender uns fios de arame da noite para o dia e se apossar, é muito diferente.

— Mas então por que vocês não vendem só uma parte e distribuem outra? — continuou ele, provocando. — Pelo menos, melhora para quem está em volta...

Bernardo deu uma gargalhada e entrou na conversa:

— Você pode não acreditar, mas, de certo modo, foi justamente o que eles tentaram fazer. Eu estou acompanhando isso de perto e fiquei espantado. Antes da negociação com a imobiliária avançar, Daniel e Sílvia pensaram em excluir da transação uma área e fazer umas doações. E descobriram que não podiam. Conta para eles, Sílvia...

— Bom, foi o seguinte: a gente pensou que, antes de acabar com tudo...

Dava para ver o espasmo íntimo de Liana ouvindo essas palavras, mas Sílvia ignorou e prosseguiu:

— ... bem que podíamos desmembrar uma parte para dar aos empregados: aos vaqueiros, ao caseiro, a uns pescadores; enfim, garantir a eles uma terrinha própria, com escritura em cartório e tudo, de onde nunca pudessem ser desalojados. Um lugar onde pudessem viver, fazer sua roça e criar os filhos sem sobressalto. Não chegava a fazer uma diferença muito grande para nós no montante da transação, mas para eles, faria. E tinha tudo a ver com as ideias do papai, era uma espécie de homenagem a ele.

— Um gesto simpático... E por que desistiram?

— Não desistimos. Descobrimos que é proibido pela legislação do Instituto de Reforma Agrária. Para evitar minifúndios, é impossível ter lotes de menos de vinte mil metros quadrados. A não ser que você decrete que vai ser cidade, urbanize, abra ruas, faça calçadas, instalação de água, esgoto, luz, enfim, gaste uma nota preta que nós não temos, e nem é o caso. Ou seja, não deu pé. O nosso objetivo não era fazer especulação imobiliária nem criar um bairro popular, era ajudar umas quinze famílias a terem sua roça e sua casa. Isso é proibido por lei. E se fôssemos distribuir glebas do tamanho exigido, não ia dar e íamos ter que deixar muita gente de fora. Enfim, um nó.

Liana ouvia tudo, mas continuava alheia à discussão, com um nó na garganta. Tito não estava mais com vontade de tentar manter a conversa de pé e também se calou.

Enquanto falavam, a escuridão viera se esgueirando, insinuando suas sombras pelas janelas, por baixo da porta, pelo buraco da fechadura, por todas as frestas. Agora estavam totalmente envoltos na noite e ninguém se mexera para acender uma luz.

Ficaram alguns instantes em silêncio na sala, ouvindo o som de uma música vinda do apartamento vizinho. Nada agressivo — James Galway num concerto de flauta. A pouco volume, coisa de ingleses educados. Um filete sonoro corroendo a escuridão, minando de uma fonte, recriando um rio em som. Riacho saltitante nas pedras, remanso, corredeira, afluente se encorpando, cachoeira a se despencar, água caudalosa se espraiando pelas margens. Quando entrou a orquestra, foi um mar. Liana sentiu que não aguentaria muito mais e que aquele rio em breve escorreria de seus olhos. Engoliu em seco e falou:

— Vocês fiquem à vontade, mas me desculpem. Acho que eu vou deitar um pouco. Estou com uma dor de cabeça terrível.

Levantou-se, mas antes de conseguir dar dois passos, foi abraçada pela irmã.

— Desculpe, querida, eu sei como você está se sentindo... Eu também estou triste, não queria estar te trazendo este problema. Eu sei que dói, meu coração também fica apertado... Mas tem coisas na vida que a gente tem que decidir com a cabeça, não pode ficar só indo atrás do sentimento...

O abraço de Sílvia era o ninho que faltava. Liana começou a soluçar. Só conseguiu dizer:

— Mas vocês nem me consultaram antes... Tem que ter outro jeito! Não pode ser assim, um fato consumado, só esperando meu carimbo...

— Quer chorar, chora, que faz bem. Eu também fico com pena. No começo, quando Daniel me trouxe a proposta, eu também reagi. Mas depois entendi, essas coisas são da vida. Como você vai entender, tenho certeza. Amanhã a gente conversa mais... — consolou Sílvia. — E você vai encarar tudo de um modo mais racional. Isso vai passar...

Liana tinha certeza de que não passaria. Mas não quis responder. Apenas se deixou ficar de pé, no escuro, no meio da sala, abraçada com Sílvia, com a cabeça encaixada no ombro da irmã, soluçando.

Tito não suportou a cena. Com uma mistura de carinho, solidariedade, vergonha por aquela choradeira, e uma certa irritação, levantou-se, decidido, foi até o interruptor e acendeu a luz, dizendo:

— Isso mesmo, Liana, vamos cortar essa agora. Se quiser, vá lá para dentro, lave o rosto, tome um banho, descanse um pouco. Nós ficamos aqui, conversando. Mais tarde a gente sai para jantar, ou pede uma pizza...

Mas quem deu a decisão final foi Sílvia:

— Nada disso, nós estamos indo. Essa conversa também me desgastou. Estou exausta. Amanhã a gente se fala.

Quando havia festas, acorria gente de toda a redondeza até Reis Magos — a pé, de canoa, no lombo de animais ou até em carro de boi, com as rodas guinchando de longe a anunciar a chegada. Todos vestiam suas melhores roupas e vinham participar da procissão, da puxada do mastro e das bandas de índios. Com frequência, eram as mesmas bandas que tantas vezes tocavam a noite toda durante a salga de pescado debaixo dos quitungos, para manter todo mundo acordado enquanto o trabalho não terminasse. Os grandes tambores de pequenos troncos de árvore, ocos, pintados, com uma extremidade coberta por um pedaço de couro, pregado com tarugos de madeira rija. Os reco-recos seguros por um cabo curto em forma de cabeça esculpida, ou cassacos, feitos de bambu denteado de alto a baixo, esfregados por um pequeno bastão. As cabaças ou chucaios, cheias de caroços ou sementes.

Mas se eram os mesmos instrumentos que serviam para espantar o sono, acompanhando os mesmos cantos simples e sem modulação que muitos visitantes acharam monótonos e tristonhos, nas festas havia uma grande diferença: as bandas vinham enfeitadas — e se acompanhavam de dança, o que imediatamente as transfigurava numa celebração. O "capitão" vestia-se em trajes de gala, calças brancas, sobrecasaca cor de rapé com dragonas de retrós amarelo e chapéu ornado, abrindo o cortejo com seu bastão enfeitado de fitas e dando as ordens musicais, enquanto dançava compassado e com graça. Os músicos trajavam vestes o mais parecidas possível, portando jaquetas e chapéus, mas sem calçados. As velhas devotas, em seus vestidos domingueiros, ornados com rendas e fitas, acompanhavam a imagem do santo carregada num andor ou debaixo de um guarda-sol e dançavam em torno a ela para festejar.

Quando se deslocavam, os músicos levavam os tambores debaixo de um braço, ou pendurados do pescoço por uma correia, tocando enquanto caminhavam. Mas assim que paravam, em roda, montavam sobre eles e seguiam batucando no couro. Os demais, em pé, dançavam. E se bem que um visitante francês tenha descrito a movimentação das beatas como uma espécie de cancã, um eventual bispo de passagem não concordou:

— É dança mui modesta e decente... — comentou diante das poucas piruetas sem saltos, da elevação do pé estendido para adiante, de um ou outro cruzamento de pernas e sapateados.

Dança de índio mesmo, compassada e medida, quase impassível, na rigidez contida do ritual de movimentação coletiva.

Até Domingos de Ramos chegar.

Desde que os moradores dos casebres de Ponta dos Fachos lhe disseram para se arrumar para uma festa na vila, a animação de Domingos era visível. Estava com eles havia pouco tempo, ainda não entendia perfeitamente a língua, e a falava de forma ainda menos perfeita. Mas a palavra "festa" parecia ter despertado outra vida dentro dele. Seu olhar agudo descobrira Teresa desde o primeiro momento. Já lograra que ela o olhasse sempre, lhe sorrisse a cada passagem, permitisse que suas mãos se encostassem de maneira mais prolongada quando lhe servia uma cuia de farinha ou uma tigela de pirão. Mas Domingos de Ramos queria mais. Queria tudo. E queria já.

E já que ia haver festa, decidiu que era chegado seu dia. Ou sua noite.

Antes de saírem, Simão, Roque e Damásio conversaram com ele, explicaram que iriam sair dos limites de Ponta dos Fachos, deixar as casinholas em cima do morro e o pequeno povoado conhecido como Manguezal, na areia junto aos mangais rarefeitos da foz do riachinho. Caminhariam um pouco, além do ponto onde ele fugira naquela noite. Iriam todos até Reis Magos para *a festa. E como era a primeira vez que Domingos se mostraria publicamente, convinha ter cautela. A multidão reunida era, ao mesmo tempo, uma proteção e uma ameaça. Uma cara nova não chamaria tanto a atenção num dia desses, em que todos estariam voltados para os festejos. Mas também haveria mais oportunidades para que um eventual estranho se fizesse presente e oferecesse perigo, pondo reparo num africano que ninguém sabia de quem era — ainda que não fosse de ninguém.*

Era esse o sentido das recomendações que os três irmãos faziam ao amigo:

— Convém vosmicê ser discreto, não atrair os olhares...

— Procure ficar um pouco distante, protegido pelas sombras.

— Um de nós estará sempre a seu lado. Se perguntarem alguma coisa a vosmicê, basta sorrir. Nós mesmos respondemos...

Quase ao entardecer, saíram todos os de Ponta dos Fachos e Manguezal, caminhando pela praia até Reis Magos. Os homens adiante, as mulheres e crianças mais atrás, com passos mais miúdos. De quando em quando, Domingos de Ramos se virava e via Teresa, deslizando com garbo sobre a areia. Trocavam sorrisos e acenos, e o coração dele cantava. Chegados à vila, subiram o outeiro e se misturaram à multidão que já enchia a praça diante do convento, toda ornamentada com galhardetes, fitas, arcos de bambu e folhas de coqueiros e bananeiras.

Daí a pouco a lua começou a nascer, saindo dourada do mar, redonda e plena. Muitos foram assistir ao espetáculo desde a borda do barranco, dominando a entrada do rio. Entre eles, Teresa, junto a irmãs, tias e primas.

Domingos de Ramos foi atrás, seguido de perto por Damásio. Postou-se ao lado da moça, que imediatamente começou a conversar com o irmão e com ele, apontando a linha da praia lá embaixo e os últimos clarões do pôr do sol, por detrás da mata, do outro lado. Ele também apontava e sorria, dizia palavras em sua língua, repetia as que ela dizia, as outras mulheres entravam na brincadeira, todos riam muito e se divertiam a valer.

De repente, ele ouviu os tambores da banda de índios se aproximando. Voltou-se num impulso, olvidou Teresa e o luar

187

e quase era possível vê-lo como um cão de guarda ou um cavalo atento, de orelhas em pé, todo se impregnando de som.

Num instante, seus ombros começaram a se mover no compasso do batuque. Em seguida, mexia com as cadeiras, marcava o ritmo com os pés, ainda sem sair do lugar. Mas quando a roda dos tambores se formou, ele não resistiu mais. E quem viu, não esqueceu nunca o que ocorreu naquela noite diante do velho convento dos jesuítas, de paredes caídas e invadido pelos matos. Houve até quem jurasse que ouviu os sinos repicarem de animação.

De um salto, o preto desconhecido entrou na roda. Embora surpreso, o "capitão" saudou-o com uma cortesia e uma barretada. A empolgação de Domingos de Ramos, porém, respondeu ao cumprimento com o corpo inteiro, na espontaneidade da emoção que se soltava com a ajuda de todos os músculos. Com uma dança total, que movia pernas, pés, braços, mãos, quadris, ombros, cabeça, no ritmo do coração, ele agora se apresentava sem mais linguagens. Sem palavras, contava a todos quem era, de onde vinha, o que sofrera, como se alegrava por agora estar livre, o quanto agradecia aos céus por estar ali naquele momento. Mostrava como era jovem, forte e belo, insinuava como sabia ser amigo e carinhoso. E, sobretudo, sua sensualidade gritava aos céus quanto estava querendo uma mulher.

Assustados com a explosão do amigo, Simão, Roque e Damásio se entreolharam e decidiram entrar na roda também, como a diluir aquela exuberância concentrada. Do outro lado, Chico Ferreira fez o mesmo e, numa das voltas, puxaram Madalena, Teresa e as outras. Todo mundo foi dançando, os corpos balançavam, as saias rodavam, era necessário segurar os chapéus para não caírem. Mais pessoas foram se juntando, até não caberem mais na roda, que se abriu para deixar os dançarinos circularem por toda a praça, soltos, sem peias, a cruzarem pernas e erguerem braços, darem saltos ou se arquearem. Sapateado, remelexo, rebolado, ginga pura, tudo era entremeado de vez em quando pelas exclamações que Domingos de Ramos começara a lançar e todos repetiam:

— Eh, Congo!

Igualmente, sem parar de dançar, ele repetia com os outros as palavras das cantigas simples que Liana ainda ouvira, menina, nas festas de Manguezal:

Sereia do mar
quer nadar...
Os carinho da menina
quer brincar...

Nessa noite, uma daquelas em que as bandas de índios começaram a se converter em bandas de congos, por obra e graça da dança africana, talvez até Domingos de Ramos não compreendesse todas as palavras que cantava. Mas o sentido geral era muito claro. Teresa entendeu quanto seus carinhos queriam brincar e com quem. Dançaram um com o outro, um para o outro, e aos poucos, sem ninguém perceber, escapuliram para outra dança, um no outro, deitados na areia da praia, no ritmo dos tambores de dentro, em que o pulsar das finas veias era capaz de abafar o batuque das ondas lá fora, espreguiçando até a terra o reflexo prateado do luar.

Sílvia e Bernardo já haviam seguido viagem havia algumas semanas. Depois daquele primeiro anoitecer em que se trouxe à baila a venda de Manguezal, as duas irmãs tinham tornado a conversar com mais calma, examinado números, a proposta concreta. Interiormente, Liana já percebera que não tinha argumentos lógicos para apoiar qualquer reação. Nenhum dos irmãos tinha mesmo condições para sustentar sozinho a manutenção mínima exigida. Mesmo juntando seus recursos, não tinham nem como financiar os constantes reparos exigidos, quanto mais fazer o investimento que a propriedade exigiria para se tornar rentável. Não era um combate entre bandidos e mocinhos, uns querendo vender a casa paterna e a terra ancestral a qualquer custo, outros querendo preservá-la. Era muito mais uma questão de se render à realidade. O dinheiro que caberia a cada um seria muito bem-vindo, possibilitando que Daniel comprasse enfim o apartamento próprio para instalar a família, que Sílvia entrasse como sócia na editora com sua sonhada injeção de capital e que a própria Liana realizasse algum sonho — por exemplo, se juntasse uma parte da grana com a que Tito ia ganhar como adiantamento na entrega final do livro, poderiam comprar aquele flat gostoso com vista para o Tâmisa, onde adorava viver. Mais ainda, sem depender do salário da revista para sobreviver, Liana podia até sair daquele covil e procurar um outro lugar, se conseguisse uma fórmula que lhe permitisse ficar e trabalhar legalmente em Londres sem estar vinculada àquele emprego. Possibilidades tentadoras, reconhecia. Mas o preço de se desfazerem de Manguezal lhe parecia alto demais.

Não dera nenhuma resposta, nas sucessivas conversas que tivera com Sílvia. Ouvira muito, procurara entender. No fim, pediu mais algumas semanas para resolver e prometeu uma decisão final para dezembro.

Agora, porém, à medida que novembro desdobrava sucessivas semanas de ventania e dias cada vez mais curtos, Liana ia se sentindo acuada pelo prazo, incapaz de chegar a uma conclusão. Ou melhor, sabia perfeitamente que não queria vender, não conseguia imaginar sua vida sem aquele lugar. Ao mesmo tempo, não admitia a ideia de empatar a vida dos irmãos com sua intransigência, impedir que seus sonhos seguissem os caminhos que queriam. Chegou a sugerir que desmembrassem a parte dela e só negociassem o restante. Mas teve que se render à evidência de que, como não era tanta terra assim e o projeto compreendia um loteamento de balneário turístico além de um setor mais popular, se a propriedade fosse reduzida em um terço a incorporadora não teria mais o mesmo interesse. Ou, pelo menos, as condições não seriam tão vantajosas. Além do mais, Liana teve também que se curvar aos argumentos de Tito, em suas conversas noite adentro, domesticamente, em torno da pequena mesa da cozinha: como ela poderia, sozinha, sustentar e administrar um terço da propriedade, sem dinheiro e morando em Londres?

Quanto mais pensava no assunto — e pensava o tempo todo — mais o fluxo caudaloso dos pensamentos se afunilava para uma garganta estreita que conduzia a um despenhadeiro: ia ter que concordar. Mas lhe faltava coragem e ia adiando a decisão até o último minuto.

Só pensava nisso. Nem mais conseguia desenvolver o que Tito chamava de sua novelinha particular, com a história inventada de Manguezal, cujos capítulos sucessivos alimentavam sua imaginação havia um ano, como raízes a buscar seiva no fundo da terra. Haveria ainda tanta coisa naquele final de século XIX que gostaria de recriar e contar para si mesma e eventualmente para Tito, como vinha fazendo com o resto. Tinha imaginado alguns capítulos. A diminuição do isolamento. A visita do imperador Dom Pedro II, pernoitando no convento, registrando a existência do primeiro sobrado e assistindo às bandas de congo. As mudanças na composição étnica dos moradores, com a vinda dos primeiros imigrantes para as colônias na serra e a chegada de alguns deles, isoladamente, ao litoral para tentar sorte diferente no comércio ou com a criação de animais. A gradativa definição da posse de terras através de legitimação de posseiros, arrematação em hasta pública e requerimentos de terras devolutas. Os reflexos das novas necessidades de mão de obra em um país que se desenvolvia ao mesmo tempo que ruía a velha estrutura escravocrata. Pensara vagamente em mencionar o ligeiro aumento de contatos dos índios e caboclos com a capital, lembrar como eles tinham passado a ir até lá de canoa pela costa para negociar ou foram levados pelo próprio governo, requisitados para trabalhar na construção da estrada das Minas ou do hospital de Vitória. Construíra mentalmente uma nova trajetória, de uma família de italianos que chegara ao povoado com seus bois, desistindo da colônia na serra para onde a imigração os trouxera — e entre os novos cenários de um curral rústico e uma vendinha coberta de palha passara a negociar leite e queijo, num tosco balcão de madeira entre moscas zumbidoras que pousavam nas cabeleiras lourinhas das crianças que serviam os caboclos. Queria ainda homenagear as violas índias, de madeira de jenipapeiro e tajibibuia, cuja qualidade artesanal e sonora encantara viajantes estrangeiros. E, principalmente, gostaria de ir chegando ao fim do caminho, começar a entrelaçar com a história de Manguezal a saga individual de um menino que estaria nascendo em 1878 mais ao norte, às margens do rio Cricaré e que no início do século seguinte, antes mesmo dos primeiros mascates sírio-libaneses em lombo de mula, iria abrir com os próprios braços a primeira estrada por terra para Manguezal e para lá trazer a família — seu bisavô Feliciano, pai do avô Amaro.

Mas não estava com cabeça para nada disso. Só sabia que ia perder Manguezal e não se conformava.

A seu lado, no banco do metrô a caminho do trabalho, Tito fez um comentário para distraí-la. Mostrou a variada paisagem humana enfileirada diante deles no outro banco lateral: uma paquistanesa enrolada num sári e de pinta vermelha no meio da testa, um jamaicano de cabelo rastafári, um indiano de túnica longa, turbante e barba, um irlandês ruivo e vermelhão, um jovem casal asiático com uma criança de colo (talvez vietnamitas ou coreanos), um africano grandalhão, de túnica estampada e com o rosto todo escareado de marcas de cicatrizes tribais.

— Eu simplesmente adoro isto nesta cidade! — comentou ele, entusiasmado. — É o coração do mundo, a esquina onde todos se encontram. Nenhum outro lugar é tão cosmopolita, tem uma gente tão variada. Nem mesmo Paris ou Nova York... E cada um na sua... Fica muito interessante.

Liana concordou. Mas acrescentou:

— É verdade... Cada um na sua, como você diz, com suas lojas, comidas, mesquitas, templos, sei lá que mais... Mas ao mesmo tempo, Tito, tem essa coisa maravilhosa que é uma língua comum, que todo mundo fala, então dá para trocar ideias, ficar amigo, fazer uma ponte entre as pessoas... Isso não dá para negar. Pode ter surgido por causa do colonialismo e do imperialismo, pode ter se expandido por causa de uma dominação comercial dos ingleses e dos americanos, mas o fato é que o inglês hoje está aí, uma língua universal, no mundo inteiro, para aproximar as pessoas mais diferentes. Veja só aqueles dois ali.

Tito seguiu seu olhar. De pé junto à porta, no corredor de acesso entre dois grupos de assentos, um japonês conversava animadamente com um árabe. Mais exatamente, um libanês ou sírio, de cara comprida, nariz proeminente, olhos negros debaixo de sobrancelhas espessas, tez azulada pela barba cerrada querendo aflorar. Riam, se achegavam para falar de perto, numa troca de velhos amigos.

— É mesmo... Cena impensável em outro lugar, outros tempos, já imaginou? Um no deserto, outro lá às voltas com samurais e cada qual com a língua mais difícil que a outra? Nunca que iam poder bater um papo desses — comentou ele, enquanto Liana já se despedia porque saltava na estação seguinte para fazer conexão com outra linha.

Ao chegar junto à porta que logo se abriria, no vagão pouco apinhado àquela hora, passou entre os dois amigos e distinguiu nitidamente o árabe dizer:

—... gataça, mas completamente pirada. Só mesmo pedindo o boné.

Assim mesmo, em bom português, sotaque carioca carregado. Antes de saltar do trem, ainda ouviu o japonês responder, paulistíssima do interior:

— Mas eu te avisei, ô meu, que essa mina era fogo. Você quis conferir...

A porta se abriu, Liana saiu para a plataforma, voltou-se para acenar para Tito, e lá se foi sorrindo pelo corredor enquanto caminhava. Lembrou-se de uma entrevista recente que fizera com o cônsul do Brasil, quando ficou sabendo que brasileiro deve ter muito cuidado para seu passaporte não ser roubado, porque é o mais cobiçado, o que tem cotação mais alta no mercado de falsificadores:

— Os falsários pagam por ele um preço elevadíssimo, porque aceita qualquer fotografia. O sujeito pode ser preto, branco, índio, amarelo, tudo passa por brasileiro. Um passaporte nosso pode ser usado por japonês, húngaro, holandês, nigeriano, grego, turco, gente de qualquer país ou etnia. Vira tudo brasileiro.

Liana foi mentalmente concordando, com saudade, enquanto se aproximava da plataforma do novo trem. O Rio podia não ser uma cidade cosmopolita como Londres, Tito tinha razão. Mas não apenas porque havia pessoas de menos nacionalidades nas ruas. Principalmente porque a diferença chama menos a atenção, procurando mais integração que confronto e afirmação. Com menos ênfase na diversidade e mais vontade de passar por carioca, coisa que em poucos meses acontecia normalmente. Traço brasileiro, aliás. Não passa na cabeça de ninguém caracterizar um pintor brasileiro como italiano, argentino ou japonês (mesmo quando ele nasceu fora do Brasil) ou ficar lembrando que um general poderoso é basco ou alemão, que um político importante é polonês, espanhol ou sírio. Simplesmente porque não tem nenhuma importância — falou português, amou o Brasil, virou brasileiro... Filho de estrangeiro, então, já é visto como nativo da terra há séculos, pode até virar presidente da república. A gente pode ter muitos problemas, inclusive preconceitos, injustiça, e uma desigualdade social criminosa, pensou Liana, mas não segrega, não discrimina, não sublinha a diferença como é a regra em outros países...

Com o coração inchado de ternura e saudade por esses pensamentos, Liana entrou no vagão que abriu as portas à sua frente. Bem mais vazio que o anterior, ninguém de pé. Instalou-se no banco macio e correu os olhos pelos cartazes publicitários. Um deles, da série "Poemas no subterrâneo" (ou "no metrô", que em inglês eles usam o mesmo underground para os dois casos), captou sua atenção. E antes que desse por si, a música incomparável dos versos de Shakespeare em *A tempestade* estava desatando o nó de seu peito, funcionando como dreno de tantas emoções represadas nas últimas semanas, obrigando-a a remexer na bolsa em busca de lenço de papel e óculos escuros, por ter lido:

Full fathom five thy father lies;
Of his bones are coral made;
Those are pearls that were his eyes

Nothing of him doth fade,
But doth suffer a sea-change
Into something rich and strange.

Liana tentou segurar a emoção, situar os versos ditos por Ariel na peça que conhecia, encará-los como se os lesse num livro ou ouvisse num palco e pudesse fazer de conta que não se dirigiam especialmente a ela, mas eram apenas parte de um espetáculo exterior. Fez um esforço mental de buscar uma tradução para eles em rima e métrica, como se estivesse brincando, num jogo intelectual. Oscilou entre variações e chegou a algo medianamente satisfatório para as circunstâncias:

Sob as ondas, teu pai jaz.
Ossos já feitos coral,
Olhos já de perlas traz,
Pois nada lhe murcha o sal.
Mas sofre do mar mudança
Em algo rico que não cansa.

Mas nenhum desses esforços cerebrais afastou a súbita revelação emocional que tivera, ao perceber num relance o sentido dos versos e se deixar invadir por ele. Por isso, quando chegou à estação onde saltou para ir para a revista, decidiu não ir ao trabalho nesse dia. Ia dedicar esse tempo a um mergulho em si mesma. Em quase um ano, nunca faltara — tinha crédito agora. Ia ficar sozinha e arrumar as gavetas da cabeça de uma vez por todas. Talvez até sem chorar, vendo tudo com clareza. Ligou de um telefone público, deu uma desculpa, pegou o metrô de volta e foi para casa.

Na entrada, pegou a correspondência do dia. Não chegou a abrir nenhum envelope, mas viu que, entre coisas sem interesse, havia um cartão de Ione:

Querida, tenho pensado muito em você. Sílvia e Bernardo contaram como você ficou abalada com a possibilidade de venderem Manguezal. Se quiser trocar ideias ou desabafar, lembre que tem aqui a amiga de sempre. Por carta ou telefone.

Liana nem sabia se tinha ideias para trocar. Mas nesse momento queria, sim, e muito, um colo de mãe. E o de Ione era o mais vivo em sua memória. Agora que não tinha mais nenhum e precisava enfrentar o fato real que as palavras de Ariel lhe esfregaram na cara: o pai estava morto e enterrado, ainda que não sepultado no fundo do mar. E tudo mudara irremediavelmente.

Passou a mão no telefone, discou os números e num instante estava conversando com Ione, entre a alegria de ouvir a voz querida e a vontade de chorar que lhe apertava a garganta. Falou um pouco do que importava, de como estava se sentindo, da crise de saudades, do passado, do pai, da infância. Depois falou do presente, contou de Tito com entusiasmo, queixou-se do trabalho com irritação. Mas sabia — e fez questão de dizer — que jamais conseguiria transmitir como lhe corroía ter que aturar todo dia aquela mesquinharia e mediocridade da redação, aceitar o mau-caratismo como normal, conviver com aquelas pessoas hipócritas naquele labirinto doentio onde sempre dava com a cara na parede cada vez que pensava ter achado um caminho livre. Depois, tocou no assunto de Manguezal, e falou um bocado, mesmo sabendo que não podia aprofundar por telefone.

Ione ouviu mais que falou, preocupada em não prolongar uma ligação internacional cara. No final, prometeu escrever logo uma carta longa.

— Mande por fax — sugeriu Liana. — Assim chega logo.

— Boa ideia — concordou Ione.

Mas adiantou logo um toque:

— Tem uma coisa que eu queria lhe dizer. Você está tendo que tomar uma decisão muito difícil, Liana. Envolve toda a sua vida. Por isso eu acho que, assim à distância, fica praticamente impossível. De longe, você nunca vai estar segura, vai estar só preparando um arrependimento para depois...

Pense nisso e veja se não é o caso de vir passar uns dias aqui... A gente ia adorar...

Claro, era isso mesmo! Liana desligou o telefone aliviada. Era uma ótima sugestão. Tinha completado um ano de trabalho, podia tirar férias, ir passar o natal no Brasil, ver as coisas de perto antes de decidir... Voltar a Manguezal, aonde nunca mais tivera coragem de ir depois que o pai morreu. Enfrentar os vazios, descobrir se seus mananciais íntimos eram capazes de enchê-los novamente, como maré que vaza e se incha. Entrar no mar onde ele a ensinara a nadar e furar onda, andar pelo caminho por onde ele a conduzira pela mão, sentar debaixo da árvore onde ele a incentivara a ir aos galhos mais altos, até as grimpas em que primo algum subia. E quando, lá em cima, a menina achou que não conseguiria descer, o pai subiu até junto dela mas não a pegou no colo, apenas foi ensinando onde devia segurar ou apoiar o pé para voltar lá para baixo por sua própria conta.

Era hora de fazer o mesmo novamente. Correr o risco e achar a saída sozinha. Enfrentar o medo. Parar de contabilizar as perdas como fizera a vida toda. Olhar para a frente, sonhar com os ganhos, trabalhar por eles.

Começaria, logo, preparando a viagem e tomando as providências mais imediatas. Primeiro, telefone. Para a companhia aérea, fazendo uma reserva. Para Tito, dando a notícia.

Ele pareceu surpreso, por ter-se despedido dela pouco antes a caminho do trabalho. Mas, inesperadamente, não estranhou a decisão. Pelo contrário, achou sensato, deu a maior força. Parecia nem se incomodar com o fato de Liana ir para longe, de passarem natal e ano-novo separados. Será que ela estava ficando tão chata que, no fundo, ele estava louco para se ver livre dela por uns tempos?

— Você não pode vir também? — pediu ela.

— Puxa, é a maior tentação... Mas a esta altura do ano, é completamente impraticável, você sabe. Mais adiante, quem sabe, vamos de novo, juntos... Não vai faltar oportunidade. De qualquer modo, a gente conversa de noite.

De noite, Liana já recebera o fax de Ione e já estava com a passagem na mão para a segunda-feira seguinte. Passara por cima de Sérgio Luís e ligara diretamente para Rui, mencionara vagamente um problema pessoal grave e inesperado, ele concordou com a saída dela sem a menor hesitação. Afinal, tinha poder para isso. Aproveitando a tarde vaga, ela foi até Oxford Circus, pegou a passagem, e ainda fez umas comprinhas para levar — uns brinquedos para os filhos de Daniel, sabonetes de cravo para Ione, e outras lembrancinhas. Com plena consciência de que estava se sentindo mais leve, já em férias de certa maneira, invulnerável à situação que Sérgio Luís criaria no dia seguinte quando se encontrassem.

No caminho para casa, escolheu um lombinho de porco para fazer com purê de maçã e repolho roxo na cerveja preta, como Tito adorava. Comprou flores, uma garrafa de Saint-Emilion, deixou a mesa posta, a carne no forno, escolheu um belo concerto de Mozart para ouvir e se meteu num longo banho de espuma. Relaxou, pensou quanto quis. Ao sair da banheira enrolou os cabelos na toalha, vestiu o roupão e viu o fax de Ione à sua espera. De certo modo, completava o que estava intuindo e coincidia com o rumo que seus pensamentos tomavam. Mas era típico de Ione. Não discutia concretamente o assunto que a preocupava, apenas aproveitava o pretexto para falar em arte, música, literatura:

Querida, assim que nos despedimos, liguei o rádio e vim te escrever. Antes de mais nada, te passo a música que ouço neste instante. Recadinho para você, tenho certeza. Paulinho da Viola, *Desilusão*. "Quando penso no futuro, não esqueço meu passado." Não é por acaso. Nada nunca é por acaso, a esta altura pode ser que você já saiba disso tão bem quanto eu.

Mas antes do Paulinho, eu estava com o pensamento distante, porque você mencionou um labirinto. Engraçado você falar nisso, assim, e a palavra me fazer lembrar tanta coisa. Há muitos anos, lá pelo tempo em que você vinha a nossa casa estudar com Bernardo, e o João ainda era vivo, eu comecei a fazer uma canção que nunca consegui acabar, chamada *Labirinto*. Fiquei presa nela, sem saída. Aí, como eu falava nisso sem parar e apareceu na editora um livro de uma americana sobre Teseu e o Minotauro, o João me deu para traduzir. Acabou também não saindo nunca, porque a situação econômica já estava difícil, as decisões tinham que ser puramente comerciais e só dava para publicar o que tivesse venda garantida. Mas eu sempre fiquei meio frustrada por ter feito uma coisa boa que ninguém viu, em cima de um livro excelente, que ninguém no Brasil nunca pôde ler. Para que perdi meu tempo com isso?

Agora eu sei. Para de repente, hoje, eu me lembrar disso e contar a você, que vai entender muito bem a tese da autora. Como na certa você lembra, o labirinto foi construído por um homem, Dédalos, a mando de outro homem, o rei Minos, que utilizou um monstro, o Minotauro, para manter o terror em seu reino e sobre essas masmorras subterrâneas edificou seu poder e tiranizou seu povo. Vários homens tentaram vencê-lo, sem conseguir. O próprio Dédalos, tão engenhoso, capaz de conceber uma obra daquelas, não conseguiu escapar quando fez sua inteligente tentativa de voar com o filho Ícaro. A todos o labirinto derrotou. Foi preciso que aparecesse uma mulher (Ariadne), utilizando um recurso feminino (a paciência), e um instrumento feminino (o fio de sua roca, enovelado, a se desenrolar pelos corredores sem fim) para que o monstro fosse derrotado, o labirinto fosse vencido e a democracia fosse restaurada. Se, para isso, ela utilizou o braço de Teseu, é outra história.

Mas a cabeça que achou a saída foi dela. O coração lhe apontou o homem certo para agir, só esqueceu de avisar que era o homem errado para confiar — como ficou demonstrado em seguida, quando ele não cumpriu sua promessa e a abandonou. No fundo, o que a autora da tal tese tenta provar a partir daí, num belo livro, é que é próprio dos homens construir labirintos. É próprio das mulheres descobrir a saída. Confio em você. Mas venha.

Tito a encontrou ainda terminando de ler, sorridente, com a tripa comprida de papel na mão. Liana lhe estendeu o fax, ele leu, achou graça.

— Eu também confio em você. E acho que, mesmo antes dos conselhos dela, você já encontrou a saída.

— Encontrei? Qual?

— E você não sabe? Primeiro, perder o medo. De que, se não for sempre a menina boazinha, podem não gostar de você... — deu um beijo nela. — Eu, por exemplo, vou gostar ainda mais.

— Mas o que isso tem a ver com a situação? — perguntou ela, desenrolando a toalha da cabeça e esfregando com ela os cabelos.

— Tem tudo, morena — respondeu ele de modo quase automático, enquanto registrava o gesto dela e imaginava, por dentro da roupa, a linha que conhecia, dos braços erguidos, dos seios em pé. — Num instante você passou por cima daquele labirinto maluco lá daquele hospício de redação, derrubou o Sérgio Luís e cortou o poder que você mesma estava dando a ele. Fez isso com tanta decisão que o Rui entendeu na hora e se rendeu aos fatos. O *Titio* é um cara realista e pragmático, isso ninguém pode negar...

Tirou os sapatos, levantou-se da poltrona e foi sentar ao lado dela no sofá, começando a lhe acariciar os seios por dentro do roupão.

Ela foi se aninhando nele, lhe afagando a nuca, mas ainda argumentou:

— Mas ele manda mesmo no Sérgio Luís...

— Manda... Mas o que vai acontecer se o Sérgio não concordar com suas férias? Se começar a dizer que agora é impossível sair? Se conseguir convencer o Rui?

— Azar o deles... Eu saio assim mesmo e vou-me embora... — respondeu ela, firmíssima, desabotoando a camisa dele.

— Viu só? Foi isso que o Rui entendeu. Você saiu do labirinto, desatou o nó... Agora eu desato este da sua cintura e a gente deixa esse assunto de lado...

Abrindo o roupão todo de uma vez, como capa de exibicionista em cartoon, ela se jogou em cima dele, rindo:

— Deixa todos os assuntos de uma vez, encara só este aqui de frente, vamos...

Naquele dia não falaram de mais nada — como diria Dante a propósito de Francesca da Rimini e seu amado Paolo, estabelecendo um elegante padrão literário de corte cinematográfico muito antes de Hollywood.

QUINTA PARTE

Avião a jato, estrada asfaltada desde o aeroporto até Manguezal, toda uma tecnologia diminuindo as distâncias. Ou então era tanta coisa acontecendo ao mesmo tempo, tanta novidade se atropelando que até parecia que o tempo voava. Quando Liana era pequena e ficava contando os dias que faltavam para as férias começarem, era uma eternidade. Agora, não. Quando deu por si, já estava dentro de um avião cruzando o Atlântico, sabendo que no dia seguinte a essa mesma hora, depois de uma breve escala no Rio, já estaria em Manguezal. A próxima noite de sono já seria longe de Tito, na casa paterna, embalada pelas ondas se quebrando sem parar lá fora.

Tudo muito rápido. Muito diferente das travessias de naus e caravelas, brigues e escunas que durante tantos séculos aproximaram os dois continentes. Dos grandes navios transatlânticos que ainda neste século eram a única maneira de se ir à Europa. E também muito diferente da maneira tradicional e dificultosa de se chegar a Manguezal por terra, tão recente ainda, que o pai sempre recordara de sua infância.

Liana lembrava que, quando era criança, toda noite tinha história. A mãe (que aperto tão grande era a saudade dela!) contava de príncipes e princesas, fadas e bruxas, anões e gigantes, ou lia capítulos de livros que se abriam para mundos encantados. O pai tinha um repertório diferente, atendendo ao pedido dos filhos, sempre renovado:

— Conte história de quando você era pequeno...

Ou:

— Conte uma história dos tios...

Ou do vovô. Ou do bisavô.

E ele contava. As travessuras. O quotidiano na escola e no quintal. As férias em Manguezal. E foi assim que Liana ficou sabendo da história do vovô Feliciano:

— Há muitos e muitos anos, no tempo do imperador, quando o Brasil ainda tinha escravos, nasceu lá no meio do mato, na fazenda de um barão, às margens do rio Cricaré, um menino chamado Feliciano. O pai dele era um lavrador muito pobre, que vivia nas terras do barão e trabalhava para ele em troca de um pedacinho de terra arrendada para fazer sua roça e criar a família, uma filharada muito grande...

Liana e os irmãos se ajeitavam, sorriam ao reencontrar o personagem conhecido, se entreolhavam e esperavam a continuação:

— Um dia, quando o menino Feliciano já tinha uns treze ou quatorze anos, e a escravidão já tinha sido abolida, ele estava sentado numa ponte de madeira, pescando no rio, quando viu dois cavaleiros se aproximando. Chegaram mais perto e ele viu que eram um doutor da cidade e um camarada que trabalhava ali mesmo, nas redondezas. Pararam, e o doutor puxou conversa: "O menino, sabe me dizer se ainda falta muito para chegarmos à sede da fazenda do barão?" Em vez de dizer só "Falta não senhor, é logo ali", o menino explicou tudo muito detalhado: "O senhor está vendo aquela sapucaia florida ali adiante? Depois que passar por ela, daí a uns cento e cinquenta metros, tem a cerca de um pasto e um mataburro. Do lado, tem uma cancelinha. O senhor passa pela cancela e segue pelo caminho da esquerda, que vai subindo um pouco. Quando chegar em cima do morro, já dá para ver a casa do outro lado, no meio de umas palmeiras, com uma varanda de cerquinha de madeira na frente... Não há como errar..."

Liana fechava os olhos e imaginava de novo o caminho e a casinha, como sempre fizera, e lembrava a surpresa que tivera um dia quando o pai pediu para os três filhos desenharem a casa da fazenda e ela descobriu que cada um pensava em uma completamente diferente.

— O menino foi muito gentil e prestativo, mas o doutor, em vez de agradecer, passou um carão nele, como se dizia naquele tempo. Quer dizer, ralhou, brigou, deu uma bronca: "Você devia se envergonhar, seu mandrião! Um menino esperto como você, aí de papo pro ar, à toa, pescando, em vez de ir à escola! Seu preguiçoso! Nunca vai mesmo ser nada na vida..." O menino ficou roxo de raiva. Respondeu, tentando não desrespeitar um mais-velho, mas não se aguentou: "O senhor me desculpe, mas não devia de falar do que não conhece. Passe bem." Pegou o chapéu e o caniço, virou as costas e entrou no mato. O homem ficou quieto, pensativo, ouvindo o rio cantar, uma mosca varejeira zumbir, um passarinho chamar ao longe. Perguntou ao outro homem: "Quem é esse menino?" E ficou sabendo: "É o Feliciano, o filho de um meeiro que mora ali embaixo." Quando chegou na fazenda, o doutor contou o encontro, dizendo que o menino era muito esperto, mas muito atrevido.

Aí chegava o pedaço de que Liana gostava mais:

— Então o fazendeiro disse para o doutor que ele não devia ter falado aquilo. Que o menino Feliciano era muito trabalhador, trabalhava na colheita do café feito gente grande e ainda ajudava o pai na roça. Que só estava pescando porque já tinha acabado o serviço e ia ver se arrumava peixe para a janta. Que tinha ido à escola da vila até o fim, aprendeu uma porção de coisas, depois pegou emprestados os livros do professor e ficou sabendo tudo o que ele tinha para ensinar. E que o maior sonho da vida dele era continuar a estudar, mas não tinha mais escola por perto e ele precisava ajudar a família. Aí o doutor ficou tão arrependido, que pegou e falou assim: "Vai ver, foi Deus que me pôs no caminho desse menino..." No dia seguinte, foi procurar Feliciano e pedir desculpas. E perguntou se o garoto queria ir com ele para São Mateus, estudar, ficar morando na casa dele e ajudando nos serviços de quintal, galinheiro, pomar... O menino disse que sim, mas que assim que pudesse queria trabalhar mesmo, de verdade, para ganhar dinheiro e mandar buscar outro irmão para estudar, e esse ia buscar outro, que ia buscar outro, e assim por diante. E assim eles fizeram. Num instante Feliciano estava trabalhando, ajudando o professor de matemática. Mais tarde foi para o

Rio estudar na Escola Politécnica e só voltou depois que virou engenheiro, já como responsável pela construção da estrada de ferro que ia até Minas.

Muitas vezes, o pai de Liana concluía, comentando:

— Essa história do meu avô aconteceu de verdade. E eu gosto de contar, para vocês não esquecerem nunca. Mas é bom lembrar que isso que eu conto assim rapidinho, feito história mesmo, levou tempo para acontecer e deu muito trabalho, exigiu muito esforço. Como dizia um amigo dele, o mestre Luís, entre o garoto pobre e a Escola Politécnica tinha uma montanha de granito, e ele abriu um túnel nela, com a verruma da teimosia.

A primeira história, a do menino, que era a predileta de Liana, terminava aí. Havia várias outras, que eram as favoritas de Daniel: do engenheiro rasgando floresta para assentar trilho, convivendo com os índios, pegando malária, vivendo uma porção de aventuras. Já Sílvia preferia outra história, do repertório de vovó Rosinha, que aprendera com a sogra: a da chegada a Manguezal, que Liana ouvira tantas vezes mas agora conseguia imaginar com outra força, ligada a um passado de séculos que sua fantasia vinha povoando de tanta gente nos últimos meses.

Depois de quase três anos entre famintos descendentes dos aimorés, enfrentando febres e sezões, abrindo picada na mata a facão e rasgando um caminho na selva para assentar uma estrada de ferro pelo meio de árvores de antes de Cabral, a nova tarefa que Feliciano tinha à sua frente agora até parecia passeio. Apesar de todas as suas dificuldades. Tinha que vasculhar aquela costa, entre a barra do grande rio e a capital, para descobrir um sítio adequado à futura construção de um porto por onde se pudesse escoar o minério que a estrada de ferro traria das montanhas longínquas. A cavalo ou em lombo de burro, cada noite acampando em um lugar, ia percorrendo uma a uma aquelas praias, quase todas absolutamente desertas ou com apenas umas poucas casas, onde moravam maratimbas pobres e ignorados pelos governantes, sem qualquer acesso aos direitos básicos da cidadania. Todos o recebiam bem, o acolhiam hospitaleiros para o pernoite, compartiam com ele a refeição frugal. E ainda lhe emprestavam canoas e seus próprios braços para remar para além das ondas e examinar o litoral de outro ângulo, sempre que isso se fazia necessário.

Um desses povoados foi Manguezal. Uma sucessão de pequenas praias de areia rosada, em forma de meia-lua, arrematadas por recifes de coral que afloravam na maré baixa, e de vez em quando cortadas pela barra de algum riacho escuro, invariavelmente margeada por mangues. A poucos quilômetros da vila decadente onde as ruínas do antigo convento jesuíta dominavam a paisagem no alto de um outeiro.

De noite, concluída a tarefa do dia, o engenheiro sentou-se na areia, ao lado do pescador que o recebia, vendo o reflexo do luar na maré baixa. Enquanto sentia nas mãos o calor da caneca esmaltada, cheia de café adoçado com rapadura, que a dona de casa acabara de passar especialmente para o ilustre hóspede, Feliciano ficou pensando na família. Cada vez mais, ultimamente, sentia saudades da mulher e dos filhos. Perguntava-se se já não sacrificara demais seu convívio com eles, em sua vida andarilha, de trabalho aventureiro. Lembrou-se da mulher sempre com problemas de saúde, comentou em voz alta:

— Minha mulher é que ia gostar deste lugar... O médico lhe recomendou uns banhos de mar, e aqui é tão calmo....

— Traz ela, doutor — convidou Manduca. — Nossa casa está às ordens. Eu mais a Norelina podemos ir dormir com os meninos na casa do meu cunhado. E o senhor fica com sua família nesta aqui. Pode aceitar, doutor. A casa é de pobre, mas a oferta é de coração...

Feliciano sorriu para o outro, agradeceu, pensou melhor e fez uma proposta: aceitava, mas pagava. Alugaria a casa de Manduca por um mês.

Depois, ficou pensando na ideia. Nos percalços do deslocamento daquela gente toda, Iaiá e mais seis crianças. Na necessidade de uma bagagem grande, para uma família grande, por muito tempo. E nos víveres que teriam que trazer para um lugar sem recursos. Talvez fosse melhor não viajarem pela areia da praia e valesse a pena examinar a possibilidade de chegarem pelo interior,

*afastando-se da estrada que se dirigia ao norte e vindo em direção
ao mar. Quem sabe, poderiam incluir uma carroça ou carro de
boi. Ia ser necessário abrir caminho. Mas na pequena chapada que
terminava nos fundos do povoado, como constatou no dia seguinte,
a vegetação não chegava tão cerrada ao litoral, como em outras
localidades. Era bem mais rala, um carrascal rarefeito, de sapê e
urtiga, cheio de camarás retorcidos, pés de araçá, e algumas varie-
dades de palmeira, entre montes de formigueiro e casas de cupim.
Os ocasionais brejos e as eventuais capoeiras podiam ser contorna-
dos. Para quem já locara e construíra uma ferrovia, rasgando uma
selva tão fechada quanto a amazônica, uma estradinha dessas não
trazia maiores dificuldades. Viria uns dias antes da família, com
alguns homens, estudar o terreno e escolher a melhor passagem.
Depois iria buscar a todos. Esperava que gostassem.*

Gostaram tanto que nunca mais deixaram de vir.

Dona Iaiá tratou de garantir isso.

*Esgotados os três meses de verão, ela já deixou tudo com-
binado para alugarem uma casa maior no ano seguinte. E, em
conversa com Norelina, acabou sabendo que ela e Manduca tinham comprado uns terrenos por ali, não era difícil, de uma
sesmaria lá para os lados de Ponta dos Fachos. Encasquetou de
fazerem o mesmo.*

*— Mas isso é inconcebível, Iaiá! — reagiu Feliciano
quando ela lhe falou nessa ideia. — Parece até que você não
conhece a nossa situação... Francamente! Em todos estes anos de
casamento nunca a vi perder a cabeça dessa maneira.*

— Mas não é nada caro, Feliciano...

*— Eu sei que não é caro. Mas é impossível para quem não
tem dinheiro, nem muito nem pouco. Não há a menor condição.*

— Mas talvez, se nós...

— Não se fala mais nisso — concluiu ele, incisivo.

*Ela não discutiu. Não discutia nunca. Mas estava resol-
vida a ter aquela terra. E pela primeira e única vez na vida, fez
uma coisa importante escondida do marido. Passou o ano inteiro
fazendo doce para vender. Para o trabalho render, punha Amaro, Arnaldo, Amélia, todas as crianças mais velhas para ajudar,
ralando coco, descascando fruta, mexendo tacho. Nos horários de*

partida e chegada do trem na estação, fazia questão de calçar os meninos, vesti-los com cuidado, modestamente mas muito limpinhos, de cabelos penteados, e entregava a cada um deles um caixotinho cheio de doces, preso ao pescoço por uma correia. Uma única recomendação:

— Cuidado para seu pai não ver. Se ele aparecer, se escondam, larguem os doces, façam qualquer coisa...

Amaro, da primeira vez, bem que perguntara:

— E por quê, mamãe?

— Porque nós vamos fazer uma surpresa para ele. Vamos juntar dinheiro para ter uma casa nossa em Manguezal para sempre. Vocês não querem?

Quem não queria? Em Manguezal... O melhor lugar do mundo... Claro!

E foi assim que, no fim de um ano, com o trabalho da mulher e das crianças, somado à teimosia e desobediência de Iaiá (ou a sua independência e capacidade empreendedora, como diriam suas netas e bisnetas), Feliciano foi agradavelmente surpreendido com a quantia que lhe foi entregue pela mulher, literalmente dentro de um pé de meia velho, cerzido várias vezes. Desse modo, teve recursos para começar a plantar raízes em Manguezal, onde depois tantos dos seus viriam a morar tantos anos. Do calor do fogão, da doçura das cocadas e mariolas, dos pregões infantis na plataforma do trem, surgira aos poucos o dinheiro para comprar a terra onde em seguida Feliciano construiu sua casinha de pau a pique e chão de terra batida, coberta de palha de coqueiro, a primeira das muitas que ele e seus descendentes ergueram em Manguezal, nessas cinco gerações em que nunca mais deixaram de, pelo menos, passar o verão por lá.

Parecia que Liana não acabava nunca de chegar em casa. Tudo a recebia em festa. Como na história grega que o avô Amaro contava, do gigante Anteu que lutara com Hércules e, indestrutível, recebia força só de pisar na terra. Também ela, andando descalça o dia todo, recarregava suas baterias vitais na areia que seus pés alisavam, no vento nordeste que usava todas as janelas abertas para atravessar a casa inteira, na maresia que invadia as narinas e entrava sem cerimônia por seu corpo adentro para lhe dar as boas-vindas, no marulhar das ondas que a alegrava de dia e a embalava de noite, no sal que brincava de repuxar de leve sua pele e transportá-la às eternas férias salgadas na marola da infância.

Nos dois primeiros dias, mal viu outras pessoas. Só a família do caseiro, e um ou outro pescador com quem cruzou quando foi caminhar na praia. Preferiu ficar recolhida, entre a casa e o quintal, o mar e a areia, com seus próprios pensamentos. Seria bom se Tito pudesse estar ali com ela. Ou Sílvia. Fora isso, não queria mais ninguém.

Na quinta-feira, resolveu ir comprar peixe e foi esperar a volta das canoas que tinham saído para a pesca. Chegou cedo, de mansinho, recostou-se num bote que ficara em terra à sombra da amendoeira, ficou olhando em volta. Canoas diferentes. Na verdade, não eram mais canoas mesmo, como as de sua infância, compridas, a vela e remo, de quilha alta e caverna funda. Agora eram botes menores e mais chatos, capazes de aceitar um motor de popa para pescar por conta própria ou de conduzir homens a remo até traineiras maiores. As redes eram de náilon, de malhas apertadas, que não se rasgavam à toa nem deixavam peixe miúdo fugir tão fácil. E nem todas eram grandonas, de arrastão, dependendo de braços a puxar da praia, mas algumas iam só penduradas no próprio barco, balões no mar a se encher de pescado e camarão.

Quando os pescadores voltaram, Liana percebeu que também a maneira de tirar a embarcação da água tinha se modificado nesses últimos anos e ela mal se dera conta. Os botes menores tinham, de cada lado, alças feitas de cabo forte, pelas quais se enfiavam varas grossas, e eram carregados sobre a areia no muque. Os barcos maiores eram empurrados para cima sobre uma espécie de sistema de trilhos, uma canaleta de madeira onde a quilha se encaixava.

Mas isso ela só viu depois. Porque em poucos minutos, foi chegando gente aos poucos, também à espera, e cada um a reconhecia, a cumprimentava, numa ladainha de saudações.

— Oi, Liana, há quanto tempo...

— Andou sumida, hein, essa menina...

— Você por aqui, Liana? Chegou quando?

— Veio para ficar? Ou vai embora de novo?

— Mas eu estive com Sílvia ainda outro dia e ela nem me disse que você vinha...

Foi respondendo, feliz, em casa. Perguntou pelo tempo, pela pescaria.

— Tem dado muito peixe?

— O peroá e a pescadinha de sempre, afora uns outros de vez em quando.

— Mas ainda a semana passada o Pedro trouxe uma garoupa enorme, não foi, Emilinha? — lembrou alguém.

— E aquele bitelão daquele mero outro dia, está esquecendo? Pesava quase uns duzentos quilos, disseram que deu cento e trinta, mas pra mim foi mais. Do tamanho daquele moleque meu neto ali, olha...

Liana olhou a criança brincando com os outros, tudo com o jeito familiar e a carinha conhecida, filho de quem tinha brincado assim com ela, neto de quem brincara com seu pai.

— É seu neto caçula, Emilinha? Filho de Joelson?

— Não, de Emerson. E ainda tem outro menorzinho, de colo, o Gúlitche. Este é o Vanbásten, o xodó da minha mãe.

— Então dona Erundina vai bem, curtindo os bisnetos... Sempre forte?

— Fora o reumatismo, tá que é uma beleza... Daqui a pouco ela chega aí, vai gostar de te ver... Capaz de nem te reconhecer, você está tão clarinha...

— Muito tempo sem sol, Emilinha, andei morando num lugar em que fazia muito frio...

— E eu não sei? Sempre que eu via seus irmãos, perguntava por você...

Mas quando a velha Erundina apareceu, não havia como não reconhecer. Estava cada vez mais parecida com a foto da mãe dela, no porta-retratos da estante do avô Amaro, a velha Isméria toda endomingada entre as crianças, dela e da bisavó Iaiá, as duas bem empertigadas olhando para uma câmera, surgida sabe-se lá de onde, no verão em que ficaram pela primeira vez na casinha de palha, ao fundo da foto. Meio nostálgica, Liana pensou que, de certo modo, os nomes das pessoas daquela família retraçavam um bocado da História do Brasil no último século, para quem quisesse estudar isso. Isméria, mãe de Erundina, mãe de Marlene e de Emilinha, mãe de Anderson, Wilson, Joelson e de Emerson, pai de Van Basten e Gullit.

A chegada das embarcações à areia interrompeu seus pensamentos e a conversa. Logo foram empurradas para cima. Sob as árvores, junto ao balcão com a balança, entre as caixas de isopor meio gastas e manchadas, repetiu-se a rotina diária de separar, contar, pesar, dividir peixe. Em seguida, passava-se à venda e à ocasional limpa, ali mesmo no balcão rústico, se o freguês quisesse. Em volta, gatos e cachorros esperavam a vez de ganhar as tripas e cabeças.

Liana percebeu que uma parte de tudo o que tinha sido pescado por um dos barcos estava logo sendo separada e levada para uma pickup. Novidade. Consultou Emilinha, que explicou:

— É daquele rapaz ali, o Zé Alfredo, que está morando no alto do morro há quase um ano, sozinho com uma cachorrada, naquela casinha perto de seu Aristides. Ele é o dono do barco, mas fez uma sociedade com João, de Samuel. Ele dá o barco, o pessoal pesca, e ele fica com o quinto. Aí leva logo para um restaurante na cidade.

Liana olhou na direção que ela mostrava, viu um rapaz meio alourado, bronzeado, forte, cabelos caindo sobre a testa, nariz afilado. Como se tivesse sentido o olhar dela, ele parou o que estava fazendo e a encarou. Emilinha riu e apresentou de longe, gritando por cima de toda aquela confusão:

— Ô Zé Alfredo! Esta aqui é a Liana, amiga dos meus filhos desde pequena, que estava morando nos Estados Unidos...

— Inglaterra... — corrigiu a moça, baixinho, sem graça de repente, nem sabia por quê.

Ele cumprimentou de longe com um aceno de mão e um sorriso e voltou ao trabalho. Belo homem, pensou ela.

Mas a disputa pelos melhores peixes, como sempre, ia esquentando e Liana tratou de prestar atenção e defender seu almoço. Ao se despedir, Emilinha lembrou:

— Te vejo amanhã na batucada...

Claro, sexta-feira, a noite em que todo mundo saía ao mesmo tempo, encontro geral. Mais ainda do que na espera diária das canoas, era uma oportunidade segura de rever todos os amigos, botar em dia as novidades, fazer novas amizades. Não podia perder.

Pelo meio das árvores do capoeirão, aos poucos a terra barrenta do solo ia perdendo a vez e dando lugar a uma areia grossa e clara. A vegetação também mudava, multiplicavam-se as quaresmeiras e bromélias, surgiam as taboas e lírios-do-brejo e, de repente, sem nem se saber como, já era a fonte. Um mistério. Ninguém sabia de onde vinha aquela água suave, como brotava súbita e imperceptível sobre a areia, bênção em forma de líquido cristal. Nem como apareciam piabas e lambaris por ali. Diferente do brejo e das lagoas cheias de garças que havia mais adiante, com suas águas profundas e escuras, cor de folha seca desmanchada, habitadas por peixes grandes, cobras-d'água e jacarés, matando a sede de pacas, veados e até jaguatiricas. A fonte, não. Tudo nela era íntimo aconchego. Os beija-flores que vinham tomar banho, os ninhos que se penduravam sobre as águas, as libélulas que passavam em voos rasantes, os micos e caxinguelês que saltitavam pelas árvores se ninguém estivesse fazendo barulho por perto, as flores que derramavam suas pétalas no espelho onde o céu se refletia.

Por tudo isso, desde a primeira vez que Norelina e Isméria a levaram lá para mostrar onde se lavava a roupa e onde se podia tomar um banho comprido, daqueles de ensaboar a cabeça com calma, Iaiá gostou muito do lugar. Não fazia como as outras mulheres do povoado, que todo dia punham panelas e pratos sujos dentro de uma bacia bem grande e iam arear a louça depois do almoço no riozinho por onde se escoava a fonte quando começava a cantar. Iaiá preferia o sistema de trazer água da fonte para dentro de casa, deixando como todo mundo uma talha no canto da sala, com pratinho e caneco em cima, para matar a sede, mas também levando outras para a cozinha, onde a louça ia ser areada com a cinza do fogão a lenha.

Mas para a roupa, sim, Iaiá fazia como as outras mulheres. Com a ajuda de Isméria, ou de uma das filhas de Norelina, levava as peças sujas até o riozinho da fonte, dentro de uma bacia, e lá participava da conversa geral, enquanto todas ensaboavam, esfregavam, batiam a roupa nas pedras, punham para quarar, enxaguavam e torciam, antes de botar tudo de volta na bacia e voltar para casa equilibrando muito mais peso sobre a rodilha na cabeça, agora com os panos molhados. Trabalheira dura, capaz de fazer o futuro tanque de suas filhas parecer um alívio total, inimaginável pelas netas que um dia teriam lavadoras elétricas e sabão em pó.

Mas a calma e a beleza do recanto, somadas aos momentos de conversa e risada com as outras mulheres, faziam da ida à fonte uma festa. Um lugar de se saber novidades, desabafar e trocar conselhos. Uma espécie de coro grego, em que as mulheres pontuavam de comentários a vida de todo dia no povoado, convocadas por uma simples frase, que se diziam de manhã ao se cruzarem pelos caminhos:

— Vai à fonte?

Poucas sílabas, cantadas numa melodia própria, ascendente, a acenar com o frescor da água por entre o verde. Senha que dava passagem a um mundo de cumplicidade feminina onde o apoio das amigas dava sustento para enfrentar a dureza de todo dia lá fora.

Absorta na antiga cena do quotidiano que pintava em sua imaginação, Liana até levou um susto quando se deu conta de que alguém batia palmas insistentemente do outro lado do portãozinho bem à sua frente. Levantou-se da rede, desceu os degraus da varanda e deu entrada a Zé Alfredo.

— Desculpe se estou incomodando. Você estava dormindo? Posso voltar outra hora...

— Não, entre, eu estava só distraída, pensando.

Seria indiscreto perguntar em que, mas bem que ele quis saber, já que os pensamentos a deixavam tão desligada de sua chegada. Ela, por sua vez, a essa altura se perguntava o que ele viera fazer ali, imaginando que, no tempo de seu avô, seria hora de indagar, naturalmente:

— Mas a que devo a honra de sua visita?

Só que no tempo de seu avô um rapaz não viria visitar uma moça de família sozinha numa casa e, se viesse, ela não o mandaria entrar. Mas agora, já se instalavam na varanda e ela perguntava: — Aceita um cafezinho? Um suco de maracujá? Ou prefere uma cerveja?

— Nada, não, obrigado.

Liana esperou que Zé Alfredo falasse mais alguma coisa, mas ele primeiro se demorou olhando em volta, examinando os móveis, a vista da praia, as estantes cheias de livros que distinguia lá dentro pela janela aberta.

— Bonita casa, gostosa... Bem que tinham me dito... — comentou, finalmente.

— Está precisando de uns consertos, já é meio velha, foi dos meus pais... — disse ela, com um nó na garganta.

— Pensei que tinha sido de seu avô, não foi ele quem veio primeiro para cá?

— Dois enganos... — respondeu ela sorrindo. — A casa do meu avô, que, aliás, foi do meu bisavô, fica ali mais adiante. Mas agora está com minha tia, e foi toda reformada. E quem veio primeiro para cá foi nosso bisavô...

— O velho doutor Feliciano, o engenheiro, eu sei... Tinha só me confundido.

— Pelo jeito, você está sabendo muita coisa... Para um recém-chegado, está muito bem informado — provocou Liana.

Foi impressão ou ele ficou mesmo levemente constrangido? De qualquer modo, depois de uma pausa, explicou:

— Não sou tão recém-chegado assim. Estou morando aqui há um ano. E como não tem muito assunto, a gente acaba mesmo sabendo da vida dos outros, até sem querer. Você me desculpe, não comentei por mal.

— Tudo bem... Não é segredo, todo mundo sabe.

Ele hesitou e continuou:

— Mas tem umas coisas que eu não sei, e, se você não levar a mal, gostaria de saber. Foi por isso que vim até aqui, não quis falar ontem lá na batucada, tinha muita agitação, não dava para conversar. Mas há algum tempo que eu queria saber e, como agora eu te conheço, pensei em perguntar diretamente.

Rodeio demais. Na batucada tinham rido, dançado, tomado cerveja com os outros amigos, falado de pescaria e cachorros. Tinha até rolado uma discreta paquera. Agora, o que seria?

— Pois então, faça sua pergunta.

— Perguntas, aliás — corrigiu ele. — Mais de uma.

— Rapaz curioso, você, hein? — implicou. — Mas, tudo bem, pode começar o interrogatório.

Impressionante o que a falta de assunto num lugar destes pode fazer com as pessoas, pensou. Mas sorriu, à espera.

Ele ficou meio sem graça, com o tom quase agressivo dela. Mas disparou:

— Primeira pergunta. Você gosta mesmo daqui?

Gostar? Termo muito pálido e esgarçado. Que palavra ainda não inventada podia expressar o que ela sentia por aquele lugar? Descrever a angústia que estava vivendo nesses dias de despedida do seu chão? E por que aquele cara se achava no direito de entrar pela casa dela adentro, dessa maneira, futucando feridas abertas?

— Adoro. Mas não é exatamente de sua conta, você não acha? — respondeu ela, decidida a se defender, estabelecer alguns limites e não alimentar mais aquele clima.

— Eu sei que não é. Mas é que eu tinha que saber, antes de passar ao resto.

— Ah, é, tem mais... Eu tinha esquecido... — disse ela, levantando-se e andando até a porta, onde parou, sentindo a brisa e olhando o mar lá fora.

De repente, ele também se levantou, meio exasperado, chegou até junto dela como quem se preparava para sair, fez um gesto para tirar o cabelo que caía na testa e falou:

— Olhe, eu sei que estou lhe incomodando e não vou demorar mais. Para mim também é muito difícil. Mas eu não ia conseguir dormir se não viesse, eu tinha que tentar, pelo menos. Então vou falar tudo de uma vez. Eu soube que vocês vão vender tudo aqui, a casa que foi dos seus pais, o gado, a fazenda lá atrás, as terras que vieram do avô ou bisavô, enfim, tudo. Eu acho uma pena, mas vocês devem saber o que fazem, eu não tenho nada com isso, você tem toda razão. Cada um sabe da sua vida.

— Exatamente.

— Pois é, e quem sabe da minha vida sou eu. Mas vou te contar um pouco. O que pode interessar para você entender porque eu estou me metendo. Eu sou de São Paulo, mas sempre detestei viver em cidade, em apartamento, naquela confusão de trânsito, aquele horror. Toda a vida, gostei de pescar, velejar, essas coisas. Na hora de entrar para a faculdade, acabei indo para a universidade rural, pensando vagamente em um dia ter meu próprio canto e fazer minhas coisas. Depois que me formei, fiquei pela cidade numas funções burocráticas, de empresa particular para órgão do governo, não parei em emprego nenhum, acho que eu sou muito indisciplinado. Não gosto de obedecer a ninguém, não suporto que fiquem me controlando, não aguento horário nem clima de fofoca, de intriga, de disputa pelo poder. Mas acho que em todo canto tem gente que vive disso, eu acabo batendo de frente...

— Sei como é que é... — encorajou ela, lembrando do labirinto londrino para onde ia voltar em breve.

Talvez pela própria sensação de sufoco do assunto em que falavam, foram descendo os degrauzinhos da varanda em busca de espaço aberto e caminharam pelo jardim, onde se sentaram num banco debaixo do flamboyant, a incendiar com suas flores a tarde de dezembro.

Zé Alfredo falava sem parar:

— Um dia passei por aqui com uns amigos, a caminho da Bahia. Gostei. Depois fiquei um tempão pensando neste lugar. E quando saí do último emprego, resolvi vir e alugar uma casa, tirar umas férias, dar um tempo para pensar na vida. Descobri que o aluguel por um ano custava quase o mesmo que por uma temporada de dois meses...

— É... — sorriu Liana. — Coisas do mercado de veraneio.

— Pois então, fui ficando. Para me sustentar, peguei meu fundo de garantia e comprei um barco. E como não sou profissional de pesca, fiz uma sociedade com quem é.

Foi a vez de Liana dizer:

— Isso eu já sei. O serviço de informações de Manguezal pode não precisar mais de lavadeiras se encontrando na fonte, como no tempo de minha bisavó, mas continua eficiente.

Ele riu, prosseguindo:

— Bom, o que eu não sei se esse serviço de informações lhe disse é que, de uns tempos para cá, eu comecei a procurar uma terra para comprar e me estabelecer direito aqui, criar ou cultivar alguma coisa, ainda não sei bem o que, se abacaxis ou abelhas...

— *A, B...* Ih, mas ainda está no começo do alfabeto... Ainda tem muito delírio pela frente...

— Tenho mesmo. Mas queria, pelo menos, me plantar. Vender o barco para o João, porque não sou mesmo homem do mar, e botar o dinheiro numa terra. Pouca, que a grana é curta. Depois, se der certo, eu vou crescendo...

Podia ser delírio, mas o tom era mais de determinação do que sonhador, apesar do olhar apaixonado. Bela surpresa, pensou Liana. Ficou olhando para ele, esperando o que ainda vinha. Mas ele também ficou em silêncio, olhando para ela, que se achou na obrigação de espicaçar:

— E daí?

— Daí que eu soube que vocês iam vender...

— Só que a nossa terra pode não ser muito grande, mas é maior do que a venda de um barco pode dar para comprar. E quem está cuidando disso é meu irmão, o Daniel. Já está tudo encaminhado, é uma negociação com uma empresa...

— Eu sei. Já falei com ele.

Pausa.

— E já ouvi um não — concluiu.

Nova pausa.

— Desculpe, mas então não há nada que eu possa fazer. Você pode até não acreditar, mas eu também estou tendo que encarar esse não... — confessou Liana.

A lembrança era dolorida, mas a reação de Zé Alfredo foi um contraste. O rosto dele se abriu num sorriso e exclamou:

— Oba! Era justamente a minha esperança! Que você adorasse isto aqui. Que não estivesse de acordo com a venda. Que a gente pudesse fazer algum trato.

— E pode me dizer por que você acha que, se eu vender para você, vai me doer menos?

— Porque a minha proposta é diferente. Eu não estou querendo comprar tudo, acabar com a fazenda, arrasar a mata, aterrar o brejo e fazer um loteamento. Eu quero só um pedaço pequeno de terra, para alguma coisa intensiva, na minha medida.

— Infelizmente, não dá, Zé Alfredo. Eu até tentei separar a minha parte, mas assim os caras não fazem negócio. E não adianta insistir... — explicou Liana, meio com pena de não poder ajudar, meio irritada por se ver de repente tendo que fazer esse papel que a violentava, de negociadora inflexível de seu chão.

Na verdade, não queria vender. Para ninguém. Nem para ele nem para a imobiliária. Isso ela sabia desde Londres, não precisava ter vindo para ter essa certeza. Como sabia, também, que não podia impedir a transação. No fundo, viera só para uma despedida. E preferia ficar sozinha esses poucos dias para viver essa nova perda, antes de voltar para Londres e aninhar seu luto em Tito.

— Mas eu vou insistir, Liana, inclusive porque ainda não acabei de lhe explicar o que eu estou pensando. Mas é que eu quero muito e agora estou achando que você também vai querer, já lhe disse que era a minha esperança... Como eu falei, sou modesto, me contento com pouco, me basta um terreno pequeno, nem precisa ser toda a sua parte, que eu sei que é mais do que eu posso pagar... E, se você quiser me ouvir mais alguns minutos, talvez até mesmo se você não quiser... Eu vou lhe fazer uma proposta ainda mais diferente. E só espero que seja tentadora.

Liana suspirou:

— Você tem razão, não quero mesmo. Mas já vi que você não desiste. Então fale de uma vez.

— Eu quero lhe propor uma sociedade.

— Uma sociedade? Como assim?

— Como a que eu tenho com o João no barco: eu sou o dono, ele pesca, a gente divide. Então, você fica com uma parte pequena do terreno, que não faça falta para o resto da venda, e fica sendo minha sócia: você entra com a terra, eu aplico meu dinheiro na produção em vez de comprar o terreno, e a gente divide. Ou você me arrenda esse pedaço de chão e eu lhe pago com um percentual da produção. Como a gente combinar. É um jeito de eu começar e de você manter alguma coisa em Manguezal. Que tal? Delírio?

Ela olhou bem para o homem à sua frente, dourado, radiante, um sol apontando detrás de uma nuvem escura. Tudo ia se iluminando e se aquecendo novamente. Deus do céu, esse sagrado delírio podia ser viável... Sorriu para ele, que insistia:

— Então, topa? Ou, pelo menos, vai pensar?

— Vou pensar... Você tem razão, é muito tentador...

— Oba! Vai dar certo! Eu sei! Venha, agora vamos tomar aquela cerveja para festejar... — disse ele, já se levantando e puxando Liana pela mão.

— Não cante vitória antes do tempo... — protestou ela, mas não retirou a mão e entrou com ele.

Pela primeira vez em muitas semanas, começava a se sentir mais leve. Vontade mesmo de abraçar Zé Alfredo, tomar cerveja, rir. Depois ia telefonar para Ione, escrever para Tito, contar a eles as novidades e dizer que, às vezes, homem também ajuda a encontrar saída de labirinto. Porque lá no fundo, já sabia que tinha aceito a proposta. Os irmãos iam ter que entender e ajudar a pressionar a imobiliária, impondo sua condição, até modesta. Eles tinham que ter jogo de cintura, não podia ser um ultimato que a encostasse na parede. Se os caras não quisessem, azar o deles. Nesse caso, ela não toparia nada, mas parava de se sentir culpada por bancar a vilã contra os irmãos. Afinal, já estava cedendo tanto, concordando com uma perda tão grande... não precisava ser total. Só queria um pedacinho de chão, coisa pouca, como se fosse a soma do que eles pensaram em doar para os empregados e tiveram que desistir.

Abriram a garrafa e Zé Alfredo brindou:

— A tudo o que nós vamos fazer juntos...

Liana traduziu:

— Ao futuro...

Fosse lá qual fosse, esse futuro estava começando a existir.

Quando cresceram e constituíram família, Amaro e os irmãos também quiseram fincar o futuro de seus filhos por ali. Podiam ter procurado um lugar com mais recursos, que estivesse progredindo mais, com estrada melhor. Mais para as bandas de Reis Magos, por exemplo, com acesso mais direto pelo interior.

O recém-criado Serviço do Patrimônio Histórico acabava de descobrir as ruínas do antigo colégio dos jesuítas, em estado lamentável: o piso do segundo andar todo carcomido, a escada da torre caída, a balaustrada do corredor interno despencada, o altar-mor em pedaços. Ratos, cupim e morcegos por toda parte. Foi decidido que o monumento seria tombado e restaurado, sinal de um surto de progresso que deveria servir de atrativo para eventuais veranistas, e aliviar a decadência econômica do local.

Mas os filhos do velho Feliciano preferiram ficar mesmo ali por Manguezal, perto da casa paterna. Fizeram uma sociedade, compraram em conjunto uma extensão de terra em direção à Ponta dos Fachos e, na medida do possível, foram trazendo gado, fizeram curral e pastos, escolheram os sítios onde cada um queria fazer sua casa. Amaro concentrou seus esforços e recursos na terra, deixando em segundo plano a construção de sua própria casinha de veraneio. Acabou herdando a do pai, que foi totalmente refor-

mada e reconstruída numa nova sociedade — desta vez, com sua mulher Rosinha, que, além de se ocupar pessoalmente de toda a obra, aplicou na casa que um dia deixaria para a filha tudo o que lhe fora deixado por seu pai, desse modo puxando um novo fio para tecer naquela trama familiar. E o filho deles, pai de Liana, tratou depois de levantar seu próprio teto.

Mas a verdade é que poucos souberam gostar tanto daquele lugar quanto a avó Rosinha. No fundo, preferiria morar lá o tempo todo, isso era claro. Antes que isso fosse possível com a aposentadoria do marido, durante o ano ela aproveitava qualquer brecha possível nos compromissos de Amaro ou no calendário escolar dos filhos e dava um jeito de vir passar uns dias em Manguezal. E no verão, nunca ficava menos de três meses, de dezembro a março, numa operação que nos primeiros tempos incluía uma verdadeira mudança. Primeiro, se abastecia de uma boa quantidade de víveres que não se estragassem com facilidade — sacos de feijão e de arroz, fubá, farinhas, carne-seca, linguiça de fumeiro, rosca, açúcar, rapadura, sal, banha, sabão, velas, querosene para lampiões e lamparinas, leite condensado, algumas conservas. No dia combinado, aparecia o caminhão. Desde cedo já era um corre-corre, a casa toda transtornada, malas, esteiras, colchões enrolados, a empregada correndo no quintal atrás das galinhas que iam ser levadas em capoeiras. Depois de tudo arrumado na carroceria do caminhão, colchões e trouxas espalhados por cima para a criançada sentar, no macio, lá se iam todos pela estradinha de terra batida, apostando para ver quem conseguia ver o mar primeiro pelo meio dos camarás, depois da curva onde se erguia o pé de mulembá.

Aos poucos, Rosinha foi deixando sua marca em Manguezal. Na capelinha que ajudou a construir no alto do morro, singela e modesta, com altar de alvenaria na frente de uma parede caiada onde de tempos em tempos convocava a criançada toda para pintar nuvens, anjos e cenas de um céu infantil sempre renovado. Na reforma da casa que fora dos sogros. E em todo o quintal em torno. Na horta teimosa que naquele areal nunca conseguia produzir mais que couve, abóbora, aipim e rabanete, por mais estrumada que fosse. Na criação variada de galinhas, patos, um peru para o natal e sempre um leitãozinho engordado com as sobras da casa. Nas árvores que plantou no pomar ao lado das pitangueiras e, se nunca uma mangueira pegou, sempre lá deixou uma fartura de caju, carambola, goiaba, amora, abacate, jambo, fruta-pão, cajá-manga, fruta-de-conde. Nas roças de milho e mandioca. Nas tentativas de cultivo comercial de mamona e melancia. E na sua única e monumental derrota: o jardim sempre recomeçado que nunca conseguiu ter, naquele chão de areia, crestado pelo sol, batido pelo vento constante do mar.

Somente em outra geração, já nas mãos de sua filha ou na casa do pai de Liana, é que a correção do solo, a irrigação diária e a adubação constante iam criar oásis para beija-flores, feitos de hibiscos e buganvílias, jasmins-manga e alamandas, camarões e gerânios, plumbagos e tagetes, cristas-de-galo e bicos-de-papagaio. Mas isso seria mais tarde, quando a luz elétrica chegasse e quando a bomba manual que puxava água do poço artesiano que substituíra a fonte fosse aposentada pela água encanada. E quando já ficasse totalmente esquecido o antigo ritual essencial de cada noite, que obrigava a examinar todos os cantos da casa, atrás e embaixo de cada móvel, para se ter certeza de que nenhuma cobra entrara durante o dia.

A essa altura, a família que se ramificara já estava espalhada por casas diversas e não havia mais aquela montoeira de beliches, esteiras e redes se entrecruzando nos quartos das crianças. De vez em quando surgiam novas sociedades entre irmãos, primos, cunhados, para projetos específicos — um arrozal, um novo rebanho, uma plantação de abacaxi, alguma construção em conjunto. Na velha tradição dos bisavós.

Em suas linhas gerais e sem nenhum detalhe, essa história toda tinha sido lembrada a Liana, alguns meses antes, por uma carta de Daniel, ansioso por convencer a irmã de que deviam fazer um condomínio. Afinal, as iniciativas conjuntas já faziam parte da história familiar desde que dona Iaiá se encarregara de levantar fundos para a primeira compra...

Mas agora, pensando na proposta de Zé Alfredo, Liana se dava conta de que, se por um lado o argumento servia para pressionar em favor de uma decisão coletiva e unânime, por outro também não deixava de mostrar uma brecha para ela tentar se esgueirar um pouco, em busca de um caminho próprio. Como a bisavó que não aceitara um não, tivera iniciativa e acabara finalmente fundando tudo aquilo para eles.

Não era questão de remar contra a correnteza, nem de ir contra a maré. Mas de ser fiel a si mesma e respeitar a própria natureza. Afinal, o próprio mar não apenas recebe todos os rios mas em suas próprias águas aceita todas as correntes. E a vizinhança da maré, constante em sua inconstância, entre outras coisas ensinava que a onda na contramão faz parte do movimento essencial do mar. Mesmo que agora só os habitantes locais ainda a chamassem de jibura, para espanto dos veranistas mineiros que falavam em pororoca, indiferentes aos surfistas que só se referiam ao *backwash*.

Mais mudanças, entre tantas. Como os fins de semana repletos de banhistas que se enchiam de cerveja, em meio a uma babel de amplificadores de som tocando coisas diversas em cada carro escancarado, deixavam para trás toneladas de lixo e utilizavam as cercas das casas como banheiro público. Como a violência urbana que chegava, em achaques de guardadores de automóveis, em ratos de praia e arrombamentos de casas, mas também, cada vez mais, em cadáveres que volta e meia eram desovados de noite na areia ou no mato, muitas vezes carbonizados para não serem reconhecidos. Ou como o palco armado para os shows de metaleiros ou bandas baianas massificadas nos dias de festa de santos, calando a música local.

Foi isso que Liana descobriu, na festa de São Benedito. Tradição ancestral, espetáculo imperdível em sua infância. Feito de muita banda de congo, de procissão com cantoria esganiçada e de sobrevivência de marujada, puxada do mastro ou do navio — folguedos que incorporavam até versos da Nau Catarineta lá do tempo dos descobrimentos portugueses. Ao lado do reisado, um dos pontos culminantes do ciclo de festas de fim de ano.

Reisado já tinha acabado mesmo, ela só se lembrava de ter visto quando era pequena e ainda vinha para as férias em casa do avô, antes que a dos pais ficasse pronta. Era uma festança, porque coincidia com o aniversário da avó Rosinha. As mulheres passavam o dia inteiro preparando comida, punham a mesa, fechavam a casa toda quando anoitecia. Ficava todo mundo lá dentro esperando. Daí a pouco, dava para se ouvir a música se aproximando, cada vez mais alta, até que os foliões paravam em frente à porta fechada e cantavam:

> Boa noite, dona da casa,
> Com paz viemos saudar,
> Saudamos o vosso teto,
> Deus esteja nesse lar.

Depois de mais umas estrofes, a porta era aberta, o avô saía e rodeava parte da casa com os músicos, levando-os até a varandinha lateral, onde desde o início de dezembro estava armado o presépio, sobre desníveis feitos com latas de banha, caixotes e pedras, tudo coberto com jornal e, por cima, muita areia da praia trazida em viagens sucessivas pelos baldinhos e caminhões de brinquedo da criançada. No ponto mais alto, numa gruta de pedra e musgo, ficava a manjedoura. Em volta, entre touceiras de alpiste verdinho plantado em pires cheios d'água, esparramavam-se pelo areal pastores, Reis Magos, camelos, animais domésticos de todo tipo, com destaque especial para os patinhos nadando num lago de espelho. De um fio preso no teto, pendia um cometa de papelão recoberto de purpurina, merecedor de estrofes especiais da cantoria, com o cortejo todo cantando diante da lapinha, muitos com voz de falsete:

> A estrela anunciou
> Aos Reis Magos do Oriente
> Que em Belém nasceu Jesus
> Para o bem de toda a gente.

E ia ficando cada vez mais animado. Liana não se lembrava de todos os instrumentos. Havia tambores e pandeiro, disso ela tinha certeza. Viola também. Rabeca? Talvez, tinha uma vaga ideia. Mas se lembrava das máscaras dos dançarinos, feitas de peles de bichos, de cerdas eriçadas, cheias de dentes, assustadoras. Lembrava que a porta-bandeira parava ao lado do avô, que tinha que ficar o tempo todo segurando o estandarte. E lembrava de trechos enormes da letra, contando a história de toda a festa que estavam vivendo desde antes do natal e só agora se completava, autorizando a desmancharem o presépio no dia seguinte:

Os três reis quando chegaram
A Jesus deram tesouro,
Rei Gaspar lhe deu a mirra,
Rei Brechó lhe deu o ouro,
Baltazar lhe deu incenso,
Com amor e alegria,
Adorando o Deus Menino
Junto a José e Maria.

Então abriam-se as portas todas e a comida era servida. Farta e variada. Mas acompanhada de café, todo ano, por mais que os foliões contassem com uma pinguinha, dessem indiretas, insinuassem o pedido de todas as maneiras. Porém o avô Amaro era inflexível. Garantia que, se houvesse aguardente, ninguém iria embora e a família ia ter que aturar dezenas de bêbados até o sol raiar. Assim, a visita durava apenas o tempo necessário à comilança. Depois os foliões tratavam de passar para os versos de despedida, agradecendo e abençoando os donos da casa, debaixo de uma chuva de pétalas de acácia, antes de seguirem para outra casa onde os tesouros dos Reis Magos tinham mais probabilidade de serem devidamente recebidos com lágrimas de alambique.

Mas isso não tinha mais, havia muito tempo. Desde a chegada da televisão, talvez.

Banda de canga, porém, continuava firme e forte. Não podia mesmo haver São Benedito sem congo. E desde cedo, Liana estava esperando por ele.

Não se desapontou. Com pequenas modificações, um ou outro instrumento de bateria de escola de samba, talvez, mas o fato é que a vitalidade essencial do congo continuava: era uma celebração, um festejo ligado à vida de cada um e de todos. Não era um espetáculo para uma plateia, um desfile para turista, mas algo que brotava de dentro, sujeito apenas às suas próprias regras, sem patrocínios nem estímulos externos. Todos participavam, batendo tambores, dançando, cantando os versos parcos e quase incompreensíveis, repetidas vezes, em seus glissandos característicos. E embora os tambores e cassacos fossem os tradicionais, feitos à mão, a banda não era só coisa do pessoal de antigamente, não. Com a morte do velho "capitão" enquanto Liana estava em Londres, agora era um rapaz bem jovem que, apito na boca, comandava tudo. Entre os músicos, animadíssimos, dava para perceber que a maioria tinha menos de trinta anos. Ao mesmo tempo, as velhas mais velhas do povoado, impecáveis em suas saias rodadas e compridas, seus chapéus cheios de fitas, rodavam e rodavam ao som dos tambores. Sinal da vida que pulsava no congo.

Por tudo isso, foi tremendo o choque com que no alto-falante, de repente, um locutor interrompeu toda a festa:

— Muito bem, acabamos de ver o congo "Amores do Mar", de Manguezal. Uma salva de palmas para ele. Agora, as vovós vão para casa descansar e nós vamos passar ao sorteio do pato assado, aguardando o início do show. E dentro de instantes, com vocês, a sensacional banda "Motor de Arranque"!

Em seguida, a todo volume, entraram os sons eletrônicos de um *pseudo-rock* pasteurizado, abafando o *aaaahh!* generalizado que marcava o desapontamento com que a banda de congo se dispersou.

Liana se virou para o lado e começou a reclamar com quem estava perto. Num instante, já estava quase fazendo um comício, toda exaltada. Os outros comentavam, davam palpite, de repente alguém disse:

— É... Mas acho que não tem mais jeito. Tem muito dinheiro em jogo.

— Que dinheiro, cara? Você ficou maluco? Dinheiro numa festinha simples dessas, de uma capela mínima que nem padre tem? — protestou Liana, veemente, dirigindo-se ao sujeito que falara, um homem de quase cinquenta anos, cabelos grisalhos e rarefeitos presos num rabo de cavalo, cara vincada pelo tempo, um certo ar de velho roqueiro, todo de azul desbotado em sua calça e camisa jeans.

— Tem mesmo, e não é pouca porcaria, não. Eu também fiquei espantado quando descobri. É que esse negócio de palco enorme que se monta em poucas horas, iluminação, sistema de som sofisticado, enfim, tudo isso, virou uma coisa em grande escala, uma pressão empresarial fortíssima pelo interior todo. Esses caras ajudam a garantir a eleição dos prefeitos, dos vereadores, dos deputados. Então, em troca, quando acaba a campanha, conseguem essa mamata de dinheiro o ano inteiro para empresariarem shows em praças e estádios. Ninguém ousa contrariar, para não ficar sem eles na eleição seguinte, e para não jogar essa gente no colo dos adversários políticos. E tem mais: dinheiro para hospital e escola, ou para pagar servidor, pode demorar a sair ou se perder pelo caminho. Mas o desse pessoal está garantido e anda ligeiro, já vem com ordem de pagamento imediato, direto do gabinete do prefeito. Uma verdadeira máfia. E como não tem praça nem estádio que chegue, eles invadem todo canto. Multiplicam sistemas de som ao longo das praias, não dá nem para ouvir o barulho das ondas. E tacam show metaleiro ou axé-music em tudo quanto é espaço. Os caras vêm chegando de mansinho, com uma conversa de progresso, cultura, levar diversão ao trabalhador, atrair as novas gerações, e nesse papo, em pouco tempo estão gastando o dinheiro do povo para mandar o povo calar a boca, como a gente acabou de ver.

Empostou a voz, como se fosse um locutor, e imitou:

— Agora vá para casa, vovó, que é hora de gente que canta feliz ir dormir, porque a bateria eletrônica já vai começar.

— E o pior é que aí mesmo é que ninguém consegue mais nem conversar, quanto mais dormir... — comentou Zé Alfredo, entrando no papo.

— Mas desse jeito vai acabar o congo... — protestou Liana, aflita. — É preciso fazer alguma coisa. Por exemplo, a imprensa podia...

— Podia, mas não faz — interrompeu o sujeito. — E não é porque é corrupta, vendida, nada disso, não. Pode até ter um dono de jornal ligado aos interesses políticos do governo, mas não é nesse nível que as coisas se passam. É principalmente no nível rasteiro das eleições municipais, do toma lá dá cá. E como hoje em dia a imprensa é toda compartimentada, acontece que a redação come mosca: a política fica no primeiro caderno, a corrupção saiu da página policial para a manchete de primeira página, e a cultura fica lá no segundo caderno, muitas vezes nas mãos de uns meninos que só entendem daquilo que eles escrevem. Quando entendem... Mas fora do último disco que a gravadora manda ou do último sucesso que saiu na revista estrangeira, não sabem nada. Então como é que vão poder enxergar uma coisa dessas? Perceber o que está acontecendo? Ligar esses fios todos? Acabam manipulados direitinho... Não por desonestidade. Mas por falta de malícia, de cultura geral, de competência mesmo. O que, pra mim, é outra forma de desonestidade, se apresentar como se pudesse fazer uma coisa que não pode. Fraude. Quando é um maluco que se veste de médico e quer operar, todo mundo fica horrorizado. Só que na área cultural, na área política, o charlatão passa desapercebido. Mas essa é outra discussão.

Velho roqueiro? Jornalista? Professor? Liana estava curiosa com o sujeito. Quem seria?

— Puxa, você está mesmo por dentro, hein? Trabalha com isso?

— Tento trabalhar. Pelo menos, dou o maior duro. Sou jornalista freelance, cineasta quando consigo, músico amador... Bruno Cabrini — apresentou-se.

— Vocês não se conheciam? — estranhou Zé Alfredo, se virando para ele. — Como é que ainda ontem você me disse que tinha que conversar com ela?

— Eu disse isso? Ah, sim... Então ela é a Liana... Mas eu não sabia até este minuto. Só estava querendo falar com ela, porque todo mundo recomendou.

— Quem, por exemplo?

— Entre outros, dona Emilinha. Contou uma porção de coisas que eu queria saber, mas disse que nos livros do seu avô e do seu pai devia ter muito mais. E aquela menina, a Penha... A que vai pescar...

Liana sorriu, quase orgulhosa:

— É... a primeira mulher a ir para o mar num barco de pesca em toda a história de Manguezal. Foi preciso chegar uma geração de pescadores de cabeça mais aberta... A mãe dela era prima do meu avô.

— Pois é... ela me contou. E confirmou a indicação geral de que você é uma fonte preciosa. Além de colega jornalista.

— Bom, não sei o que você anda querendo saber, mas se eu puder ajudar em alguma coisa... — ofereceu ela. — Você é de onde? E está escrevendo sobre o quê?

— De onde? Bom, como jornalista, já disse que sou freelance, não trabalho fixo em lugar nenhum. Fico baseado no Rio, mas viajo muito. Agora estou aqui num projeto para produzir uns vídeos, documentários, que possam ser usados para promoção cultural e turística do estado. Vai ser só no ano que vem, mas eu quis aproveitar a festa de São Benedito para vir ver.

Fez uma ligeira pausa e acrescentou um comentário surpreendente:

— Aliás, desde pequeno que eu queria vir a Manguezal ver uma festa dessas e nunca tive a chance...

— Desde pequeno? — estranhou Liana. — Você não é do Rio? Como é que tinha ouvido falar em Manguezal?

— Sou do Rio, porque nasci lá e vivo lá. Mas posso dizer que também sou daqui, embora nunca tivesse vindo. É que a minha mãe nasceu aqui.

Surpresa geral. Todos o olharam, fazendo perguntas. E ele explicou:

— Mas ela foi embora muito moça. Foi estudar e trabalhar em Vitória, casou com um carioca, foi para o Rio e nunca mais voltou. Mas meus avós moraram aqui muito tempo. Eles eram italianos e vieram como imigrantes. Não se adaptaram muito bem na colônia, lá na serra, e vieram para a beira da praia. Chegaram a ter uma propriedade por aqui, um sitiozinho e uma venda. Depois que meu avô morreu, minha avó Nona ainda ficou um tempo com os filhos mais velhos cuidando das coisas, mas depois acabou vendendo tudo e se mudou para a cidade.

— Um sítio de italianos? Um curral com umas vaquinhas? — Liana se animou com a descrição de um cenário familiar. — Uma venda com um balcão de madeira onde um monte de crianças loirinhas ajudava a vender leite nuns litros verdes, fechados com sabugo de milho seco?

— Isso mesmo. Bate direitinho com o que minha mãe sempre contou. E era mesmo tudo louro na família. Eu puxei a meu pai e fui o primeiro moreno. Por isso é que minha avó inventou de me chamar de Bruno. Mas você não pode ter conhecido nada disso. Foi muito antes de você nascer...

— E não conheci mesmo. Só imaginei... uma venda com vidros cheios de mariola e paçoquinha, onde as crianças compravam punhados de balas embrulhadas em papel cinzento grosso, enrolado pelas beiradas de fora para dentro, até ficar com a forma de um pastel...

— Pelo visto, imaginou direito. Bem como minha mãe contava.

— Meu pai também — riu ela. — Eles deviam chupar as mesmas balas.

A essa altura da conversa, acabava o leilão do pato e voltava a tocar uma música altíssima. Impossível bater papo por ali. Zé Alfredo encomendou no bar uma porção de lulas e uns camarõezinhos fritos, os outros dois pegaram umas cervejas e foram todos se sentar na areia da praia um pouco mais adiante, onde ficaram horas trocando ideias, como velhos amigos.

Zé Alfredo não sabia que, havia meses, Liana estava fantasiando os capítulos sucessivos de uma história de Manguezal. Mas, de alguma forma meio vaga, sentia que aquela conversa com Bruno podia reforçar sua proposta, lembrando à moça suas raízes no lugar. E estava decidido a contribuir para o aumento da tentação.

O jornalista, por sua vez, ia ficando entusiasmado. Encontrara alguém que, embora com uma visão jovem e uma experiência cosmopolita, podia ser uma fonte confiável de informações sobre o passado do local. Alguém que lhe dava acesso a uma excelente biblioteca sobre o assunto e que, além disso, era capaz de lhe trazer detalhes miúdos preciosos. Como, por exemplo, quando ele disse que estivera em Reis Magos e visitara o convento restaurado. Contou como ficara impressionado com a beleza simples da construção, a localização privilegiada e o adro magnífico diante da igreja, emoldurado por palmeiras imperiais:

— Maravilha, não é mesmo? — concordou ela. — Sempre que vou lá, abençoo mentalmente a ideia brilhante de quem plantou aquilo tudo. Meu pai fazia questão de contar que foi o velho André, avô do médico do posto de saúde, não sei se você já conversou com ele, pode te ajudar muito.

De repente, porém, Zé Alfredo teve a sensação de que Bruno estava entusiasmado demais com Liana. Passando dos limites. E percebeu que não gostou. Sacou que o outro não estava mais apenas interessado numa fonte preciosa para os roteiros de uma série de vídeos, mas estava se deixando seduzir por outros encantos da moça, que ele, Zé Alfredo, não estava nada disposto a compartir — dava-se conta disso, também, nesse momento. Por isso, teve um sobressalto quando ouviu Bruno dizer a ela:

— Acho que estou mudando meus planos e vou lhe propor uma parceria.

— Nada disso, cara — interrompeu Zé Alfredo. — Eu vi primeiro e ninguém tasca.

Percebeu o que dissera e tentou brincar para consertar:

— Você pensa que tem parceira sobrando em Manguezal? Levei um ano para descolar essa aí e você vem atropelar...

— Desculpe, eu não sabia... — explicou Bruno, meio constrangido. — Vocês são...

— Não, não somos nada, é só brincadeira dele. Deixe disso, Zé Alfredo... — reagiu Liana, talvez um pouco mais veemente do que o esperado, mas estava querendo marcar bem sua independência e, ao mesmo tempo, tinha curiosidade em saber que parceria Bruno ia lhe propor.

— Mas a minha proposta é para valer. E nós dois sabemos que você já aceitou, só não confirmou ainda — insistiu Zé Alfredo. — Está bom, é verdade, aceitei. Ainda vamos acertar os detalhes, mas já aceitei.

— Oba! — exultou ele, passando a mão em volta do ombro dela e a atraindo para si. — Eu sabia que podia confiar no seu coração, nos seus sentimentos...

Bruno continuava prestando atenção, tentando entender exatamente o que acontecia entre aqueles dois. Foi surpreendido pela pergunta súbita de Liana:

— Como é? E a sua proposta? Estou esperando...

— Bom, eu queria sugerir uma parceria profissional... Achei que, para começar, você podia fazer o roteiro do vídeo que eu vou fazer aqui...

Liana achou a ideia interessante, mas foi logo perguntando: — E para continuar? Se isso é para começar, é porque tem mais...

Ele riu, sem jeito:

— Traído pela língua, Freud explica. Tem mais, sim, mas é conversa para depois, com mais calma, mais tempo. Em outras circunstâncias. A gente podia almoçar amanhã, por exemplo...

Estava pensando que, provavelmente, tinha chegado a hora de seu longa-metragem sempre adiado. O estado tinha uma política especial de incentivo ao cinema. A vinda a Manguezal lhe reacendera a vontade de contar um pouco da saga dos imigrantes italianos chegando ao Brasil, mas o encontro com Liana lhe abrira perspectivas muito maiores para esse mergulho histórico. Começou a ficar com vontade de imergir no passado daquele vilarejo, interessante exatamente por não ter nenhum grande acontecimento, nenhuma batalha, nenhum tratado, nenhum herói. Uma população marginal à corrente principal dos eventos do país. Daria para, simplesmente, acompanhar a trajetória de gente simples se formando. Com imaginação e generosidade. Mas também — desde que alguém como Liana estivesse no projeto — com uma boa base histórica e com inegável carinho.

Mas tinha que amadurecer mais essas ideias. E não pretendia discuti-las a três, naquela situação ambígua em que não conseguia se situar.

— Pode ser que ela não possa — intrometeu-se Zé Alfredo. — Está de viagem marcada, tem um monte de coisas para acertar comigo, não sei se vai dar tempo...

— Pode ficar para sua volta, Liana. Vai demorar muito?

— Vou sim, Bruno. Não sei nem quando volto. Eu moro no exterior. Estou trabalhando em Londres. E antes de viajar ainda preciso acabar de desmanchar a casa, pelo menos na parte que me toca. Separar umas coisas que eu quero que fiquem guardadas para mim, escolher uns livros, uns objetos... Combinei com meus irmãos... Tem pouco tempo, mesmo... Tanta coisa... Depois, nem sei...

As frases foram se esfiapando, vagas, prestes a se emaranhar no já conhecido nó na garganta. Imediatamente cortado pela pergunta de Bruno:

— Bom, mas você pode escrever lá. Tem correio, telefone, fax, modem... Se for um projeto maior, a produção prevê umas passagens para você vir de vez em quando. A gente combina isso amanhã. Porque, mesmo superocupada, de qualquer jeito, você vai fazer uma pausa para comer, não? Não podemos almoçar juntos e conversar?

Ela hesitou:

— É que eu já tinha combinado almoçar com Zé Alfredo amanhã, para a gente acabar de acertar os detalhes da nossa parceria, também. Não sei se podíamos, os três juntos...

— Nada disso! — protestaram ambos, tão em uníssono e com tal veemência, que os três caíram na gargalhada e qualquer clima esquisito se desanuviou.

Ficou combinado: almoço com um, jantar com outro. E como Liana disse que era tarde e queria se recolher, os dois foram caminhando com ela até a porta de casa.

Ela não foi dormir logo, porém. Ficou ainda muito tempo, deitada na rede da varanda, pensando, ouvindo as ondas e olhando o mar na noite sem lua, iluminada apenas por um ou outro vagalume soluçando sua luz no escuro, e pelo céu estrelado onde o pai a ensinara a identificar as constelações.

Fora uma noite agradável. Seus novos amigos, tão diferentes entre si, não eram apenas dois homens bonitos e interessantes. Cada um podia ser muito atraente, à sua maneira. Evidentemente, Liana reconhecera a atmosfera de uma certa disputa, num jogo de sedução entremeado de quase ciúme. Mas em vez de se sentir adulada por esse clima, ficou foi um pouco magoada, pela lembrança de seu próprio ciúme que aflorava. Porque estava começando a entender desse sentimento, não em termos de cenas e cobranças, mas na consciência de uma dorzinha fina e latente que volta e meia incomodava. Sabia que, embora pudesse negociar mais uns dias de licença na revista, explicando a necessidade de sua presença por exigências de assinar uma documentação no cartório, preferira manter a procuração dada a Daniel e voltar logo para Londres. Para casa. Para Tito. Por causa dessa tal dorzinha lá dentro, desde uma das últimas conversas telefônicas.

Claro, não imaginava que Tito ia ficar trancado em casa sem ver ninguém enquanto ela viajava. Mas não estava preparada para que, quando provocado, numa brincadeira sobre o assédio do mulherio, ele admitisse da maneira mais displicente, como fizera:

— Ih, mas você nem precisa esquentar a cabeça com isso, Liana. É tudo descartável. Vem fácil, vai fácil... Cadeira cativa só quem tem é você. Aliás, cadeira, cama, mesa da cozinha, banheira, tudo aqui morrendo de saudade, só esperando você voltar logo. E ficar para sempre.

Ia voltar logo, sem dúvida. Mas com toda a certeza, não ia ficar para sempre. Apesar da pontinha de ciúme.

E, surpreendentemente, não estava angustiada por essa ideia. Em algum ponto de seu trajeto recente, sumira o eco da criança que soluçava na escuridão, sentindo falta da mãe que não ia voltar nunca, e com pânico do pai ir embora também. O eterno medo aflito de perder o que amava. De perder Manguezal. De perder Tito. De alguma maneira, não sabia como, aquela mulher sozinha naquela casa no meio do escuro agora confiava em si mesma. Ia conseguir conciliar aquele homem instalado na sua cadeira cativa, mas vivendo num lugar descartável, com aquele seu chão permanente, visitado por homens transitórios, pura tentação com suas propostas sedutoras. Tito e Manguezal, seu homem e seu chão, maneiras diferentes de estar no colo de Deus.

Tinha certeza de que dessa vez não ia perder, só sairia ganhando. Não pela solidez imutável da terra firme, mas pela constante inconstância do mar, sempre alimentada pelas águas novas dos rios que chegavam sem parar, maré sempre subindo depois da vazante, sucessão infinita de ondas de todo tamanho, bonança garantida depois de cada tempestade. Até mudar tudo de novo.

Mas até lá, estava zerado. Vazio prenhe. Areia lisa da baixamar, oferecida a qualquer rastro. Lençol imaculado, esticado na cama recém-feita, antes dos corpos se deitarem. Praia anterior a todo desembarque. Página em branco. Tela virgem. Todas as possibilidades abertas ao mesmo tempo. No meio de uma escuridão cheia de estrelas.

Este livro foi impresso
pela Geográfica para a
Editora Objetiva em
abril de 2013.